Arto Paasilinna

Moi, Surunen, libérateur des peuples opprimés

Traduit du finnois
par Anne Colin du Terrail

Denoël

Titre original :

VAPAHTAJA SURUNEN

Éditeur original : WSOY, Helsinki.
© Arto Paasilinna, 1986.
Et pour la traduction française :
© Éditions Denoël, 2015.

Arto Paasilinna est né en Laponie finlandaise en 1942. Successivement bûcheron, ouvrier agricole, journaliste et poète, il est l'auteur d'une quarantaine de romans dont *Le meunier hurlant, Le lièvre de Vatanen, La douce empoisonneuse, Petits suicides entre amis, Le bestial serviteur du pasteur Huuskonen, Les mille et une gaffes de l'ange gardien Ariel Auvinen, Moi, Surunen, libérateur des peuples opprimés*, et *Le dentier du Maréchal, Madame Volotinen, et autres curiosités*, romans cultes traduits en plusieurs langues.

I

MACABRAGUAY

> Si le chagrin fumait, la terre
> entière serait noire de suie.
>
> (Vieux dicton populaire)

1

Nous sommes un soir d'hiver. Les rues de la grande ville sont désertes, seule une tractopelle solitaire déblaie les trottoirs de la neige fraîchement tombée. Par les fenêtres des immeubles, les téléviseurs couleurs des salles de séjour projettent sur le noir du ciel leurs lumières changeantes.

Sur une table brûle une bougie. Dans son chaleureux halo, deux silhouettes, celles d'un homme et d'une femme. Ils sont penchés l'un vers l'autre, se tiennent la main et se regardent dans les yeux. La femme a une magnifique chevelure rousse et paraît très belle dans cette douce lumière. Elle a peut-être la trentaine. L'homme est un peu plus âgé. Il semble ému, grave, et dans son regard s'attarde une lueur inquiète.

À côté de la bougie, deux verres et une bouteille de vin, du bordeaux, capiteux mais fin, ainsi qu'un plateau de fromages dont l'arôme subtil se marie à merveille à la chaleur du vin. Le couple a l'air cultivé. Tous deux ont les yeux humides. Ils parlent d'une voix mesurée, teintée de tristesse. À première vue, la scène paraît infiniment romantique.

La femme conte l'histoire de son grand-père, Juho Immonen, qui fut, au début du siècle, régisseur du domaine de Hauho et s'enrôla dans la garde blanche dès 1917. Quand la guerre civile éclata, une horde de rouges investit le manoir, dont les propriétaires avaient heureusement eu le temps de fuir. Ils pillèrent le magasin à viande, incendièrent le fenil et le sauna et criblèrent de trous de baïonnette les précieux tableaux du salon bleu. Quand Juho Immonen s'interposa pour défendre les biens de son maître, il se fit rosser et, à demi mort, attacher sur un traîneau. On le conduisit au bord du lac voisin où on le pendit par les pieds à un bouleau jusqu'à ce qu'il en perde la parole. Pour finir, un des assaillants lui transperça le ventre d'un coup de baïonnette. On fit rouler son corps sur le lac gelé, jusqu'à une ouverture d'eau libre où on le jeta. Au printemps, à la débâcle des glaces, le cadavre fut trouvé à la sortie du lac, retenu par le barrage.

Tel est le terrible récit de sa petite fille. Elle l'a entendu maintes et maintes fois dans son enfance. Une fois adulte et installée à Helsinki, elle a adhéré à la section finlandaise d'Amnesty International, car elle veut que plus personne ne meure comme son grand-père sous la torture.

L'homme presse sa main dans la sienne. Lui aussi a des souvenirs qui le ramènent en pensée à la lointaine guerre civile de 1918. Son grand-père Ananias Surunen, tailleur de son état, se battait alors sur le front de Vilppula. Faits prisonniers aux dernières heures du conflit, lui et ses camarades furent emmenés à Raahe et enfermés avec sept cents autres rebelles rouges dans les locaux de l'École de commerce bourgeoise. Au fil du printemps, cent soixante-dix d'entre eux moururent : cent soixante-deux de faim et de maladie, sept sous les balles d'un peloton d'exécution et un enterré vivant. Ce dernier, pour se protéger du froid, s'était introduit à la morgue dans une caisse en bois vide utilisée pour convoyer les corps jusqu'à la fosse commune.

Les détenus chargés des inhumations s'aperçurent qu'il y avait un homme vivant dans l'un des cercueils. Après discussion, ils décidèrent malgré tout de l'ensevelir avec les autres, car s'ils l'avaient ramené à la prison, ils auraient euxmêmes été fusillés. Ils clouèrent donc la caisse, en dépit des protestations du malheureux, et le mirent lui aussi en terre.

Dans le courant de l'été, Ananias Surunen fut transféré au pénitencier de Tammisaari, où il fut torturé à mort. Par mégarde, il fut condamné après son décès à dix-huit ans de prison à régime sévère — peine qu'il n'eut pas à purger et qui fut remplacée dans les registres de la prison, aussitôt que les autorités s'avisèrent de l'erreur, par une condamnation à la peine capitale.

Par ce soir d'hiver, nous avons donc là, assis à se raconter leur histoire familiale, deux Finlandais : la maîtresse de musique Anneli Immonen et l'enseignant de langues vivantes Viljo Surunen.

13

Ils se sont rencontrés à la réunion de la section locale d'Amnesty International, d'où ils sont ensuite venus prendre un dernier verre chez Anneli. Ce sont des êtres au grand cœur, et ils se promettent d'unir leurs forces pour aider les prisonniers d'opinion politique de tous pays. Les heures passent, enfin la bougie s'éteint, mais ils continuent de parler dans le noir, enlacés. Ils se donnent de l'amour, mais jurent que le monde entier en aura sa part.

Tout au long du printemps, Viljo Surunen et Anneli Immonen adressèrent à des dictateurs des lettres de protestation leur demandant de libérer les prisonniers politiques des pays qu'ils gouvernaient et de s'engager à ce que personne n'y soit détenu ou torturé du fait de ses opinions. Des dizaines et des dizaines d'appels et de pétitions fusaient de Helsinki vers le reste du monde. Immonen et Surunen écrivaient en Amérique centrale, en Amérique du Sud, en Afrique et en Europe de l'Est. Ils avaient même trouvé un détenu à parrainer, un certain Ramón López qui croupissait dans une prison d'État du Macabraguay, en Amérique centrale. Anneli était déjà intervenue en sa faveur plusieurs années plus tôt, mais son cas semblait désespéré.

Le Macabraguay est un pays où les droits de l'homme sont bafoués tous les jours. À l'automne, un groupe de paramilitaires avait assassiné tous les habitants d'un village de montagne. Seule une fillette de six ans avait par hasard échappé au bain de sang : elle s'était cachée, terrorisée, dans un chargement de canne à sucre où les soldats n'avaient pas eu l'idée de la chercher. Les Macabraguayens fuyaient en masse vers les pays voisins, Salvador, Honduras et surtout Nicaragua. Ils vivaient depuis des dizaines d'années sous le joug d'un régime dictatorial. Les coups d'État militaires se succédaient, et quand un gouvernement civil reprenait par extraordinaire le pouvoir, il était aussitôt renversé, laissant place à un nouveau tyran sanguinaire.

En 1979, des centaines d'étudiants et de militants de gauche soupçonnés de fomenter une révolution avaient été arrêtés. Au Macabraguay, une telle accusation était synonyme de torture et de mort. La majeure partie des prisonniers avaient été tués dès les premiers interrogatoires. Quelques-uns avaient été jetés en prison, et parmi eux le professeur d'université Ramón López, qui n'avait alors que vingt-huit ans et était père de trois jeunes enfants. Il avait maintenant trente-cinq ans, mais moisissait toujours sans jugement dans une prison d'État. Surunen avait envoyé de l'argent à sa femme, qui lui avait écrit que son mari était toujours en vie, bien qu'en mauvaise santé.

Plus le printemps avançait, plus l'enseignant de langues vivantes avait l'impression que malgré toutes les lettres qu'Anneli Immonen et lui envoyaient au président de la République du Macabraguay, le général de division Ernesto de

15

Pelegrini, Ramón López ne serait pas libéré de sitôt. Il était bien sûr important de participer aux réunions d'Amnesty, et naturel de passer ensuite la soirée avec Anneli autour d'une bonne bouteille, mais tout cela semblait en fin de compte assez vain. Il lui paraissait de plus en plus évident que boire des caisses entières de vin et avaler des kilos de fromage n'aidait pas le moins du monde Ramón, qui continuerait de pourrir dans sa prison fétide malgré son parrain et sa marraine finlandais.

Surunen songeait que personne n'aurait non plus pu sauver son grand-père du pénitencier de Tammisaari, naguère, avec d'aussi faibles moyens. Quelqu'un avait-il seulement essayé ? Sa femme lui avait porté des colis de pain, elle avait supplié les autorités, mais le tailleur Ananias Surunen avait malgré tout été torturé à mort. Si lui-même avait été adulte à l'époque où son grand-père était en prison, il aurait peut-être pu agir plus concrètement. Par exemple en l'aidant à s'évader.

Mais le passé est le passé. Paix à la mémoire du tailleur. Il s'agissait aujourd'hui du triste sort de Ramón López.

Le printemps tirait à sa fin. Après la fête de fin d'année des écoles, clôturée par un vibrant *Hymne à l'été*, l'enseignant de langues vivantes passa la soirée chez la maîtresse de musique Anneli Immonen. Il avait apporté des fleurs. Elle réchauffa au micro-ondes des canapés aux crevettes, puis se mit au piano pour jouer du

Chopin. Surunen déboucha une bouteille de champagne. Ils avaient devant eux plusieurs mois de vacances.

«Je me disais, Anneli, que je pourrais peut-être partir en Amérique, déclara-t-il.

— Je viens avec toi», s'exclama-t-elle.

Mais Surunen doucha son enthousiasme. C'était impossible, il n'avait pas l'intention d'aller à New York, ni même à Los Angeles, mais en Amérique centrale, au Macabraguay. Ce n'était pas un endroit pour une jeune femme, même accompagnée.

«Je suis philologue, je parle quinze langues, j'ai fait mon service militaire dans l'armée finlandaise et je suis encore en bonne forme physique. Je saurai me débrouiller, là-bas, mais il vaut mieux que tu restes ici. Il se peut que j'aie besoin de toi en Finlande, tu pourrais par exemple m'envoyer de l'argent si je venais à en manquer pendant mon séjour.»

Anneli Immonen réfléchit. Elle voyait bien que son ami n'imaginait pas se rendre au Macabraguay pour faire du tourisme. Mais était-ce vraiment la peine de risquer sa vie dans un pays dirigé par un général sanguinaire ?

«Tu es toujours si pressé», soupira-t-elle.

Le philologue Viljo Surunen retira sa main du soutien-gorge de la maîtresse de musique.

«Ce n'est pas ce que je voulais dire, reprit-elle. Je me disais juste que nous devrions attendre. Ramón sera peut-être un jour libéré si nous avons la patience de continuer à intervenir en sa faveur. Nous pourrions, cet été, rédiger de nouveaux appels et en inonder toutes les autorités.»

Surunen expliqua qu'il n'avait plus foi en l'efficacité des lettres. En bon Finlandais, il ne croyait que ce qu'il voyait. Il voulait donc aller au Macabraguay afin de voir par lui-même ce qu'il pouvait faire pour aider Ramón, et pourquoi pas d'autres prisonniers politiques. Il était difficile d'obtenir des résultats depuis l'autre rive de l'Atlantique, comme ils l'avaient constaté, mais sur place la situation serait différente.

«Je vais essayer de parler au président. Ou bien j'irai à la prison, je ferai sauter les verrous à coups de pied et je libérerai tout le monde.

— Et si ces monstres te tuent?» gémit Anneli Immonen.

Surunen dut concéder que cette possibilité n'était pas à exclure. Voyager dans un pays sous dictature pouvait être malsain.

«Mais je suis célibataire. Je ne laisserai pas derrière moi une nombreuse famille, comme Ramón López.»

La maîtresse de musique Anneli Immonen regarda le philologue Viljo Surunen d'un air malheureux, mais comprit que sa décision était prise. Elle remplit un verre de champagne et le lui tendit. Malgré les larmes qui lui brouillaient la vue, elle tenta de se montrer courageuse. C'était une femme d'honneur qui connaissait la différence entre le bien et le mal.

«Promets-moi d'être prudent, mon amour.»

Ils envoyèrent le soir même un télégramme

chiffré à l'un de leurs correspondants réguliers au Macabraguay, le professeur d'université Jacinto Marco Aurelio Cárdenas, afin de lui annoncer l'intention de Surunen de se rendre en Amérique centrale et de lui demander d'en informer la femme de Ramón, Consuelo Espinoza de López, dont ils savaient qu'elle était en contact avec son mari.

Le lendemain matin, le philologue se réveilla dans l'appartement d'Anneli Immonen le cerveau un peu embrumé. La soirée arrosée au champagne et sa décision de se rendre au Macabraguay lui revinrent. Il regarda la maîtresse de musique endormie à ses côtés et murmura à moitié pour lui-même :

«Je dois tout de suite trouver de l'argent.»

Cela réveilla Anneli. Elle passa le bras autour du cou de Surunen et promit de lui prêter ses économies.

«Non, je vais voir avec ma banque. Pour mon voyage au Macabraguay, j'ai besoin d'une grosse mise de fonds. Rien que le billet d'avion coûte une fortune, même en prenant des vols d'Aeroflot et en passant par Moscou et La Havane.

— On va vendre ma voiture, déclara Anneli Immonen. Ça devrait couvrir au moins le prix de l'aller, et tu demanderas le reste à ta banque.»

Après le petit déjeuner, Surunen fila discuter du financement de son projet à l'agence bancaire dont il était client depuis quinze ans. Il pensait obtenir facilement un prêt, avec toute la publicité que faisaient les établissements financiers pour leurs diverses solutions de crédit.

Il expliqua au directeur de l'agence, Siirilä, qu'il avait l'intention de partir à l'étranger et avait besoin pour cela d'un prêt d'environ vingt mille marks.

«Bien sûr, vous allez pouvoir vous offrir des vacances de rêve… J'aurais bien envie, moi aussi, de prendre l'avion pour les antipodes et de me payer du bon temps. Mais je n'en ai pas les moyens, ni le temps, si on va par là… comme on dit, les cordonniers sont toujours les plus mal chaussés.»

Surunen fit remarquer qu'il n'avait pas l'intention de faire la nouba.

«Je vais au Macabraguay.»

Le directeur Siirilä leva son stylo du formulaire de prêt.

«Au Macabraguay? Qu'est-ce que vous allez fiche là-bas? Ce n'est pas une destination touristique très courue, que je sache.»

Surunen admit qu'il ne s'agissait pas de tourisme. Il voulait se rendre au Macabraguay pour des motifs essentiellement humanitaires. Le pays se trouvait dans une situation politique chaotique. La torture était généralisée. Des gens disparaissaient de la circulation, comme s'ils n'avaient jamais existé. Il voulait surtout, à titre personnel, aider certaines personnes dont il savait qu'elles étaient en difficulté. Il s'était enfin décidé à agir et à se mettre sérieusement au service d'une juste cause.

Le directeur Siirilä le regarda sidéré.

«Vous êtes complètement fou! Comment avez-vous pu vous imaginer que notre banque puisse participer au financement d'une telle entreprise? Heureusement que nous avons éclairci ce point. Je regrette, je ne peux pas recommander à notre établissement de vous accorder un crédit pour un projet aussi insensé.»

Siirilä laissa tomber le formulaire de prêt dans la corbeille à papier. Il jeta un coup d'œil à la fiche de Surunen et déclara :

«Je vois que vous disposez aussi d'une carte de crédit. Je devrais en réalité vous la retirer, au moins jusqu'à ce que vous retrouviez la raison, mais tant pis. Le plafond autorisé n'est pas vertigineux. Mais pas question de prêt proprement dit à des fins humanitaires. Il vous faut un projet d'investissement plus raisonnable.

— Vous êtes sérieux? demanda Surunen stupéfait.

— On ne peut plus sérieux. Aider un fidèle client à se faire tuer au nom de révolutionnaires d'Amérique centrale… ce serait mauvais pour l'image de notre banque. Je suis désolé.»

2

Le philologue Viljo Surunen se retrouva sur le trottoir, dépité. Comment se pouvait-il que l'agence à laquelle il faisait depuis si longtemps confiance ait refusé de lui prêter l'argent dont il avait besoin? Devait-il abandonner son projet au seul motif qu'un grand établissement bancaire finlandais ne jugeait pas de son devoir de financer les rêves de voyage d'un idéaliste? Que penserait de ce triste revers le prisonnier d'opinion politique Ramón López, qui croupissait dans une sordide prison du Macabraguay et à qui il avait eu le temps d'envoyer un message porteur d'espoir annonçant son arrivée?

Surunen décida de tenter sa chance auprès de la concurrence. Il y avait justement de l'autre côté de la rue deux autres agences bancaires. Il choisit la plus proche. En Finlande, il y a plus de succursales d'établissements financiers que de petits commerces. Sans doute parce que les banques ont les moyens de construire des bureaux, contrairement aux crémiers et aux boulangers.

Peut-être aussi l'argent est-il plus important que de saines habitudes alimentaires.

Face à son nouvel interlocuteur, le philologue Viljo Surunen se garda bien de révéler le but et la destination réels de son voyage. Il fit au contraire étalage de sa ferme intention d'aller aux Caraïbes s'éclater comme une bête. Mais pour cela, il avait besoin d'argent. Il s'engagea à transférer à l'agence le compte sur lequel il percevait son salaire, et on lui accorda sans barguigner tout ce qu'il souhaitait. Il souscrivit un prêt de trente mille marks. Le responsable des opérations de crédit remplit en riant le formulaire nécessaire, serra la main de son nouveau client et l'accompagna à la caisse. Avec un clin d'œil, il déclara :

«J'aurais bien envie de partir avec vous. Profitez-en donc tout votre soûl.»

Surunen téléphona à son médecin, qui lui donna rendez-vous sur-le-champ à son cabinet, où il lui prodigua quelques conseils :

«Évite de boire de l'eau, là-bas, contente-toi de rhum. Ne traverse pas les ruisseaux jambes nues dans la jungle, ou tu te feras bouffer par les piranhas. Et méfie-toi des prostituées.»

Il rédigea aussi quelques ordonnances en prévision du voyage de son patient. Puis celui-ci fila au centre de santé se faire vacciner contre le tétanos, la polio, le choléra et la fièvre jaune.

Il faisait terriblement chaud au Macabraguay, en cette saison, mais qu'en serait-il dans les montagnes, s'il devait s'y rendre ? Il téléphona à l'ambassade de Cuba, raconta qu'il avait l'intention d'aller en Amérique centrale via Moscou et La Havane, et demanda comment il devait s'équiper pour le voyage. Le Macabraguay n'avait pas de mission diplomatique dans les pays nordiques, mais son climat n'était sans doute pas très éloigné de celui de Cuba, se permit-il de supposer.

Le secrétaire d'ambassade Garcia lui expliqua obligeamment quel genre d'effets il devait emporter : solides et légers, mais aussi quelques vêtements plus chauds.

«Tout à fait entre nous, je vous recommande d'envisager l'achat d'un gilet pare-balles. Je suis allé au Macabraguay il y a quelques années, et à l'époque, en tout cas, vu la situation, j'ai été content de m'en sortir vivant. Pardonnez-moi, mais si vous voulez mon avis, ce pays est une hémorroïde saignante dans le trou du cul de la planète.»

Surunen le remercia pour ses conseils.

Devait-il glisser dans sa valise de grosses bottes en caoutchouc, ou de simples chaussures de toile suffiraient-elles ? Anneli Immonen lui déconseilla d'emporter ses lourdes bottes, car elles risquaient de lui coûter cher. Il devrait payer de fortes taxes pour excédent de bagages à différentes compagnies aériennes. Il y renonça donc et fourra dans son sac une paire de baskets. Et tant pis si elles prenaient l'eau, là-bas, la chaleur de l'été tropical les ferait vite sécher.

Il devait, pour aller au Macabraguay, faire escale dans deux pays socialistes. Les tampons, sur son passeport, révéleraient son itinéraire et risquaient de lui valoir des ennuis à l'arrivée. Le Macabraguay était un fervent allié des États-Unis, et sa peur des espions communistes frisait l'hystérie. Surunen était certain de ne pas obtenir de visa d'entrée s'il se présentait à la douane avec des tampons de Moscou et de La Havane.

Il résolut le problème en se faisant délivrer un second document de voyage. Il alla déclarer au commissariat de Vantaa, dans le ressort duquel il habitait, qu'il avait perdu son passeport, et, arguant de son intention de parcourir le monde, en demanda un nouveau. Le commissaire se montra curieux de savoir dans quelles circonstances avait eu lieu l'incident et pourquoi Surunen ne le signalait que maintenant. Il répondit qu'il n'avait pas eu jusque-là besoin de se rendre à l'étranger, et raconta avoir perdu son passeport à Venise, l'été précédent, lors d'un séjour touristique. Il avait fait une promenade en gondole, tard le soir, et avait soudain été pris de violentes coliques et d'un pressant besoin de se soulager. Comme le commissaire de Vantaa pouvait sans doute le comprendre, il n'était pas question, même en cas de brusque diarrhée, de déféquer tout droit du bord d'une embarcation dans un canal — les normes sanitaires italiennes, à elles seules, interdisaient aux étrangers de se comporter de la sorte — et il avait donc dû offrir une prime au gondolier pour qu'il le conduise d'urgence au plus proche restaurant. Mais à cause du grand âge et de la mollesse à la rame du batelier, ainsi que des caractéristiques structurelles de sa barque, celle-ci n'avait pas touché terre à temps et il avait été victime d'un accident embarrassant au beau milieu des eaux nocturnes brillamment illuminées de Venise. Pris de panique, il avait discrètement ôté son caleçon sous la voûte d'un pont et l'avait jeté dans le canal. Mais comme il avait entendu dire qu'il y avait des pickpockets en Italie, il avait, avant son départ de Finlande, cousu à la ceinture de son sous-vêtement une poche secrète dans laquelle il conservait ses papiers les plus précieux — chèques de voyage, passeport et billet d'avion. Le tout avait naturellement aussi fini dans le canal. Il avait dû utiliser pour rentrer un passeport provisoire délivré par le consulat local.

Une semaine plus tard, le commissaire de Vantaa lui remit un nouveau passeport, tout en lui faisant remarquer qu'il n'y avait pas trace de la disparition du précédent au consulat de Finlande à Venise. Les explications qu'il avait données étaient cependant si détaillées qu'elles justifiaient à elles seules le remplacement de son document de voyage.

Surunen possédait désormais deux passeports, qu'il comptait utiliser l'un à l'Est, l'autre à l'Ouest. Il se jura aussi que, s'il revenait vivant du Macabraguay, il irait un jour avec Anneli Immonen à Venise, où il n'avait jamais mis les pieds, même s'il avait déjà visité deux fois Rome, et une fois Naples.

Obtenir un visa pour l'URSS ne posait pas

de problème. On lui en délivra un en dix jours, valable pour un séjour d'un mois dans le pays.

Surunen n'essaya même pas de demander en Finlande un visa pour le Macabraguay, car il craignait que sa démarche n'aboutisse pas assez vite. Il s'en occuperait sur place. Il pensait pouvoir obtenir au moins un visa de transit, car il pourrait présenter un passeport de bon aloi d'un pays fraternel.

Surunen se fit aussi faire un permis de conduire international, dont les employés de l'Automobile Club de Finlande n'osèrent cependant pas lui garantir qu'il l'autorisait à conduire un véhicule au Macabraguay. Ils n'étaient d'ailleurs pas sûrs qu'il y ait là-bas des voies carrossables, ni même des voitures ou un code de la route. Ils n'avaient rien dans leurs archives à propos des conditions de circulation et des équipements nécessaires dans le pays. Surunen ne pouvait donc pas savoir à l'avance si l'on y roulait à droite ou à gauche. Une fois sur place, il n'aurait, se dit-il, qu'à rouler au milieu de la chaussée jusqu'à ce qu'il voie ce qu'il en était.

Il obtint de l'université de Helsinki une lettre de recommandation indiquant qu'il était diplômé de philologie et s'intéressait aux langues et dialectes d'Amérique latine. On agrémenta le document de nombreux tampons, et, chez lui, Surunen déposa en plus dans son coin inférieur quelques gouttes de cire à cacheter où il imprima, faute de mieux, la glorieuse empreinte de la médaille de tir de troisième classe qu'il avait gardée en souvenir de son service militaire, en gage incontestable du sérieux scientifique de son projet d'études.

Il lui fallait aussi une assurance voyage. Quand il sut où il se rendait, le chargé de clientèle ne se montra pas très chaud pour le couvrir.

«Le risque est trop grand, lui expliqua-t-il. Notre compagnie est ancienne et solide, et nous mettons un point d'honneur à répondre aux besoins de nos clients. Nous avons même assuré de vieilles scieries déliquescentes, mais il y a une limite à tout. Et elle exclut votre projet.»

Le chargé de clientèle était néanmoins disposé à aider toute personne souhaitant souscrire une assurance. Dans le cas présent, il conseilla à Surunen de se tourner vers une compagnie de réassurance internationale n'ayant pas froid aux yeux, spécialisée par exemple dans la garantie du transport en vrac de liquides explosifs dans des zones sismiques ou la voltige aérienne par gros temps dans le triangle des Bermudes, voire dans la vente aux Éthiopiens de contrats sur la vie.

Surunen décida de ne prendre une assurance que pour la première étape de son voyage aller, à savoir le trajet Helsinki-Moscou-La Havane. On la lui vendit sans problème, et pour une somme plutôt modique.

Deux semaines s'étaient écoulées depuis le début des vacances et l'interprétation par les écoliers de l'*Hymne à l'été*. Le philologue Viljo Surunen était prêt à partir. La maîtresse de musique Anneli Immonen l'accompagna à la gare, où il devait prendre le rapide de Moscou. Ils s'y rendirent en taxi, fantaisie dont il ne comprit la raison qu'au moment du départ, quand elle lui remit une liasse de chèques de voyage. Il y en avait en tout pour dix mille marks. Elle avait vendu sa vieille voiture et tenait à ce qu'il prenne cet argent pour faciliter son délicat et périlleux voyage.

La grandeur du sacrifice d'Anneli laissa le polyglotte sans voix. Ils se firent des adieux chargés d'émotion. L'ambiance était un peu la même qu'en 1939, quand la délégation conduite par Paasikivi était partie pour Moscou discuter des conditions qui permettraient à l'URSS de déclarer la guerre à la Finlande. Sur le quai, on avait alors entonné pour les émissaires un cantique de combat. Surunen partait pour un voyage au moins aussi difficile dans l'État dictatorial du Macabraguay, mais la maîtresse de musique Anneli Immonen ne lui chanta pas de cantique, encore qu'elle l'eût pu. En pleurs, elle l'embrassa.

Le train et Surunen partirent.

3

La seconde couchette du compartiment du rapide de nuit où voyageait le philologue Viljo Surunen était occupée par un vieux Russe taciturne, d'une soixantaine d'années, qui se contenta au début de regarder défiler le paysage, l'air renfrogné. Même le passage de la frontière ne sembla pas le dérider. Les deux hommes burent du thé et grignotèrent des biscuits. Plus le train se rapprochait de Moscou, plus la mine du Russe s'allongeait. Pour finir, lui-même las de son angoisse croissante, il sortit de sa sacoche une bouteille de whisky, fit crisser le bouchon et demanda d'une voix éteinte à Surunen s'il en voulait un peu.

Quelques verres plus tard, l'homme se montra curieux de savoir où il avait appris à parler aussi bien le russe. Surunen expliqua qu'il était enseignant de langues vivantes. Il ajouta qu'il s'intéressait aussi plus largement à la philologie. Il parlait en gros une quinzaine d'idiomes, dont cinq ou six couramment.

Son compagnon de voyage se présenta : Serguéï Lebkov, expert en halieutique.

«Ça va faire deux ans que je suis en mission à l'étranger», expliqua-t-il. Il avait, plus précisément, longtemps représenté son pays à La Haye, à des conférences sur la pêche et sur le droit maritime. Il avait participé pendant plusieurs années aux négociations sur l'interdiction de la chasse à la baleine bleue dans différentes mers du globe, mais alors que l'accord était à deux doigts d'être signé, il y avait de cela un an, il avait été nommé expert dans un groupe de travail de la conférence sur la protection des pingouins et manchots chargé plus spécialement du sort du gorfou doré, en particulier dans les eaux côtières de l'Antarctique.

Lebkov se vanta d'avoir joué un rôle décisif dans la conclusion de l'accord international interdisant la capture des baleines bleues. Il avait toujours considéré que ces créatures étaient trop précieuses pour être exploitées pour leur huile.

«Comme vous le savez sûrement, la graisse de baleine entre dans la nourriture des chiens et des chats des familles bourgeoises du monde entier, comme de celle des renards bleus élevés pour leur fourrure. Le spectacle de mille manteaux de renard bleu sur le dos de pouffiasses capitalistes vaut-il celui d'une seule baleine bleue prolétairement libre?» demanda Lebkov d'un ton âpre.

Surunen concéda que les baleines s'ébattant dans le bleu de la mer valaient certes d'être protégées, mais, d'un autre côté, il ne pouvait s'empêcher de trouver un certain charme aux femmes enveloppées de fourrures aux nuances bleutées. S'il fallait vraiment choisir, il se plaçait cependant du côté des cétacés. Les femmes étaient séduisantes même sans fourrures, alors que la simple idée d'une carcasse de baleine mise à cuire pour en extraire la graisse avait quelque chose de profondément répugnant.

Lebkov soupira. Un an plus tôt, une fois la négociation de l'accord sur les baleines bleues terminée, Moscou avait envoyé à La Haye un jeune blanc-bec qui l'avait remplacé, tandis qu'il se trouvait chargé comme par un fait exprès de la protection, certes importante en soi, des pingouins. On l'avait ainsi privé sans autre forme de procès du fruit de son travail. Il n'avait rien contre les gorfous dorés, bien au contraire, mais il aurait été plus équitable de lui laisser la possibilité de participer à la signature et peut-être même à la ratification de l'accord sur les baleines bleues. Lebkov ne voulait bien sûr pas critiquer les décisions du Kremlin, mais Surunen voyait bien à quel point l'affaire l'avait affecté. À Moscou, poursuivit-il, les jeunes loups aux dents longues avaient maintenant le vent en poupe. On écartait ceux qui avaient gravi les échelons un à un, sans accorder aucune valeur à leur expérience, misère !

L'expert en pingouins était né à Khabarovsk en 1922. Dans sa lointaine jeunesse, il avait travaillé sur un bateau de pêche en mer d'Okhotsk. À la fin de la Seconde Guerre mondiale, il avait participé au débarquement des Russes dans les Kouriles. La paix revenue, il s'était installé à Moscou, où il avait épousé une belle Biélorusse. Elle semblait au début avoir toutes les qualités, mais, ces dernières années, elle s'était mise à grossir et, au même rythme, son caractère s'était dégradé. Plus elle prenait du poids, plus elle devenait acariâtre.

«Je me demande bien pourquoi», soupira tristement Lebkov en remplissant à nouveau leurs verres. Le train traversait la banlieue industrielle de Leningrad. La nuit était tombée, l'atmosphère s'était faite mélancolique. Surunen partageait l'étonnement de son compagnon de voyage. Selon lui, plus les Finlandaises étaient grosses, plus elles étaient affectueuses.

Lebkov se confia : cela faisait deux ans qu'il n'osait plus rentrer chez lui à Moscou. Les lettres que sa femme lui avait envoyées à La Haye étaient si pleines de hargne que des vacances au pays ne l'avaient guère tenté. Elle en avait tiré des conclusions fâcheuses, l'accusant de fricoter avec des Hollandaises. D'après elle, les étrangères cédaient bien trop facilement aux désirs des hommes. Serguëi avait-il l'intention d'abandonner son épouse à Moscou? Était-il amoureux de sveltes péronnelles occidentales, prenait-il du bon temps avec elles, avait-il oublié ses engagements dans sa lointaine patrie?

Pour écarter les soupçons infondés de sa femme sur la minceur des Hollandaises, Lebkov avait acheté chez un marchand d'art d'Amsterdam la reproduction d'une célèbre étude de nu de Rembrandt et la lui avait envoyée comme cadeau du Nouvel An, dans l'espoir qu'elle réveille la tendresse de son esprit aigri. Ç'avait été l'inverse : le présent avait été interprété comme une insulte, déchiré en morceaux et renvoyé au chef de famille à La Haye avec une lettre s'étonnant de son attrait malsain pour les femmes nues.

Pas étonnant que Serguëi Lebkov soit resté à l'étranger le plus longtemps possible. De jeunes fonctionnaires du ministère, ignorants de la situation, avaient malgré tout commencé à se demander ce qui retenait l'expert en pingouins à La Haye, année après année. On avait vérifié ses antécédents, mais sans rien trouver de suspect. Bien sûr, car les investigations auraient dû être menées à Moscou, et non aux Pays-Bas. Quoi qu'il en soit, l'ambassade de Russie à La Haye lui avait fait passer des messages officieux lui conseillant d'effectuer au moins un bref séjour chez lui, et il s'était donc décidé à faire le voyage. Il ne craignait pas le Kremlin, car il était bon communiste et n'avait rien à se reprocher, mais affronter sa femme lui flanquait la frousse. Toute la rancune accumulée en deux ans n'attendait que de se déverser, et le résultat serait extrêmement violent, il le savait par expérience.

Les deux hommes passèrent à des sujets plus réjouissants. Surunen raconta qu'il se rendait au Macabraguay via Moscou et La Havane. Il devait passer la nuit dans la capitale russe, l'avion d'Aeroflot ne décollait que le surlendemain matin.

«Viens dormir chez nous», s'enthousiasma Lebkov, tout heureux à l'idée que l'accueil serait peut-être moins rude s'il était en compagnie d'un invité étranger, qui plus est érudit. Sa femme n'oserait sans doute pas lui voler dans les plumes devant un éminent philologue parlant aussi bien le russe. «Tu économiseras le prix de l'hôtel, et tu pourras partager notre dîner. On va passer par le marché kolkhozien, acheter de quoi faire un bon repas et s'y mettre à deux pour amadouer Mavra! Appliquer sur le terrain la politique d'amitié finno-soviétique!»

Le lendemain matin, à l'arrivée du train à Moscou, les deux compagnons de voyage, amoindris par le whisky, traînèrent leurs bagages sur le quai et de là sur la place brumeuse de la gare où ils réussirent, après un temps d'attente, à trouver un taxi qui les conduisit droit à un restaurant. L'idée venait de Sergueï Lebkov. Il commanda des sandwiches et une bouteille de vodka.

«Je peux vous servir des lepiochkis, mais pas d'alcool, nouveau règlement», pinailla le garçon de café. Il leur proposa de boire plutôt du sirop de fruits.

Sergueï Lebkov sortit son passeport afin de prouver au serveur qu'il n'était pas n'importe qui, mais un expert international en pingouins, un homme qui avait passé deux ans à l'étranger à représenter le parti communiste et la cause de la mère patrie… De la vodka, donc, et tout de suite! Aucun statut social, aussi enviable soit-il, n'aidait hélas à contourner la nouvelle réglementation.

Au contraire, plus le camarade concerné était haut placé, plus on attendait désormais de lui un comportement exemplaire. Le garçon aurait peut-être pu verser une larme de vodka dans le verre d'un quidam ordinaire, surtout s'il endurait une féroce migraine, mais aider un distingué camarade à s'avilir... non, pas question !

Sergueï Lebkov se leva. Il déclara que dans ce cas ce n'était pas non plus la peine de préparer des lepiochkis. «Vous pouvez garder vos croûtons et votre vodka, je m'en vais.» Dans la rue, il se plaignit à Surunen :

«Il ne fait guère bon vivre en Russie, de nos jours... Moscou n'est plus ce qu'elle était.» Pris de pitié pour le vieil homme contraint de souffrir de la gueule de bois, la bouche sèche, dans sa propre ville, Surunen acheta quelques bouteilles de vodka dans une beriozka et bientôt le regard de Sergueï Lebkov retrouva son éclat. Après quelques godets reconstituants, les deux hommes se rendirent au marché kolkhozien afin d'acheter des légumes et autres victuailles. Le philologue se proposa pour payer les achats, mais l'expert en pingouins s'y opposa.

«Ne dépense pas inutilement ton argent, camarade, garde-le pour le Macabraguay. Tu es mon invité.»

Lebkov voulait aussi faire à sa femme, en guise d'offrande de paix, un cadeau propre à l'attendrir. En partant, il avait acheté à La Haye des confiseries hollandaises, mais peut-être valait-il mieux quelque chose de plus gros. Les deux hommes prirent la direction du marché couvert, où toutes sortes de marchandises étaient proposées à la vente, depuis des machines à laver jusqu'à des écureuils vivants.

«Et si tu lui offrais un écureuil», suggéra le professeur Surunen, persuadé que toutes les femmes du monde aimaient les bêtes.

Mais Lebkov était d'humeur plus généreuse.

«Un aussi petit animal ne suffira pas à enjôler Mavra, il en faut un plus grand!»

Son regard ivre tomba sur un aigle royal aux larges épaules enchaîné à un perchoir. Son bec était recouvert d'un capuchon en cuir et ses ailes attachées afin qu'il ne puisse pas les déployer. L'expert en pingouins voulut aussitôt l'acheter pour sa femme.

«Je vais l'apporter à Mavra, ça lui coupera le sifflet», se réjouit-il. Il empilait déjà des billets de banque devant le vendeur quand celui-ci déclara qu'on ne cédait pas d'aigles aux particuliers sans autorisation spéciale. Les grands rapaces étaient essentiellement destinés, à des fins pédagogiques, aux directeurs de zoo et aux universités, ou pourquoi pas aux responsables régionaux du parti. Sergueï Lebkov produisit alors son passeport, où figurait sa qualité d'expert international en pingouins du parti communiste, et, comme il était aussi prêt à payer l'oiseau en devises occidentales, le marché fut vite conclu. Le vendeur appela un taxi et aida à y charger l'aigle royal, en plus des valises et des provisions des deux hommes. Il fallut baisser l'une des vitres arrière de la voiture pour que le rapace tienne à l'intérieur. Sur le chemin de l'appartement de Lebkov, il observa par la fenêtre ouverte l'intense trafic de Moscou, l'air digne, tandis que les deux hommes buvaient encore un peu de vodka pour se donner du courage. Ils en offrirent aussi au chauffeur de taxi, qui avoua que c'était sa première gorgée d'alcool depuis deux jours. Il ajouta qu'il lui arrivait de rouler totalement à jeun pendant parfois une semaine entière.

«Ç'a quand même été difficile, au début, de s'habituer à ce nouveau régime de sobriété. J'ai peur de la circulation, maintenant, les gens roulent comme des fous sans regarder devant eux. Quand on n'a rien bu, c'est quelquefois un peu terrifiant.»

L'expert en pingouins habitait dans un grand immeuble près du centre. Au cinquième étage, il enfonça sa clef dans la serrure, la porte s'ouvrit et ils entrèrent prudemment. De lourds rideaux occultaient la lumière du jour, on y voyait à peine devant soi. Sur le lit, dans la salle de séjour, reposait adossée à des oreillers une grande et lourde femme qui riva sur les arrivants un regard chargé d'éclairs. Lebkov, tenant l'aigle à bout de bras devant lui, lui souhaita le bonjour d'une voix lénifiante. Le chauffeur de taxi tenait la porte du palier ouverte, mais, l'explosion attendue ne venant pas, il se risqua lui aussi à entrer.

Le rapace fit son office, le regard farouche, dressé telle la figure de proue d'un navire rentrant au port, si bien que quand Lebkov le tendit à sa femme, elle en resta muette et ne put qu'accepter le cadeau. Surunen s'avança alors poliment, se présenta et, avec le chauffeur de taxi venu à la rescousse, aida à poser l'aigle sur la couche conjugale. L'expert en pingouins attacha la chaîne fixée à sa patte à la tête du lit. Le majestueux oiseau s'assit sur les couvertures comme s'il avait retrouvé son nid, jeta un coup d'œil appréciateur à la ronde et, quand on ôta le capuchon en cuir de son bec, lança un cri de salutation si strident que l'icône, dans son coin, tomba par terre.

Le chauffeur de taxi porta les bagages à l'intérieur et les provisions à la cuisine. On emplit des verres de vodka, on porta un toast de bienvenue. Mme Lebkov allait se lancer dans une violente diatribe, mais se retint en voyant son mari faire des gestes inquiets en direction de Surunen. Chérie, s'il te plaît, pas d'esclandre en présence d'hommes du monde venus de l'étranger…

Mavra Lebkov engloutissait de la vodka comme un lavabo ayant perdu son bouchon. Vite de bonne humeur, elle invita les visiteurs à s'asseoir et entreprit de préparer un repas de fête. Le maître de maison proposa que l'on chante un peu. Le chauffeur de taxi prit la balalaïka accrochée au mur, toute la compagnie entonna en chœur une série de romances russes que même Surunen connaissait, à l'étonnement général. Il expliqua que les Finlandais en chantaient volontiers quand ils avaient bu. Leur mélancolie leur plaisait.

La tsarine de cent kilos du lieu servit un dîner comme Surunen n'en avait jamais vu au cours de ses voyages. On sortit l'argenterie de famille et de précieux verres de cristal. On envoya le chauffeur de taxi acheter du vin. Mavra couvrit d'abord la table de zakouskis : poisson en gelée, caviar, pâtés de viande et de foie biélorusses et bastourma caucasienne, à base de viande séchée. Quand les convives eurent tout mangé, à grand renfort de vin et de vodka, elle leur apporta de l'okrochka. Après cette soupe froide vint le plat principal. Mavra avait cuisiné du cochon de lait, si exquis que Surunen n'eut pas à se demander plus longtemps comment elle était devenue obèse. En dessert, on se régala de lait d'oiseau, un délicieux gâteau nappé de chocolat, mêlant beurre, sucre, œufs, citron et feuilles de gélatine. On l'accompagna de vin chaud et l'on chanta pour remercier Mavra deux couplets des *Nuits de Moscou*. Surunen fit un solo et l'aigle, à la fin du refrain, trompeta sa propre partie si fort que les vitres tremblèrent. Pour le récompenser, on lui donna de la vodka. Le chauffeur de taxi lui tint le bec ouvert pendant que Mavra lui versait l'alcool dans le gosier. Le rapace secoua furieusement la tête, mais but et, bientôt sérieusement éméché, essaya de s'envoler, glatissant à pleins poumons, jusqu'à ce que ses yeux se ferment et qu'il tombe endormi sur le lit.

Peu après l'aigle, ce fut au tour du chauffeur de taxi de s'écrouler ivre mort, puis de Lebkov lui-même. Surunen fut sans doute le suivant à perdre la notion des événements, car la dernière vision qu'enregistra son esprit fut celle d'une pièce où gisaient des hommes et des aigles endormis, mais où une personne se tenait encore debout : la majestueuse cuisinière, la Russe au sang chaud Mavra Lebkova, qui, contrariée, pouvait inspirer la terreur, tout en étant capable, quand elle était de bonne humeur, de servir à boire et à manger à tout le quartier s'il le fallait.

Dans la nuit, le philologue Viljo Surunen fut réveillé par un lancinant mal de tête. Dans la pénombre, il constata qu'il s'était endormi dans un profond fauteuil. L'expert en pingouins dormait blotti dans son lit dans les bras de sa femme. Le chauffeur de taxi ronflait sur le seuil de la cuisine. L'aigle royal avait repris ses esprits et se tenait perché sur la tête du lit. Surunen se massa les tempes. En regardant le rapace, il eut l'impression qu'il avait deux têtes. Il ferma les yeux et tenta de se souvenir du tableau historique peint par Eetu Isto où figure une jeune fille vêtue de blanc, allégorie de la Finlande, des mains de laquelle un aigle bicéphale symbolisant la Russie tente d'arracher un épais code de loi, la consti-tution finlandaise. Le ciel est chargé de nuages noirs, l'orage menace. Au loin, à l'horizon, se dessine une mince bande bleue, espoir, peut-être, d'un temps meilleur.

Surunen ouvrit les yeux. L'aigle le regarda. Il n'avait plus qu'une tête. Le philologue se demanda si l'emblème bicéphale des Russes n'était pas né, au fond, de la vodka sous l'effet de laquelle ils voyaient souvent double. Tout à ces pensées, il se réveilla peu à peu. Il alla dans la cuisine, avala quelques restes du repas de fête de la veille, alluma une cigarette. Bientôt l'expert en pingouins Sergueï Lebkov le rejoignit à pas de loup. Il était encore ensommeillé, mais n'avait plus peur. La nuit passée dans les bras de sa femme l'avait rasséréné.

Lebkov aborda le sujet du voyage de son invité au Macabraguay. C'était courageux de sa part, déclara-t-il, de se rendre aux antipodes pour sauver le prisonnier qu'il parrainait des griffes de ses tortionnaires.

«Chez nous, en Union soviétique, on ne pratique plus la torture, de nos jours. Les Occidentaux font beaucoup de bruit pour rien à propos des droits de l'homme dans notre pays. En fait, ce sont principalement les États-Unis qui soutiennent des dictatures barbares un peu partout dans le monde.»

Selon l'expert en pingouins, la junte militaire macabraguayenne ne serait pas restée plus de vingt-quatre heures au pouvoir sans l'aide politique et économique des États-Unis.

Surunen se permit d'émettre des doutes : ne pourchassait-on pas aussi les dissidents en Union soviétique et dans les autres pays socialistes ? Les rapports d'Amnesty International montraient de manière irréfutable que le bloc de l'Est n'était pas irréprochable dans ce domaine.

«Chez vous, on enferme les opposants au

régime dans des hôpitaux psychiatriques», fit-il remarquer.

D'après Lebkov, cela n'arrivait que rarement. Et d'ailleurs, tout citoyen assez stupide pour se dresser contre un excellent système était fou et avait donc besoin de soins psychiatriques.

Surunen protesta, enfermer dans des asiles les gens qui s'opposaient au système en place était indéfendable. Si personne ne critiquait le régime, il ne pourrait jamais évoluer. Et l'internement forcé constituait une violation des droits de l'homme.

«Nous avons bien sûr des problèmes, je ne le nie pas. Mais mieux vaut la mettre en sourdine pour ne pas avoir d'ennuis. Il faut être fou pour émettre des critiques, ici, et nous avons des établissements spéciaux pour accueillir les fous.»

Sur ces entrefaites, le chauffeur de taxi se réveilla. Il demanda à boire. Dans le séjour, l'aigle trompeta, ce qui réveilla Mavra Lebkova. Elle débaula en robe de chambre dans la cuisine, embrassa Surunen et mit le samovar à chauffer.

Après le petit déjeuner, les Lebkov accompagnèrent le philologue jusqu'à son taxi. Mavra le serra une dernière fois contre sa poitrine, aussi vaste et chaude que la Russie par un été torride. Mais direction l'aéroport!

4

Surunen s'envola de Moscou pour La Havane dans un état semi-comateux. Il apprécia cependant l'appétissant goulasch de mouton servi à bord, et but trois bouteilles d'eau minérale russe bien froide. Au-dessus de l'Atlantique, les corpulentes hôtesses de l'air soviétiques distribuèrent des écouteurs aux passagers souhaitant regarder un film. On passait dans l'avion une coproduction russo-cubaine évoquant la révolution castriste, et en particulier l'énorme développement social qui avait suivi l'arrivée au pouvoir de Fidel. Surunen en tira la conclusion que parmi les réalisations les plus notables du Lider Maximo figurait avant tout la construction de crèches, et surtout l'enseignement aux Cubains de danses traditionnelles entraînantes. Le rythme de la musique était endiablé, les gens riaient et plaisantaient. Il fallait vraiment être un suceur de sang totalement gangrené par le capitalisme pour ne pas apprécier tout cela à sa juste valeur, songea un peu aigrement Surunen. Sa gueule de bois ne l'aidait pas à s'enthousiasmer pour le bruyant socialisme cubain.

Dans l'après-midi, le jet d'Aeroflot se posa à La Havane. Le philologue se réveilla. Était-on déjà de l'autre côté de l'Atlantique? Il plia son imperméable sur son bras et se joignit au flot de voyageurs qui sortait de l'avion. À la porte, les hôtesses mamelues remerciaient les passagers en souhaitant les revoir bientôt sur les lignes russes. Dehors, sur la piste, une chaleur étouffante accueillit Surunen, qui ouvrit la bouche et les narines pour inspirer profondément l'air des Caraïbes, riche en oxygène mais si brûlant et humide que ses poumons faillirent éclater comme au sauna quand on verse imprudemment trop d'eau sur les pierres chauffées. Sa chemise se colla instantanément à sa peau. Adieu le temps clair et le vent léger du début d'été moscovite! Il était maintenant sous les tropiques. Par-delà l'océan, loin de la bonne vieille Europe, en route vers un pays encore plus lointain, un nouveau monde sanglant.

Surunen transpira deux heures à l'aéroport de La Havane avant de monter dans l'appareil d'une compagnie aérienne mexicaine. Il faisait déjà nuit quand il se posa à Mexico. Une heure et demie plus tard, le philologue laissa le Mexique derrière lui. Il arriva à onze heures du soir au Salvador, d'où un vieux bimoteur à pistons d'Aero Macabraguay le conduisit en quinze minutes à l'aéroport international de Santa Riaza. Il était minuit quand il parvint à destination. Il était terriblement fatigué et aurait aimé pouvoir aller se coucher, mais les formalités douanières prirent encore plusieurs heures. Il était apparemment le seul Européen à avoir débarqué ce soir-là au Macabraguay. Les fonctionnaires de l'immigration ne manquaient ni de temps ni de patience pour l'examiner sous toutes les coutures.

Surunen attendit, assis à fumer des cigarettes et à regarder sa montre. Il essaya de dormir, mais la chaleur était insupportable et les bancs en plastique de l'aéroport n'incitaient pas au sommeil. Il demanda pourquoi on ne lui délivrait pas son visa d'entrée, qu'il puisse aller à son hôtel.

«Vous êtes le premier Finlandais à avoir jamais tenté de franchir les frontières de notre pays. Nous devons d'abord déterminer où se trouve la Finlande — à supposer qu'elle existe vraiment, ce dont nous doutons. Ne croyez pas, cher monsieur, qu'il soit facile de nous berner. Toutes sortes de terroristes de pays imaginaires essaient de s'infiltrer ici, et nous avons de bonnes raisons de penser que vous en êtes un. Ou, ce qui serait encore pire pour vous, la Finlande pourrait s'avérer être un pays socialiste. Dans ce cas, je préférerais ne pas être à votre place. Nous n'aimons pas beaucoup les communistes, voyez-vous.»

L'officier des douanes fit un geste mimant la décapitation. Puis il rit avec bonhomie.

Surunen lui assura que sa patrie était on ne peut plus capitaliste. Il évoqua à l'appui de ses dires les événements qui s'y étaient déroulés en 1918. Les rouges avaient tenté une révolution, mais les blancs étaient sortis victorieux du conflit. Depuis, la Finlande était plus blanche que blanche. Les fonctionnaires macabraguayens n'avaient aucune raison de douter des idéaux bourgeois des Finlandais.

Un brin sarcastique, le philologue demanda aux douaniers s'ils avaient par hasard un jour entendu parler d'un vieux continent, de l'autre côté de l'Atlantique, qu'on appelait l'Europe ? Très bien. Dans cette Europe, et plus précisément à ses confins nord-est, se trouvait un État dénommé la Finlande. Il en était originaire, et donc finlandais.

L'officier des douanes promena un regard nonchalant sur la valise ouverte de Surunen, puis leva les yeux de son contenu et déclara d'un ton circonspect :

« Nous faisons presque exactement la même taille, non ? »

Le philologue le regarda interloqué. Effectivement, le douanier était grand, du même gabarit que lui. Peut-être un peu plus dégoulinant de sueur, mais de même taille. Quel rapport avec son visa d'entrée ?

« Je mesure un mètre quatre-vingts. Je ne suis pas le seul dans ce cas. Faudrait-il que je mesure deux mètres pour entrer dans votre pays ? Vous attendez peut-être que je grandisse pour pouvoir me délivrer les documents nécessaires ? »

Le douanier lui jeta un coup d'œil apitoyé.

« Vous n'avez pas l'air de comprendre. Je parie

que nous avons aussi le même tour de cou, question chemises.

— Je fais du 55, avoua Surunen d'une voix lasse.

— Moi aussi», se réjouit le fonctionnaire.

Le philologue comprit enfin de quoi il retournait. Il sortit sa plus belle chemise de sa valise et la tendit au douanier. Celui-ci sourit, flanqua un coup de tampon sur le passeport de Surunen et le remercia pour le cadeau. Se tournant vers son adjoint rondouillard affalé sur le comptoir, il fit l'éloge du Finlandais :

«Ce monsieur est généreux, tu ne trouves pas, Luis ? Je suis sûr que ses compatriotes sont tous aussi charmants.»

Surunen fit remarquer que le second douanier n'entrerait pas dans ses vêtements. Il était trop gros. Mais Luis résolut vite le problème :

«J'ai un cousin qui fait juste votre taille. Il est très soigné de sa personne, même si sa garde-robe n'est pas très fournie en ce moment. Mais c'est de toute façon un grand ami de la Finlande.»

Surunen sortit de sa valise deux caleçons et un T-shirt sans manches. Il les tendit à Luis, qui les fourra dans ses poches avec un sourire rayonnant.

«Merci! C'est mon cousin qui va être content. Il y a des peuples prodigues, aux confins de l'Europe. Par ici, monsieur le Finlandais, bienvenue au Macabraguay! Je vais vous trouver un taxi auquel vous pourrez faire confiance.»

Le chauffeur était un homme malpropre, à

la peau sombre, qui sentait l'alcool et le tabac bon marché. Il tenait entre ses jambes un jerry-can en plastique de quatre litres dans lequel il buvait de temps à autre une gorgée de bière de banane malodorante. Peu avare de nature, il en proposa à son client, qui déclina l'offre. Surunen s'apprêtait à lui faire remarquer qu'il n'aurait pas dû trop boire pendant son travail, car cela risquait d'être dangereux, quand il se rappela sa course en taxi à Moscou avec Sergueï Lebkov. Il avait lui-même versé de la vodka dans le gosier de l'homme qui tenait le volant.

« Ils vous ont pris vos empreintes digitales, à la douane ? demanda le chauffeur.

— C'est la coutume, dans ce pays ?

— Eh bien… en général, les étrangers qui arrivent par le vol de nuit se font encrer les doigts, surtout s'ils ont l'air d'avoir de l'argent. Mais vous avez sans doute graissé la patte de ces mariolles. Vous devez avoir l'habitude de parcourir le monde. »

Surunen concéda avoir donné aux douaniers une chemise et quelques sous-vêtements. Ils l'y avaient presque contraint.

Le chauffeur de taxi lui assura qu'il avait bien fait. C'était assez désagréable d'arriver à l'hôtel avec les doigts tout noirs après avoir été interrogé pendant cinq ou six heures à l'aéroport.

« Je n'accepte pas les pots-de-vin. Vous me donnerez quelques dollars, ce sera bien suffisant. Nous arrivons bientôt en ville. »

Le chauffeur conduisait comme un chauffard.

C'était peut-être dû à l'alcool, mais peut-être aussi au manque d'expérience et de formation.

«Vous n'avez sans doute pas le permis de conduire, se permit de supposer Surunen alors que la voiture fonçait dans les rues nocturnes de Santa Riaza vers les hôtels du centre.

— Bien sûr que non. Je suis indien, voyez-vous. Aucun Indien, dans ce pays, n'a de permis de conduire. On nous considère comme des moins que rien. Et à peine comme des humains.»

Surunen s'étonna de ce qu'il puisse conduire un taxi sans aucune autorisation.

«Je m'en sors avec des bakchichs. C'est ce que tout le monde fait, ici, bien obligé. Quand je me fais arrêter à un barrage routier, je donne un demi-dollar aux policiers ou aux soldats pour qu'ils me laissent passer. C'est le tarif habituel. Si en plus je suis soûl, ça me coûte un dollar entier. C'est pour ça que j'en ai toujours sur moi, notre monnaie ne les intéresse pas, ils préfèrent vous jeter en prison pour quelques jours.»

Les rues de Santa Riaza étaient désertes. Seuls quelques chiens errants boiteux patrouillaient autour des poubelles. À la lisière de l'agglomération, les bidonvilles s'étendaient sur des kilomètres, mais plus on approchait du centre, plus les maisons se faisaient hautes et cossues. Au cœur même de la ville brillait un gratte-ciel d'au moins quinze étages devant lequel l'Indien s'arrêta, pneus hurlants. Surunen lui donna trois dollars et quelques cigarettes. Le chauffeur de taxi porta les bagages de son client dans le hall de l'hôtel Americano.

«Méfiez-vous de cet établissement, il grouille de voleurs et de prostituées, l'avertit-il.

— Je devrais peut-être descendre dans un meilleur hôtel?

— C'est le meilleur. Dans les autres, vous risquez votre peau.»

Une fois dans sa chambre, épuisé par son long voyage et par le changement de climat, Surunen eut à peine la force de se laver la figure avant de se jeter sur son lit. Il poussa un lourd soupir. Ses tempes battaient. Tout son corps était douloureux, il avait mal aux pieds. Il avait aussi soif, mais il n'y avait rien à boire.

Bercé par l'apaisant ronronnement régulier de la climatisation, Surunen regardait le plafond qui, dans l'aube naissante, avait l'air neuf. On n'y voyait aucun gecko. Il avait lu de nombreux récits de voyages dans des pays tropicaux. On y racontait que sur les murs et les plafonds des hôtels couraient toute la nuit des espèces de lézards, les geckos, qui se nourrissaient de petits insectes. Il se leva et examina sa chambre de fond en comble : murs, sol, plafond, et même la salle de bains, mais il n'y avait pas l'ombre d'un animal. Déçu et fatigué, il regagna son lit. Il ne lui restait plus qu'à essayer de dormir sans compagnie.

Il était déjà plus de midi quand il se réveilla. Il se lava, se rasa, se brossa les dents, s'habilla de frais et alla à la fenêtre regarder le paysage. Sa chambre se trouvait au dixième étage du gratte-ciel. La vue qui s'ouvrait devant lui était d'une saisissante beauté. Les places et les rues animées de la ville s'étendaient au pied de l'hôtel. L'architecture des bâtiments anciens, de style espagnol, était pittoresque. Les parcs verdoyaient, le soleil brillait au zénith presque sans projeter d'ombres. Plus loin, au sud-ouest, l'océan Pacifique scintillait, frangé d'écume. À l'opposé, de l'autre côté de l'agglomération, des montagnes déchiquetées dressaient vers le ciel leurs sommets enneigés. Plus bas, sur leurs pentes, s'élevaient des maisons blanches, sûrement des villas de la classe dirigeante. Les nuages, au-dessus des pics, ressemblaient à une mousse glacée. On avait du mal à imaginer qu'il puisse y avoir dans un pays aussi beau, et au climat aussi agréable, autant de haine et de souffrance. On se serait cru au paradis, Surunen savait pourtant que le Macabraguay n'était pas ce qu'il semblait être, mais au contraire un véritable enfer pour bon nombre de ses habitants.

Il essaya de téléphoner en Finlande à la maîtresse de musique Anneli Immonen. «La communication avec l'Europe est malheureusement coupée. Vous devriez aller au bureau du télégraphe et envoyer un télégramme, d'ici on ne peut joindre que le Salvador, et encore pas tout le temps.»

Le standard lui apprit qu'il y avait eu deux semaines plus tôt au Macabraguay une petite tentative de putsch… L'état d'urgence avait entre autres été décrété. Il y avait ensuite eu dans les montagnes un tremblement de terre de magnitude moyenne, et, depuis, impossible de joindre l'Europe, ni aucun autre pays, d'ailleurs. À part le Salvador…

Surunen resta stupéfait. Y avait-il réellement eu une révolution au Macabraguay quinze jours plus tôt? Les journaux finlandais n'en avaient rien dit, comment était-ce possible?

«Ce n'était pas à proprement parler une révolution. Un coup d'État, à la rigueur, mais raté. Est-ce que la Finlande fait vraiment partie de l'Europe? J'ai toujours cru qu'elle se trouvait en Alaska, qu'elle était sa région la plus froide.

— La Finlande est un pays européen. Elle n'a même pas de frontière commune avec l'Alaska, expliqua Surunen.

— Je ne savais pas, voilà qui est intéressant.»

Le philologue raccrocha. Il s'en passait de belles, ici! Les correspondants de la presse internationale n'étaient apparemment pas légion au Macabraguay, ou alors il régnait dans le pays un tel chaos que les petites luttes de pouvoir ne méritaient pas les honneurs d'une dépêche.

Surunen déjeuna rapidement au restaurant du rez-de-chaussée, puis s'occupa de changer de l'argent. Il sentait qu'il n'irait pas loin avec sa carte de crédit internationale.

La banque centrale du Macabraguay se trouvait dans un palais construit à la fin du XIXe siècle qui se dressait sur la place principale de Santa Riaza. Au milieu de celle-ci babillait une grande fontaine ronde entourée de quatre superbes statues équestres. Elles représentaient des hommes d'État ayant dirigé le Macabraguay au cours des dernières décennies. Des généraux en uniformes chamarrés bombaient le torse sur le dos de trois des destriers, mais le quatrième était planté au bord du bassin sans son général, la selle vide. Surunen demanda à des promeneurs pourquoi la statue était incomplète, pourquoi le cheval n'avait-il pas de cavalier?

On lui expliqua que, deux semaines plus tôt, il était encore monté par le général Ernesto de Pelegrini, l'actuel président du Macabraguay, mais les soldats insurgés avaient dessoudé le dirigeant de bronze de sa selle et l'avaient conduit à la décharge sur le toit d'un tank. Quand la rébellion avait été matée, on avait en toute hâte remis le général de Pelegrini sur le dos de son cheval. On s'était alors aperçu que la statue avait été si gravement endommagée qu'elle n'était plus digne de son modèle. On l'avait confiée pour être restaurée à l'Institut national muséographique de la sculpture. Le bronze avait d'ailleurs déjà été réinauguré trois ans plus tôt, précisèrent les badauds. À l'époque, le cavalier et sa monture avaient été arrachés ensemble à la fontaine. La foule en colère avait jeté le tout dans l'océan, au large de Santa Riaza. Mais cette révolte aussi avait échoué, et la marine macabraguayenne avait été chargée de repêcher la statue équestre. La tâche n'avait pas été facile, mais, avec l'aide de la flotte américaine, Pelegrini et son cheval avaient enfin été remontés à la surface. Ils avaient été remis à leur place, on avait organisé une belle cérémonie et tout était une fois de plus rentré dans l'ordre. À l'origine, la statue avait été érigée en 1979, quand Pelegrini avait accédé pour la première fois au pouvoir. Beaucoup de Macabraguayens se rappelaient encore très bien cette inauguration initiale.

Quand Surunen poursuivit son chemin, une bande d'une dizaine d'enfants surgit dans son sillage, quémandant des piécettes et criant toutes sortes de choses comme les gamins des rues en ont l'habitude.

«Monsieur, donne-nous quelques escorniflores, ma sœur est malade…» Des escorniflores? Qu'est-ce que c'était? De l'argot local? Quoi qu'il en soit, Surunen distribua une poignée de pièces à la ribambelle de petits mendiants, dans l'espoir de s'en débarrasser, mais avec pour seul résultat de voir doubler en un instant le nombre de ses suiveurs, qui réclamaient à tue-tête un peu d'argent. Les enfants crient à pleins poumons dans tous les pays du monde, mais ici ils criaient famine. En Finlande, songea l'enseignant de langues vivantes, ses élèves ne faisaient du boucan que parce qu'ils étaient mal élevés.

À la banque, Surunen dut présenter son passeport et son visa d'entrée dans le pays. Après avoir rempli plusieurs formulaires et attendu près d'une heure, on compta enfin devant lui une grosse liasse de billets de banque macabraguayens. Il comprit alors ce que les enfants criaient. La monnaie locale était le truandero, qui se divisait en cent escorniflores. Un truandero valait un mark finlandais trente-trois, et un escorniflor valait donc un penni trente-trois. Les billets avaient la taille internationale des dollars et s'ornaient de superbes bustes d'hommes d'État macabraguayens. Il y avait des pièces de cinquante, vingt, dix et cinq escorniflores, ainsi que d'un truandero. La plus grande était octogonale, celle de cinquante escorniflores était percée d'un trou au milieu et les piécettes étaient en nickel, exactement comme celles que l'on surnommait dans le temps en Finlande les larmes de Kekkonen.

Une fois sorti de la banque, et après s'être assuré que les petits mendiants ne l'attendaient pas, Surunen s'engagea dans une ruelle où il trouva un café. Il commanda deux délicieuses tortillas, accompagnées d'une bière américaine en bouteille. Le tout ne lui coûta que huit escorniflores. Il constata avec satisfaction qu'avec des prix aussi bas son argent lui suffirait pour séjourner au besoin un an au Macabraguay.

Au bureau du télégraphe, il envoya un télégramme à la maîtresse de musique Anneli Immonen. Il y racontait son voyage et lui donnait l'adresse de son hôtel. Puis il téléphona à l'université de Santa Riaza, où il laissa un message au professeur Cárdenas : le philologue et dialectologue finlandais Viljo Surunen viendrait le saluer le lendemain.

Sur le chemin de l'hôtel Americano, il acheta dans un kiosque à journaux un guide touristique du Macabraguay. Ses informations sur le pays provenaient des vieux ouvrages généraux qu'il avait pu trouver en Finlande. Il s'installa au bar de l'hôtel, un verre de whisky sous le nez, et entreprit de feuilleter le guide.

Le Macabraguay s'étendait sur une superficie de 19 483 kilomètres carrés, le pays était donc assez petit, et en majeure partie couvert de montagnes arides. Au dernier recensement, on avait compté 3,7 millions d'habitants — l'information datait de 1967. La langue officielle était l'espagnol, et plus de 90 % de la population était catholique. Le pays était divisé en seize départements, la monnaie était donc le truandero, et la différence de fuseau horaire avec la Finlande était telle que quand midi sonnait là-bas, ici il faisait nuit et les pendules n'indiquaient que quatre heures du matin.

Surunen prit une gorgée de whisky. Les glaçons tintèrent dans son verre. Il se demanda s'il risquait d'attraper la turista... Les glaçons et l'eau du robinet donnent facilement la colique aux voyageurs, à l'étranger.

La compagnie aérienne macabraguayenne avait pour code XU, la fête nationale tombait le 20 avril et l'hymne national s'intitulait *Prions éternellement la Sainte Vierge Marie*. La capitale était Santa Riaza, l'économie...

Surunen fut interrompu par deux jolies jeunes femmes qui lui annoncèrent sans vergogne qu'elles étaient étudiantes et seraient flattées qu'un gentleman étranger tel que lui ait la bonté de leur offrir un verre ou deux, histoire de faire connaissance.

Il vit tout de suite qu'il s'agissait de prostituées. Il leur paya à boire, se plaignit d'être pressé et fila vers l'ascenseur pour se réfugier dans sa chambre.

Peu de temps après, on frappa à la porte. Surunen se garda bien de répondre et mit la chaîne de sécurité. Les donzelles du bar, dans le couloir, lui crièrent d'une voix enjôleuse :

«Tu peux nous avoir toutes les deux pour cent truanderos chacune! Dans un hôtel aussi chic, on demande en général cent cinquante, mais on est prêtes à te faire une ristourne parce que tu as l'air sympa!»

Surunen fut un instant tenté par l'offre; il allait poser la main sur la chaîne de sécurité quand il se rappela les doux yeux et le corps merveilleux de la maîtresse de musique Anneli Immonen. La porte resta close. Le philologue se jeta sur son lit et se couvrit la tête de son oreiller. Le couloir résonna de jurons furieux, mais il ne les entendit pas. Le front emperlé de sueur, il mordait un coin de drap.

Au bout d'un moment, Surunen se calma et reprit la lecture de son guide touristique. D'après l'ouvrage, le Macabraguay avait obtenu son indépendance en 1821. Il avait connu depuis plus de soixante révolutions. Le pays, gouverné par un président, était activement soutenu par les États-Unis et disposait de sa propre marine et de sa propre armée. Son économie reposait essentiellement sur l'agriculture et l'industrie minière, 80 % de la population était métisse, le taux d'alphabétisation était de 50 % et la mortalité de 100 % tout rond.

5

Le professeur Jacinto Marco Aurelio Cárdenas, de la faculté des langues de l'université de Santa Riaza, était un homme d'une cinquantaine d'années aux tempes déjà grisonnantes, au corps frêle et aux traits délicats. Il avait l'air las, expérimenté et cynique. Il se montra cependant ravi de la visite du philologue Viljo Surunen.

«Nous ne voyons pas souvent d'Européens, ici, déclara-t-il en lui serrant la main. On m'a dit que vous veniez de Helsinki et que vous vous intéressiez aux dialectes indiens.»

Surunen lui remit sa lettre de recommandation. Cárdenas y jeta un rapide coup d'œil et la lui rendit. Puis il lui proposa d'aller s'asseoir dans le jardin, car la journée était chaude et les ventilateurs encore une fois en panne.

L'université de Santa Riaza occupait un imposant palais construit au début du siècle. Elle était entourée d'un grand parc aux pelouses peuplées d'étudiants adeptes du jogging. Ils portaient des T-shirts sans manches sur la poitrine desquels s'étalaient les noms d'universités anglaises ou américaines. Aucun n'arborait le logo de celle de Santa Riaza, pourtant plus ancienne que la plupart des établissements étrangers qu'ils admiraient. Elle avait été fondée dès le XIXᵉ siècle, ainsi que Cárdenas l'apprit à Surunen, mais n'occupait ce lieu que depuis 1922.

«Il fut un temps où l'université de Santa Riaza était l'un des établissements d'enseignement supérieur les plus célèbres d'Amérique latine», fit remarquer le professeur. Puis il conduisit son visiteur à un banc qui se trouvait au milieu d'une vaste étendue de gazon.

«C'est mon endroit préféré, expliqua-t-il. D'ici, on voit dans toutes les directions, et à une distance suffisante. On peut bavarder en toute tranquillité sans avoir peur d'être écouté.»

Plus loin sur la pelouse, un groupe de jeunes gens flânait, l'air de s'amuser, sans qu'aucun semble pressé d'aller nulle part, alors qu'à cette heure de la matinée on aurait pu croire le moment propice à la tenue de cours.

«Il y a des élèves présents, apparemment, même en plein été. Ils doivent prendre leurs études très au sérieux.

— Si on veut. Les cursus ont été un peu chamboulés, ces dernières années. Pourrais-je voir votre passeport?»

Surunen lui montra le document, vierge de tout tampon de La Havane ou de Moscou, qu'il avait utilisé depuis le Mexique. Le professeur Cárdenas le feuilleta plusieurs fois, regarda attentivement le visage de l'homme assis à ses côtés en le comparant à la photo.

«Vous êtes donc réellement le philologue Viljo Surunen, de Finlande?»

L'enseignant de langues vivantes jura que oui.

«Mais dites-moi, combien y a-t-il d'habitants à Helsinki?»

Surunen répondit que si ses souvenirs étaient bons il devait y en avoir 550 000, à peu de chose près. Cárdenas rectifia : selon ses informations, la capitale finlandaise comptait 522 000 habitants, à en croire le recensement de 1968.

«J'espère que vous ne m'en voudrez pas, mais je dois encore vous poser deux questions. Pouvez-vous me dire en quelle année l'université de Helsinki a été fondée? Et quelles sont les facultés qui la composent?»

Surunen resta perplexe un moment, puis se rappela que l'université de Helsinki avait été fondée en 1828 et qu'elle regroupait actuellement au moins les facultés de théologie, droit, médecine, mathématiques et sciences de la vie, sciences politiques, agriculture et sylviculture et bien sûr histoire et philologie, où il avait lui-même fait ses études. Sans oublier, cerise sur le gâteau, la faculté d'éducation physique.

Cette litanie acheva d'amadouer le professeur jusque-là suspicieux. Il serra chaleureusement la main de Surunen. Une lueur bienveillante s'alluma dans ses yeux.

«Nous devons être très prudents, ici au Macabraguay, et ne pas avoir de conversations avec n'importe qui. Il y a des provocateurs partout. Des espions vous écoutent à chaque instant. C'est pour cela que nous sommes assis ici au milieu d'une pelouse déserte. Personne ne peut nous entendre, nous pouvons parler librement. Je pense, cher collègue, que tu es réellement le philologue Viljo Surunen, et je peux donc maintenant t'avouer que je suis bien l'agent de liaison avec qui Anneli Immonen et toi avez été en contact à Santa Riaza. »

Le professeur Cárdenas décrivit à Surunen son réseau de relations et promit de l'aider. Il avait transmis son télégramme à Mme López. Il exprima cependant le souhait de ne pas recevoir de sa part de coups de téléphone ou de lettres abordant des sujets confidentiels.

« Je commence à être trop vieux pour aller en prison. Je ne supporte plus l'idée de la torture, j'ai eu ma part de cruauté de la vie dans ce coin du monde. »

Surunen lui fit part de son intention d'aider Ramón López. Le professeur Cárdenas trouva son projet très noble et digne d'intérêt, mais lui recommanda d'éviter toute erreur.

« Je ne sais pas si tu es de gauche, mais si tu l'es, garde-le pour toi tant que tu seras ici. Si Jésus-Christ lui-même vivait aujourd'hui au Macabraguay et avait vent de tes sympathies gauchistes, il se ferait immédiatement arrêter et interroger. Il serait atrocement torturé et, pour finir, liquidé. Aucune information officielle ne filtrerait sur lui. Marthe et Marie seraient conduites en prison, et peut-être aussi assassinées. Dans ce pays, Jésus ne serait pas crucifié, il disparaîtrait à jamais. Peut-être, des années plus tard, découvrirait-on un jour son corps supplicié dans une carrière abandonnée, mais à ce stade aucun mortel ne parviendrait à l'identifier. Ni même Dieu le Père, à vrai dire.

— Tu es plutôt cynique, Jacinto.

— J'ai été arrêté en 1979, la même semaine que Ramón. On le soupçonnait d'avoir appartenu dans sa jeunesse à un mouvement étudiant qui avait depuis été dissous. Pour ma part, j'ai été raflé tout à fait au hasard. À l'époque, on emmenait des centaines d'étudiants et de professeurs de cet établissement. Des camions militaires blindés venaient se garer devant le bâtiment au beau milieu de la journée et on vidait les salles de classe en plein cours. C'était comme d'être conduit à l'abattoir. L'armée voulait montrer que mieux valait ne pas se rebeller au Macabraguay, surtout à l'université.

— Mais tu t'en es sorti ?

— J'ai d'abord été copieusement tabassé au centre de détention. C'était dans une usine à l'extérieur de la ville. Ce qui s'y passait était épouvantable. J'ai failli y laisser ma peau. Plusieurs personnes n'ont pas survécu, j'ai vu au moins trois morts de mes yeux. Puis j'ai été transféré dans une prison, où les interrogatoires ont continué. On m'a administré des décharges électriques dans les parties génitales. On m'a donné des coups de pied dans le bas-ventre. On m'a accusé d'avoir incité les étudiants à se révolter. Je n'ai jamais rien fait de tel, et pourtant il y aurait eu de quoi. Je suis resté deux mois en détention provisoire. Puis j'ai été condamné à huit ans de prison, Dieu seul sait pourquoi. J'ai passé dix-huit mois dans un immonde trou à rats dans les montagnes avant qu'il n'y ait un nouveau coup d'État à Santa Riaza et que je sois libéré. Il a malgré tout fallu encore plus d'un an pour que je retrouve mon travail à l'université. Si on peut appeler ça un travail.»

Pendant leur conversation, un groupe de jeunes gens musclés s'était rassemblé sur la pelouse devant le bâtiment principal de l'université. Ils étaient vêtus de tenues rembourrées, coiffés de casques en plastique qui brillaient au soleil et munis d'un ballon ovale derrière lequel ils se mirent à courir en tous sens, emplissant le parc d'un vacarme infernal.

«Ils jouent au football américain. Essayez donc d'enseigner quoi que ce soit à des brutes pareilles, soupira tristement le professeur Cárdenas. Ce jeu est incroyablement stupide et violent, comme eux.»

Surunen compatit. À Helsinki aussi, on jouait au rugby. Sur le terrain de sport qui se trouvait juste à côté de chez lui, des hommes finlandais adultes se démenaient tous les week-ends aussi bruyamment que les étudiants de Santa Riaza.

Cárdenas exprima son hostilité envers l'américanité, synonyme pour lui de la culture de parvenus des pays d'Amérique du Nord.

«Mais que peut-on attendre d'une nation dont l'histoire est faite de violence et de justice expéditive? La conquête de l'Ouest n'a été qu'un immense partage historique de dépouilles, on ne peut pas la considérer comme une implantation pacifique de pionniers sur un nouveau continent. Les vainqueurs, lors de cette conquête, ont été ceux qui étaient les plus dénués de scrupules, et ce sont eux qui ont construit les États-Unis.»

Cárdenas alluma une cigarette. Il souffla la fumée en direction des sportifs braillards.

«La colonisation de l'Amérique latine n'a pas été moins barbare. Ce sont les Espagnols et les Portugais les plus avides et les plus sanguinaires qui ont traversé l'océan. Ils se sont installés ici, ont tué de nombreux Indiens et imposé leur joug aux survivants. Tous nos pays déshérités ont été fondés sous l'effet de la fièvre de l'or et c'est pour cela que nous continuons à baigner dans le sang, déclara le professeur Cárdenas d'une voix éteinte.

— Peut-être l'avenir se trouve-t-il dans la jeunesse, philosopha Surunen.

— En tout cas pas dans cette jeunesse-là», répliqua Cárdenas. Selon lui, la moitié à peine des étudiants inscrits à l'université de Santa Riaza y étaient pour se préparer à un métier. Les autres étaient des mouchards de toutes sortes qui avaient pour mission de surveiller leurs condisciples et surtout les professeurs. Et il en allait de même pour ces derniers, cinquante pour cent étaient à la solde de la junte.

«Nous devons faire cours à ces abrutis, jour après jour, alors que tout le monde est conscient qu'ils savent à peine lire. On voit les mêmes têtes en train de faire semblant d'étudier dans la journée et, le soir et la nuit, en train de patrouiller et de tuer des innocents dans les bidonvilles et les villages. L'université est aussi infiltrée par des espions de la police secrète et de l'académie militaire. Tous la même racaille.

— Ça ne me paraît pas très démocratique.

— Ne prononce pas ce mot ici. Le gouvernement n'arrête pas de faire de grands discours sur les droits démocratiques des citoyens, mais si jamais l'un d'eux a la bêtise de se joindre au chœur, il signe son arrêt de mort. Parler de démocratie, ici, est synonyme de sédition. Seule la junte peut utiliser ce mot sans danger, il est beau, mais il ne signifie rien pour elle, en réalité.»

Le professeur Cárdenas en vint ensuite à Ramón López.

«Ce pauvre Ramón est dans une triste situation. Il a été malade, ces derniers temps. Ça n'a rien d'étonnant, car il est incarcéré dans les montagnes. Le climat est rude et les conditions de détention, dans la prison d'État de La Trivial, sont épouvantables. Il devrait malgré tout être encore en vie.»

Cárdenas donna à Surunen l'adresse de la femme de Ramón, Consuelo de López. Elle habitait dans le bidonville de Paloma, à l'est de Santa Riaza, dans les faubourgs que le philologue avait traversés dans la nuit, sur le trajet de l'aéroport à l'hôtel, conduit par un chauffeur de taxi indien ivre. Il demanda au professeur s'il pouvait sans crainte aller directement voir Mme López, ou s'il devait prendre des précautions particulières.

« Difficile à dire… mais je peux te donner une lettre de recommandation et une autorisation de recherche dialectologique. Tu as un magnéto-phone, j'espère ?

— J'ai ma vieille bécane, oui.

— Alors va avec à Paloma et enregistre les gens. Pose-leur des questions linguistiques et eth-nologiques, et ne les laisse pas parler politique. Une fois ton étude lancée, tu pourras rencontrer Consuelo sans éveiller les soupçons. Transmets-lui mes amitiés et, si tu arrives un jour à voir Ramón, salue-le lui aussi de ma part. Dis-lui que l'université de Santa Riaza n'existe plus, en pra-tique. Elle n'est plus qu'une police secrète dégui-sée en équipe de rugby. Un enseignant comme lui y serait terriblement malheureux. Le savoir le consolera peut-être un peu. »

Cárdenas rédigea les papiers promis. En pre-nant congé de Surunen, il lui donna un dernier conseil :

« Quand tu auras enregistré quelques bandes, laisse-les en évidence dans ta chambre d'hôtel. Tu peux être sûr que la police secrète les écoutera dès que tu auras le dos tourné. Quand ils verront qu'elles ne contiennent que des échantillons de dialecte, ils te feront petit à petit confiance. Je te souhaite bonne chance, je dois aller donner un cours. Discourir dans le vide pour rester en vie. »

Le soir, à l'hôtel Americano, le philologue Viljo Surunen s'offrit quelques verres au bar. Les deux jolies filles de la veille étaient aussi là. En le voyant, elles froncèrent les sourcils. Il aurait pourtant eu envie d'aller bavarder avec elles, il avait le sentiment d'avoir été trop dur, le soir précédent, et voulait se racheter. Et puis cela faisait longtemps qu'il n'avait pas dormi auprès d'une femme. Mais elles étaient d'humeur revêche et il se résolut à les laisser tranquilles. Il reporta son attention sur un Américain qui dodelinait à une petite table du bar, l'air éméché, devant un verre de rhum à moitié vide. Il portait un costume clair, bien coupé mais plutôt défraîchi. Son visage ridé n'aidait pas à déterminer son âge. Il pouvait aussi bien avoir la trentaine que la soixantaine. Tout son être respirait une profonde lassitude de la vie. Il avait sûrement connu des jours meilleurs, mais semblait avoir abandonné tout espoir.

Surunen décida d'aller bavarder avec lui. L'homme était bien américain. Journaliste, correspondant au Macabraguay d'un grand quotidien californien. Il se nommait Tom Haslemore.

Le reporter fut ravi d'avoir de la compagnie.

«Ça fait plaisir de rencontrer un Blanc dans ce trou perdu, pour changer, déclara-t-il. Comment va la Finlande? Vous avez des soucis avec les Russkofs, non?

— Pas du tout, nous nous entendons très bien avec eux, protesta Surunen.

— Sans doute. Je n'en sais rien, en fait. Je n'ai

jamais été en Finlande, allez savoir pourquoi. Et je n'irai sans doute jamais.»

Tom raconta avoir précédemment été pendant quelques années correspondant de son journal en Haïti. Cela faisait maintenant deux ans qu'il avait été envoyé moisir au Macabraguay.

«Il ne se passe jamais rien d'intéressant, ici», se plaignit-il. Surunen fit remarquer que, d'après ce qu'il en savait, il y avait quand même eu au fil des ans de nombreux coups d'État militaires au Macabraguay. En ce moment même, les incidents se multipliaient, dans les montagnes, entre l'armée et les guérilleros paysans. Et deux semaines plus tôt, on s'était battu jusque dans la capitale.

«Oui, mais c'est parfaitement normal, en Amérique latine. Dans ces pays, il y a des putschs au programme toutes les semaines. Les colonels ont le sang chaud. Ça finit parfois par une révolution, parfois pas. Quelle importance? C'est toujours la même chose, quoi qu'il arrive. J'ai toujours été d'avis que nous autres Américains, nous devrions mettre fin à ce bordel une bonne fois pour toutes en occupant tous ces ridicules confettis. Mais Washington traîne les pieds, comme toujours.»

Surunen offrit un verre au reporter, qui accepta volontiers. Il avait l'air d'avoir déjà un sérieux coup dans le nez, et ce n'était visiblement pas la première fois.

«Quand j'étais jeune, je croyais à la liberté de la presse et à toutes ces conneries. J'ai fait le tour de la planète comme correspondant de guerre…

J'étais plein d'enthousiasme à l'époque. Je n'en peux plus, maintenant, et je m'en fiche.»

Deux verres plus tard, Tom Haslemore avoua être un alcoolique impénitent.

«Ils m'ont envoyé dans ce trou du cul du monde parce qu'ils n'ont pas osé me mettre carrément à la porte. Ça fait deux ans que je fréquente ce bar tous les jours. Tu parles d'une vie!»

Tom avala tristement une gorgée.

«C'est en Haïti que j'ai mal tourné. J'ai l'impression que j'en ai rapporté le sida en guise de cadeau d'adieu. Je me sens tellement fatigué, comme si j'avais déjà soixante-dix ans. En réalité, je n'en ai qu'un peu plus de quarante. Incroyable, non?»

Soudain son visage s'éclaira.

«Il y a deux semaines, j'ai quand même écrit une page de l'histoire de ce pays. Sans moi, l'actuel président, le général Ernesto de Pelegrini, ne serait plus au pouvoir. Il aurait été contraint de s'exiler aux États-Unis.»

Surunen lui paya un nouveau verre et le pria de lui raconter toute l'affaire.

«Il y a quinze jours, donc, une nuit, les colonels ont de nouveau fait chauffer leurs tanks. Ils étaient paraît-il en contact avec Washington et tout devait être OK, en avant pour un putsch! Sur le coup de minuit, des blindés ont surgi dans les rues de Santa Riaza, où il y a semble-t-il eu pas mal d'échanges de tirs. Je n'en ai rien su, parce que je ronflais ivre mort dans ma chambre. Le lendemain matin, la radio a claironné qu'il y avait eu une révolution. On m'a téléphoné de Californie et on m'a demandé ce qui s'était passé. J'avais une gueule de bois terrible et je n'en savais absolument rien. Je me suis lavé la figure, j'ai bu un verre et j'ai pris l'ascenseur pour descendre dans le hall. J'ai jeté un coup d'œil dans la rue. Il y avait un soldat en faction devant la porte. Je lui ai demandé ce qui s'était passé. Il ne savait pas non plus. Il m'a ordonné de rentrer à l'intérieur. J'ai obéi et j'ai envoyé un télex disant qu'il ne s'était rien produit de particulier. J'ai ajouté que le président de Pelegrini siégeait toujours dans son palais, que la ville était parfaitement calme et qu'il faisait beau. Ç'a été la première information diffusée dans le monde depuis Santa Riaza à propos de cette guerre. Notre ambassadeur ici m'a presque aussitôt téléphoné pour savoir si le putsch avait réellement échoué. Je lui ai dit de regarder lui-même par la fenêtre. Il l'a sans doute fait, et a informé Washington que tout le bazar s'était soldé par un fiasco. Ma dépêche a fait le tour du monde, et le monde y a cru. Washington n'a pas osé soutenir ouvertement les colonels, qui ont été obligés de décamper. Les blindés sont retournés en bon ordre à leurs bases, les soldats ont été renvoyés dans leurs casernes et quelques commandants ont été mis aux arrêts domiciliaires. Certains officiers subalternes ont sans doute aussi été pendus à des lampadaires. Le président s'est exprimé à la radio et a remercié le peuple macabraguayen et ses fidèles forces armées. Enfin… c'est moi qu'il aurait dû remercier. Moi et mon épouvantable gueule de bois, voilà la clef de l'affaire. On peut dire qu'en buvant, j'ai fait sans le vouloir capoter une révolution.»

Tom Haslemore leva son verre. Une lueur rusée brilla dans son regard. «Drôle d'histoire... une cuite, un réveil difficile, et le sort de tout un pays a été scellé. On dit que la révolution dévore ses enfants. Peut-être. Moi, j'ai bu une révolution entière.»

6

Tôt le lendemain, le philologue Viljo Surunen décida d'aller voir la femme de Ramón, Consuelo de López. Mais il commença par faire une promenade sur la place du marché, déjà animée malgré l'heure matinale. Les gens se pressaient par centaines, les acheteurs étaient en majorité de corpulentes mères de famille qui passaient d'un étal à l'autre, à l'affût des meilleures offres. Les denrées étaient exposées sur des tréteaux ou des charrettes, ou, pour les vendeurs les plus pauvres, sur de simples sacs de jute posés à même le sol, débordant de délices : maïs, noix, tubercules, épices. Les marchands vantaient à tue-tête leurs produits, le quartier entier résonnait de leurs cris, personne n'entendait rien. Et pourtant les affaires marchaient, truanderos et escorniflores changeaient de mains.

Le vacarme était tel que Surunen jugea bon de quitter les lieux. Il se réfugia dans le marché couvert qui se dressait de l'autre côté de la place, plein d'échoppes proposant des produits ména-

gers, du linge de maison, des meubles, des cuisi-
nières électriques, des tapis et de la vaisselle. Une
des boutiques vendait des perceuses électriques,
des marteaux, des clous. C'était une quincaille-
rie. Surunen demanda à l'homme à moustache
noire qui la tenait s'il avait des machettes, l'équi-
valent local de la serpette finlandaise, utilisé pour
se frayer un chemin dans la jungle.

Le quincaillier posa sur le comptoir plusieurs
de ces redoutables coutelas, tous plus grands et
plus tranchants les uns que les autres. Il y avait le
choix : les prix variaient de vingt-deux à trente-
six truanderos.

Surunen acheta une machette de taille
moyenne, facile à dissimuler sous le revers de sa
veste, qui lui coûta vingt-deux truanderos, étui
compris.

«Au cas où vous auriez besoin d'armes à feu,
j'ai peut-être aussi ce qu'il vous faut», glissa le
boutiquier en tortillant sa moustache noire.

La curiosité de Surunen s'éveilla. Était-il vraiment aussi simple de se procurer une arme?

«Je peux vous vendre un fusil d'assaut ou un
lance-grenades léger, si ça vous intéresse. Les
mitraillettes sont à deux cent cinquante truanderos et les cartouches à soixante escorniflores
pièce, ou, par lots de mille, à quarante-cinq.
Bonne affaire, non?»

Surunen fit remarquer que, si ses renseignements étaient exacts, aucun civil n'était autorisé
à porter une arme, au Macabraguay, et leur commerce était interdit.

« Eh bien, tout dépend. Écoutez donc les bruits de la ville, la nuit. Qu'entendez-vous ? Des miaulements de chat et des aboiements de chien ? Non. Il y a toutes les nuits des fusillades, à Santa Riaza, c'est un fait. Les soldats tirent bien sûr pour passer le temps, mais les civils ne sont pas en reste, vous devriez ouvrir votre fenêtre, de temps en temps, et tendre l'oreille. »

Le quincaillier expliqua que les armes qu'il vendait étaient de fabrication américaine, du premier choix. Sur commande, il pouvait par exemple aussi livrer en quelques jours à son honorable client étranger un canon de campagne léger, à condition de se mettre d'accord sur le prix.

Surunen le remercia pour son offre et promit d'y réfléchir. Puis il ceignit sa machette, sous sa veste, et retourna à son hôtel, plongé dans ses pensées. Là, il cacha son acquisition sous son matelas, en espérant ne jamais avoir à s'en servir.

Mieux valait d'ailleurs aussi dissimuler son second passeport. Si quelqu'un découvrait qu'il en avait deux, dont l'un muni de tampons de Moscou et de La Havane, cela risquait d'éveiller de dangereux soupçons. Il ne pouvait pas le garder dans sa chambre d'hôtel. Il devait trouver une cachette plus sûre.

Surunen vérifia que son magnétophone fonctionnait. Il l'emporta et prit un taxi pour aller rendre visite à la femme de Ramón, Consuelo, dans le bidonville de Paloma. En chemin, il acheta une grande boîte de chocolats, car il savait qu'elle avait au moins quatre enfants. La journée était déjà si avancée que la canicule pesait sur la ville. Il demanda au chauffeur de taxi de le conduire au plus vite à Paloma, afin que le chocolat n'ait pas le temps de fondre.

« Même en y allant à une allure d'escargot, ce nid de vermine ne bougera pas de là où il est, grommela l'homme. À votre place, monsieur, j'irais plutôt voir les prostituées du centre-ville. Les putes de Paloma sont toutes plus vérolées que des chiens galeux. Mais ça vous regarde, si vous tenez à y laisser votre peau. »

Le philologue Viljo Surunen n'avait jamais auparavant mis les pieds dans un véritable bidonville. Il en avait vu des photos, il savait de quoi avaient l'air les quartiers pauvres de São Paulo, Mexico, Nairobi ou Calcutta. Ils étaient tous désespérément semblables, et le faubourg de Paloma, à Santa Riaza, ne s'en différenciait en rien. Les constructions ne tenaient debout que par miracle, certaines avaient trois ou quatre étages, mais la majorité n'étaient que des cabanes serrées entre les immeubles, recouvertes de tôle ondulée rouillée, avec des murs en argile ou en briques de récupération, des portes pour la plupart fermées par de simples lambeaux de toile de jute. Sur quelques toits se dressaient des antennes de télévision. Aucune habitation ne ressemblait à sa voisine, mais toutes étaient uniformément misérables. Les ruelles étaient étroites et sales. On devinait que par temps de pluie elles se transformaient en égouts boueux.

Des chiens erraient partout, la queue basse. Ils avaient chassé sur les palissades et les toits des masures les centaines de chats du bidonville. De là, ces pauvres créatures aux poils emmêlés regardaient, affamées, apathiques et moroses, la vie qui grouillait à leurs pieds. Des enfants crasseux, des femmes fatiguées et des hommes au chômage se pressaient dans les venelles et sur les placettes de Paloma. Des désœuvrés jouaient aux dés en lâchant de puissants jurons.

Le vacarme était assourdissant. Dans presque chaque maison, des transistors étaient allumés, le son poussé à fond. Les gens s'égosillaient, sans pour autant se quereller en permanence, contrairement à ce que l'on aurait pu croire. Il ne venait à l'esprit de personne de parler d'un ton normal. Les enfants hurlaient d'une voix perçante, courant partout et frappant avec des bâtons des jantes de vélo rouillées ou de sonores bidons vides; dans les arrière-cours résonnaient des cocoricos de coqs excités et des caquètements de poules énervées, mêlés à de furieuses criailleries de femmes et de malsonnantes vociférations d'hommes. Quelque part on tuait un cochon, dont les couinements à déchirer le cœur emplirent l'air jusqu'à ce que son sang se vide dans une bassine en tôle émaillée, qu'on échaude sa carcasse et qu'on la pende à un croc. D'immenses et répugnants essaims de mouches vrombissaient partout au milieu de ce brouhaha, obstruant la bouche et les yeux des hommes et des animaux.

Une photo de bidonville n'a pas d'odeur, un bidonville, si. Celle de Paloma était d'une puissance écœurante, exaltée par la chaleur. Elle se composait d'une puanteur d'égouts bouchés, de nourriture avariée, de fange séchée des ruelles, d'urine, de puces et de tiques de chats et de chiens galeux, de vomissures d'ivrognes et de tuberculeux, d'excréments d'enfants et de tas de détritus pourris.

Il y avait plus chic comme adresse.

Surunen demanda à des hommes qui jouaient aux dés s'il pouvait les interviewer. Il montra son magnétophone et expliqua qu'il était un philologue finlandais venu au Macabraguay étudier les dialectes locaux.

On l'accueillit avec suspicion. Les habitants du bidonville n'attendaient en général rien de bon des bourgeois.

«Qu'est-ce t'as dans c'pacson?» s'enquit quelqu'un en montrant la boîte de chocolats enveloppée dans du papier. Surunen répondit que c'était un cadeau pour Mme Consuelo Espinoza de López.

«Tu connais Consuelo? lui demanda-t-on tout de suite plus aimablement.

— Non, mais j'ai à lui parler. J'ai plusieurs fois écrit à son mari.

— Ouais, Ramón. Il est pas là, mais on va te conduire à Consuelo. Allez, ramène-toi, elle crèche tout près.»

Un bruyant cortège entraîna Surunen jusqu'à la cabane des López. Sur le seuil se tenait une femme mince à l'air triste, qui avait sûrement un jour été très belle, mais n'était plus que fatiguée, grise et fanée.

« Consuelo, t'as de la visite, un type venu exprès d'Europe ! »

Surunen se présenta et offrit ses chocolats. Consuelo s'essuya les mains dans sa jupe, salua l'arrivant et l'invita à entrer. La foule resta dehors devant la porte avant de se disperser peu à peu quand elle revint sur le seuil pour déclarer d'un ton sec qu'elle voulait bavarder en paix avec son visiteur étranger. Puis elle tira le rideau de jute qui fermait l'ouverture et alluma l'ampoule électrique qui pendait au plafond de la cabane sans fenêtre. Elle invita Surunen à s'asseoir sur le lit où se trouvaient déjà deux jolies fillettes brunes, de sept ou huit ans peut-être. Elles caressaient un chat ensommeillé qui ronronnait, les yeux mi-clos.

La bicoque ne comptait qu'une pièce, avec dans un coin une table et deux étagères. Une plaque électrique servait de cuisine, deux bassines de salle de bains. Deux lits à pieds métalliques étaient placés le long des murs. Le sol était recouvert de nattes en paille de maïs et la table d'une toile cirée. L'intérieur était modeste, misérable même, mais parfaitement bien tenu. Les lits étaient faits, le sol balayé, la vaisselle lavée. Les vêtements des enfants étaient usés mais propres.

« Si vous m'aviez envoyé un mot, j'aurais accouru en ville pour vous voir… Je vis dans de si pauvres conditions, aujourd'hui, comme tout le monde ici. Je n'ai même rien de convenable à vous offrir, à part de la bouillie de maïs.

— Ne vous en faites pas. Dites-moi plutôt comment va Ramón.»

D'une voix douce et résignée, Mme de López donna à Surunen des nouvelles de son mari, qui se trouvait dans une triste situation. Il souffrait depuis longtemps de plusieurs maladies internes, mais on lui interdisait de voir un médecin. Il avait perdu toute envie de vivre, et n'espérait plus retrouver un jour la liberté. Il était emprisonné depuis déjà plus de six ans. Sa détention l'avait presque totalement brisé.

«Ces années ont été terribles pour nous tous. Avant son arrestation, Ramón avait un bon poste à la faculté des lettres, nous avions trois enfants bien portants, nous vivions heureux dans un petit appartement tout près de l'université. Après la naissance de Concepción, que vous voyez là, j'ai entrepris une formation d'infirmière. Je n'avais pas eu le temps de la terminer quand Ramón a été arrêté et, six mois plus tard, j'ai accouché de notre petite dernière. Elle aura bientôt six ans. Marguerita, dis merci au monsieur pour les chocolats, c'est ce que font les gentilles petites filles. Après la rafle dans laquelle Ramón a été pris, des soldats sont venus chez nous, ils ont saccagé tout l'appartement, brisé les meubles et la vaisselle, déchiré les livres et jeté les vêtements dehors par les fenêtres. J'ai été obligée de venir m'installer dans ce bidonville. Il y a beaucoup de familles, ici, dont le père a été emmené pour être torturé, ou même tué.»

Consuelo expliqua que ses deux aînés, une fille et un garçon, étaient en ville pour ramasser toutes sortes d'objets de rebut susceptibles d'être revendus à des ferrailleurs. À Paloma, les enfants n'avaient pas accès à l'école. Elle avait elle-même appris à ses aînés à lire et à compter.

«J'essaie de tisser des tapis… et parfois je m'occupe d'enfants malades, ce n'est pas ce qui manque, ici, mais les gens manquent d'argent pour payer les soins. Beaucoup sont encore plus mal lotis que nous.»

Surunen annonça à Consuelo qu'il avait l'intention de demander audience au président Ernesto de Pelegrini. Il voulait intervenir personnellement en faveur de la libération de Ramón.

«Sa mère et moi avons plusieurs fois tenté de nous faire entendre auprès de hauts fonctionnaires afin d'obtenir le réexamen de son cas, mais nous n'avons jamais été reçues. Je doute que vous arriviez à grand-chose.

— Je vais quand même essayer. Et je vais de toute façon aller lui rendre visite en prison. Où est-il détenu en ce moment?»

Consuelo de López expliqua que son mari était retenu prisonnier dans les montagnes, près de la petite ville de La Coruña, à deux cent vingt kilomètres environ de Santa Riaza. Il n'y avait pas d'aéroport, ni même de gare de chemin de fer, juste une route étroite, en très mauvais état par temps de pluie. Mais en ce début d'été, elle était praticable, et il y avait même des autocars, toujours bondés. Consuelo avait été voir son mari pour la dernière fois deux semaines plus tôt, grâce à l'argent envoyé par Surunen. Sa précédente visite remontait alors à près de quatre mois, parce qu'à cause des enfants elle n'avait pas trouvé le temps d'y aller, et n'avait tout simplement pas eu de quoi payer le billet. En plus, la mère de Ramón était morte l'hiver passé. Son frère avait «disparu» dès 1977, sa plus jeune sœur s'était réfugiée au Mexique et s'y était mariée. Il ne restait plus qu'elle pour lui rendre visite.

Surunen avait prévu de louer une jeep pour aller voir Ramón dans sa prison, mais il préféra donner à Consuelo les mille truanderos qu'aurait coûtés cette location. Il pouvait tout aussi bien prendre l'autocar pour La Coruña, la famille López avait nettement plus besoin que lui de cet argent.

En voyant les billets de banque, Consuelo éclata en sanglots. Elle se leva de son tabouret, se jeta au cou de Surunen et resta un long moment à pleurer là. Les fillettes assises sur le lit, inquiètes, vinrent se blottir dans les jupes de leur mère.

«Ne pleure pas, maman. Prends un chocolat, on te le donne.»

Après s'être calmée et avoir séché ses larmes, Consuelo demanda à Surunen d'embrasser Ramón de sa part et de celle de ses enfants. Elle alla chercher un petit ouvrage de couture, une jolie housse d'oreiller qu'elle avait confectionnée pour son mari et sur laquelle elle avait brodé ses initiales et un oiseau.

«Prenez-la pour Ramón, s'il vous plaît. Je n'ai rien d'autre à lui donner pour l'instant. Dites-lui de la remplir avec du foin et des herbes aromatiques séchées, c'est bon pour la santé. Je sais qu'il aime les gros oreillers. Il avait l'habitude de lire au lit. Là-bas, ils ne le laissent même pas lire.»

Surunen plia la pièce de tissu dans sa poche. Il prit congé de Consuelo, tapota les enfants sur la tête et sortit de la bicoque. Il avait la gorge nouée, et du mal à regarder les gens en face tellement il avait les larmes aux yeux.

7

Il était enfin temps d'agir. Sur le chemin de l'hôtel, Surunen fit des réserves d'aliments en conserve — poisson, viande, pâté —, ainsi que de fruits secs, de cacahuètes et de galettes de maïs dont il pensait qu'elles se conserveraient au moins deux ou trois jours, le temps de son voyage à La Coruña et à la prison d'État de La Trivial. Il se renseigna sur le départ du prochain autocar. Il n'y en avait hélas plus le jour même, il fallait attendre le lendemain soir.

Surunen décida de tirer parti de ce délai supplémentaire. Il téléphona au secrétariat de l'évêque de Santa Riaza et demanda une audience. On la lui accorda avec une étonnante facilité, le conviant à rencontrer l'évêque dans l'une des églises catholiques de Santa Riaza, chapelle d'un ancien couvent, le soir même à dix heures.

Surunen pensait proposer à l'évêque de s'associer à lui pour défendre la cause des personnes emprisonnées et torturées au Macabraguay. Les ecclésiastiques locaux étaient en général issus du peuple et beaucoup d'entre eux étaient partisans de plus de liberté.

L'évêque de Santa Riaza était un vieillard aux cheveux blancs, sûrement déjà âgé de plus de soixante-dix ans, grand, digne, sur le visage paternel et ridé duquel flottait un sourire attristé. Surunen commençait à connaître cette expression. Au Macabraguay, elle semblait être le lot de tous les intellectuels.

Monseigneur Moises Bustamonte fit asseoir son visiteur sur un banc de la petite chapelle déserte, et demanda ce qu'il pouvait faire pour l'aider dans ses recherches philologiques.

Surunen avoua qu'il était certes venu de Finlande pour étudier les dialectes locaux, mais aussi pour des motifs humanitaires.

«J'ai ici un ami qui est arbitrairement détenu depuis six ans. Le but principal de mon voyage est de l'aider à retrouver enfin la liberté. Je suis venu vous demander conseil sur la meilleure approche à adopter. J'ai entendu dire que les ecclésiastiques, au Macabraguay, étaient en général du côté du peuple et opposés aux militaires au pouvoir.»

La franchise de Surunen fit sursauter monseigneur Bustamonte, qui lui expliqua ensuite sa situation en tant qu'évêque de Santa Riaza.

Il était déjà à la retraite depuis deux ans et avait eu le temps de s'habituer au repos de la vieillesse quand, l'hiver précédent, son successeur, monseigneur Angel Guerrero, avait été assassiné. C'était arrivé peu après que ce dernier avait exigé de la junte qu'elle libère les prisonniers politiques et mette en œuvre une réforme agraire. Après ce meurtre, le siège épiscopal était resté vacant, et, parmi les prêtres en exercice, il ne s'était trouvé personne d'assez courageux pour vouloir reprendre le flambeau. Il était donc sorti de sa retraite et assumait de nouveau ses anciennes fonctions de chef spirituel de la capitale.

«Je crains qu'on ne me tienne à l'œil. Je ne suis pas très bien vu à l'archevêché.»

Surunen raconta à l'évêque la triste histoire de Ramón López. Le vieillard hocha la tête, plein de compassion. De tels destins étaient légion au Macabraguay.

«Il n'y a pas eu d'élections depuis dix ans. Le parlement a été dissous. La situation dans les montagnes est proche d'une véritable guerre civile. Les paramilitaires terrorisent les campagnes et assassinent les gens pour le compte de la junte. Ils incendient parfois des villages entiers, les habitants sont tués ou emmenés. Ces derniers temps, on a vu de ces escadrons de la mort jusque dans la capitale, à Santa Riaza. Les syndicats ont été asphyxiés, et même totalement interdits depuis 1979. Le système de propriété terrienne est absurde : la majeure partie des terres agricoles, quatre-vingt-quatorze pour cent, appartiennent à de grands propriétaires. La dictature militaire s'épanouit et il n'y a aucun espoir de changement social à l'horizon. Toute activité de gauche est strictement bannie, et toute

personne qui en est suspectée est arrêtée et aussitôt éliminée.»

L'évêque soupira. Il était trop vieux pour empêcher ces horreurs. Mais l'Église était pourtant
selon lui la seule institution qui disposait encore
ne serait-ce que d'un reste de liberté d'action.
Depuis l'assassinat de monseigneur Guerrero,
elle était malgré tout aussi étroitement surveillée.

«La presse locale a été épurée il y a déjà
longtemps. Les journaux indépendants ont été
contraints de mettre la clef sous la porte et ceux
qui restent ne sont plus que des porte-voix du
gouvernement. D'innombrables journalistes ont
été arrêtés et assassinés, une partie a réussi à fuir
le pays. Avec la situation qui règne ici, je crains
que votre protégé n'ait guère de chances d'être
libéré de La Trivial. Je vais malgré tout prier pour
lui… Ce n'est peut-être pas grand-chose, mais je
ne peux pas faire plus.»

Surunen confia à l'évêque qu'il avait l'intention de plaider auprès des autorités pour la
libération de Ramón López, et lui demanda s'il
pouvait user de son influence pour lui obtenir
une audience auprès du président de Pelegrini.

«Je n'ai malheureusement aucune influence en
ce qui concerne le président. Mais si vous voulez
le voir, rendez-vous demain matin devant son
palais. Il a l'habitude de se montrer au peuple
deux fois par mois… il vient plastronner au
balcon sous les acclamations de la foule. Il fait
même parfois un discours.»

Surunen révéla qu'il détenait deux passeports,

dont l'un portait des tampons de Moscou et de La Havane. Devait-il cacher ce dernier?

Monseigneur Bustamonte frémit. Il était vraiment imprudent, à son avis, de se promener à Santa Riaza avec un passeport porteur de telles mentions.

«Donnez-le-moi, je vais le cacher de manière à ce qu'il ne vous cause pas d'ennuis. Je vous le rendrai dès que vous en aurez besoin, adressez-vous à la sœur économe du couvent si je ne suis pas sur place. Je lui en parlerai.»

Surunen tendit le document compromettant à l'évêque, qui le glissa aussitôt dans une poche de sa soutane.

Il était déjà tard quand le philologue quitta la chapelle. Il tenta de trouver un taxi, mais il n'y avait plus guère de circulation dans les rues, ni même de passants. Il partit à pied, respirant l'air frais de la nuit, décidé à aller boire un verre au bar de l'hôtel pour clore cette journée bien remplie. Il n'alla pas bien loin avant que deux soldats en tenue léopard ne l'arrêtent et ne lui demandent qui il était, d'où il venait et où il allait. Ils lui fouillèrent soigneusement les poches et examinèrent un long moment son passeport. Il songea effaré à ce qui aurait pu se passer s'ils avaient aussi trouvé sur lui le second.

«Vous feriez bien de vous dépêcher de rentrer à votre hôtel, et plus vite que ça, les honnêtes citoyens ne traînent pas dans les rues à cette heure-ci», déclara l'un des militaires. L'autre lui indiqua de la main la direction à prendre et agita d'un air méchant son pistolet mitrailleur. Surunen remercia pour le conseil et s'éloigna d'un pas rapide sans oser regarder par-dessus son épaule. Il avait l'impression que les soldats auraient été capables de lui tirer dessus.

Il arriva légèrement essoufflé au bar de l'hôtel, commanda un double rhum et le but cul sec. Puis il regarda autour de lui. Il n'y avait là, en plus du barman, que Tom Haslemore. Il aurait volontiers bavardé avec lui, mais le reporter était si soûl qu'il somnolait, la tête posée sur la table. Le philologue siffla un second double rhum et monta dans sa chambre.

Il avait laissé son magnétophone sur la table de chevet et mémorisé avec soin sa position. L'appareil avait été déplacé, il se trouvait à deux centimètres de plus du bord du meuble. Surunen le mit en marche. La bande avait été entièrement rembobinée, alors qu'il l'avait laissée dans la position où elle se trouvait quand il avait terminé ses enregistrements dans le bidonville de Paloma.

Sous le matelas, la machette avait migré de cinquante centimètres vers le pied du lit. Ce dernier était encore défait, les serviettes n'avaient pas été changées ni le cendrier vidé, la femme de ménage n'avait donc pas fait la chambre. Surunen en conclut que la police secrète l'avait fouillée pendant qu'il s'entretenait avec monseigneur Bustamonte.

Avoir découvert qu'on le tenait maintenant à l'œil était plutôt une bonne chose. Il saurait désormais se montrer davantage sur ses gardes.

Il pourrait aussi, grâce au magnétophone, faire parvenir aux barbouzes des preuves de sa bonne foi. Dans la partie qui se jouait, il avait dorénavant en main d'un peu meilleures cartes que ses adversaires.

Le président du Macabraguay résidait dans un bel hôtel particulier du centre de Santa Riaza. Devant le palais s'ouvrait une petite place où la foule se rassemblait deux fois par mois pour entendre ce que le chef de l'État avait à dire à la nation. Des soldats munis d'armes automatiques étaient postés sur les toits des bâtiments adjacents. Des blindés stationnaient au coin des rues menant à la place. Surunen se joignit à la foule sur le coup de dix heures, alors que la cérémonie allait commencer. Comme tous les arrivants, il se fit contrôler par les militaires, qui examinèrent ses papiers et palpèrent les jambes de son pantalon.

Les conversations allaient bon train. Quelqu'un affirma qu'il y avait dans l'air des signes de tremblement de terre. Ce matin, le soleil s'était levé entouré d'un étrange halo. C'était un présage de séisme. La théorie avait ses partisans, mais beaucoup n'y voyaient que des sornettes. Un Indien assura que l'on pouvait prédire les secousses telluriques. Les vapeurs méphitiques qui bouillonnaient dans les entrailles de la planète s'échappaient par les pores de l'écorce terrestre et se mélangeaient aux nuages. L'odorat de l'homme n'était pas assez fin pour les sentir, mais le flair des animaux, si.

«Notre vieux bouc a très clairement prédit le tremblement de terre de 1983. Il est monté dès le matin sur le toit de la bergerie et a refusé d'en descendre de toute la journée. Il a chevroté là jusqu'à ce que le séisme se produise, dans l'après-midi. J'ai fait le tour de toutes les maisons du village pour prévenir les gens qu'il allait y avoir une secousse, mais personne ne m'a cru. Et pourtant tout le monde pouvait entendre les cris du bouc. J'ai fait sortir ma famille de notre maison, et, le soir, elle s'était écroulée. Beaucoup de nos voisins sont morts à cause de leur entêtement à ne pas croire l'évidence.»

La discussion sur ce chamboulant sujet aurait pu se poursuivre encore si un cri puissant n'avait pas retenti du côté du palais : monsieur le président Ernesto de Pelegrini !

Le général apparut avec sa suite au balcon orné de chapiteaux du deuxième étage de la façade principale. C'était un homme courtaud, replet, sanglé dans un uniforme. Il était coiffé d'une casquette blanche et tenait à la main un rouleau de papier. Il tendit le bras d'un geste théâtral d'empereur romain. Roulement de tambour ! Le public, en bas sur la place, se tut.

Le président confia son rouleau de papier à un officier du grade de colonel qui se tenait à côté de lui. Puis il leva les deux bras, bénit la foule et reçut ses acclamations. Surunen nota que les hourras les plus sonores émanaient de soldats en tenue de camouflage.

Le colonel lut le bref discours en forme de

programme qu'on lui avait remis. La junte y décrétait la reconduction du couvre-feu, exhortait le peuple à l'obéissance, annonçait quelques promotions dans l'armée et un remaniement du gouvernement. Pour conclure, elle exprimait le souhait d'un renforcement des liens avec les États-Unis.

Puis le président lui-même prononça une courte allocution. Il proclama son attachement à ses administrés et jura qu'il se battrait jusqu'à l'écrasante victoire finale, au nom du peuple macabraguayen et de la démocratie, contre tous ses ennemis visibles et surtout invisibles. Pour finir, il demanda d'un onctueux ton paternel si quelqu'un avait des questions. Que pouvait-il faire, concrètement, pour aider les plus humbles enfants de la patrie?

Non loin de Surunen, un Indien en guenilles rassembla son courage et cria en direction du balcon :

«Monsieur le président! Votre Excellence pourrait-elle faire réparer le pont de la route qui conduit à notre village, qui s'est écroulé la semaine dernière? Nous sommes maintenant totalement isolés, impossible de conduire notre bétail dans les pâturages ou d'acheminer nos récoltes jusqu'au marché de la capitale tant que le pont n'est pas reconstruit.»

Le président demanda dans quel village ce pont s'était écroulé et comment l'accident s'était produit.

«Je suis d'Acajutla, Votre Excellence! Des

soldats sont venus dans notre village la semaine dernière et ont fait sauter le pont, personne ne sait pourquoi.»

Quelqu'un lui ferma la bouche. Un murmure parcourut la foule. Le président leva la main, le peuple se tut.

«Il s'est produit une regrettable erreur. L'ouvrage a été dynamité parce qu'il était dangereux. Je vais immédiatement envoyer une brigade de pionniers construire un nouveau pont dans votre village.»

L'Indien avait réussi à échapper à celui qui l'avait fait taire. Il marmonna que c'était justement les pionniers qui avaient détruit le pont, difficile de croire qu'ils allaient le reconstruire. Cette fois, deux hommes en civil l'empoignèrent et le traînèrent hors de la place. Les gens chuchotèrent qu'il avait été emmené par la police secrète.

«Quel idiot! Accuser les militaires! S'il avait tenu sa langue, il ne se serait pas fait alpaguer.»

Le philologue Viljo Surunen sentit la moutarde lui monter au nez. La police avait le toupet d'arrêter un innocent au milieu de la foule, sous les yeux du chef de l'État. Quel révoltant déni de justice!

Un autre loqueteux éleva la voix pour demander au président de lui faire don d'une mule, ou au moins d'un âne, car le sien était tombé malade et était mort et il avait douze enfants et…

«Tu auras ton âne, mon brave, je t'en ferai personnellement cadeau», promit charitablement le général de Pelegrini.

Soudain, une claire voix de femme s'éleva dans l'assistance pour lancer vers le noble balcon une question stridente :

«Est-il vrai, comme on le murmure, qu'il y a au Macabraguay vingt mille prisonniers politiques qui sont torturés jour et nuit...»

La foule tressaillit. Certains des plus timorés se précipitèrent pour quitter les lieux. Les soldats formèrent une chaîne dans l'intention de fermer les rues donnant sur la place. Mais le président maîtrisait la situation. Il leva la main en signe d'apaisement et déclara d'une voix forte :

«Je jure qu'il n'y a pas dans ce pays un seul innocent injustement incarcéré ! Quiconque prétend le contraire est un ennemi du peuple et un propagandiste et mérite lui-même la prison. D'autres questions ?»

Les hommes de la police secrète couraient en tous sens dans la foule, cherchant la femme qui s'était exprimée, mais elle avait apparemment réussi à prendre la fuite.

Surunen était si choqué et furieux de cette comédie grotesque qu'il ne put s'empêcher de prendre la parole. Il cria au général Ernesto de Pelegrini que, d'après ce qu'il savait, il y avait au Macabraguay au moins vingt-cinq mille prisonniers politiques régulièrement soumis à la torture.

Un silence impressionnant s'abattit sur la place. Des centaines de personnes écoutaient horrifiées Surunen hurler au président abasourdi les thèses d'Amnesty International.

«L'isolement des détenus doit être limité! Les centres d'interrogatoire secrets doivent être fermés et les interrogatoires avoir lieu dans des conditions contrôlées, les instruments de torture doivent être examinés par une instance indépendante! Personne ne doit être incarcéré sans jugement! Les déclarations obtenues sous la torture ne doivent pas être utilisées devant la justice contre les accusés!»

Surunen reprit son souffle. Puis il poursuivit, tonnant d'une voix accusatrice : «Les organisations terroristes paramilitaires doivent être immédiatement dissoutes! Toute personne suspectée d'être un tortionnaire doit être traduite en justice pour répondre de ses actes barbares! Monsieur le président! Tous les prisonniers politiques doivent être libérés, les droits de l'homme doivent à nouveau être respectés au Macabraguay!»

À ce stade, la foule prit ses jambes à son cou. Saisie de panique, elle chercha à fuir la place, à forcer les cordons de police, à éviter les militaires armés de matraques. Il se forma autour de Surunen un espace vide que les soldats investirent aussitôt. Cinq solides gorilles en tenue léopard l'encerclèrent. Sous une pluie de coups, il fut plaqué au sol, mais malgré la supériorité de ses assaillants, il hurla :

«Président Pelegrini, j'en appelle à vous! Le Macabraguay doit ratifier les conventions internationales interdisant la torture…»

La proclamation de ses idéaux s'arrêta là, car les gorilles le traînèrent à l'écart, le jetèrent à l'arrière d'un blindé, l'encagoulèrent et l'assommèrent d'un coup de poing. Le véhicule s'ébranla en grondant, un nuage de gaz d'échappement bleu resta à flotter sur la place déserte d'où les citoyens terrifiés avaient fui et où ne couraient plus que des soldats. Ces derniers coincèrent quelques miséreux trop lents pour s'être mis à l'abri à temps, les entassèrent dans des voitures et démarrèrent en trombe. Deux ou trois coups de feu claquèrent sur les toits d'immeubles voisins. Sur le balcon, le général Ernesto de Pelegrini se jeta à plat ventre, en sûreté derrière la balustrade, où il resta un moment avec toute son escorte jusqu'à ce que la double porte du salon s'ouvre et qu'il se risque à ramper à l'intérieur. Son entourage le suivit à quatre pattes, la porte-fenêtre claqua, le spectacle était terminé.

Choqué, le président sortit un gros cigare de son étui. Deux colonels tout aussi effrayés se précipitèrent pour l'allumer avec leurs briquets en or. Il inspira une forte bouffée de fumée, toussa un moment, essuya les larmes de ses yeux et dit :

« Quelle ingratitude… oser me crier des choses pareilles à la figure… alors que je venais de faire cadeau d'un âne à l'autre parasite, nom de Dieu ! Est-ce qu'on a appréhendé ce provocateur, au moins ? »

On lui assura que le malade mental avait été arrêté et emmené.

« Bien. Comment des fous pareils peuvent-ils

se mêler à une foule pacifique ! C'est écœurant. Je dois en parler au colonel Colindres, qu'il assure un peu mieux le maintien de l'ordre dans cette ville. »

Le colonel Jesús Colindres était le chef de la police secrète macabraguayenne. Un commandant alla lui téléphoner.

Au même moment, un lourd blindé filait à toute allure sur la route qui menait de la capitale vers le nord-est, dans les montagnes, avec à son bord le philologue Viljo Surunen et cinq heureux paramilitaires, membres d'un escadron de la mort. Ils possédaient tous une longue expérience de la torture de leur prochain, et ils avaient une nouvelle proie : un provocateur, un agitateur étranger qui s'était rendu coupable d'injures publiques envers le président en personne. Cela faisait longtemps que ce groupuscule barbare attendait une telle arrestation. Ce serait une fête d'amener le criminel, brisé et ayant tout avoué, devant le général de Pelegrini, de le lui remettre et de recevoir des félicitations, voire une prime. Mais avant cela, il fallait s'occuper de lui.

8

Au bout d'une vingtaine de minutes de route, le blindé fit halte. On traîna Surunen hors du véhicule, toujours encagoulé, et on le poussa à l'intérieur d'un bâtiment. D'après le claquement métallique des portes, on ne se trouvait en tout cas pas dans une villa. Les chambranles étaient en fer et les murs en béton armé. Quand on arracha sa capuche au prisonnier, il put constater qu'il avait été conduit dans un vaste hangar industriel résonnant d'échos. Contre un mur s'alignaient quelques chaises et une table à laquelle était assis le chef de cette bande de crapules. Ils étaient cinq, tous vêtus de treillis, mais aucun n'avait d'insignes militaires, pas même le jeune homme à l'air cruel qui les commandait.

C'étaient des êtres frustes, sauvages, sentant la sueur et la graisse d'arme, au visage bouffi, qui, quand ils riaient, avaient des gueules encore plus patibulaires. Ils étaient jeunes, sans éducation, et s'exprimaient dans un langage grossier, d'une voix forte qui se répercutait sur les murs de béton du sinistre hangar.

D'emblée, on frappa Surunen du plat de la main sur les deux oreilles en même temps. Cela faisait affreusement mal, ses oreilles tintèrent longtemps.

«*El telefono*», rigola le type assis à la table.

Surunen eut droit à un second coup de téléphone. Ses oreilles sonnèrent à nouveau pendant plusieurs minutes. Le sang se mit à couler de l'une d'elles.

Puis on lui ordonna de se déshabiller. Comme la procédure prenait trop de temps au goût de ses tortionnaires, ils l'accélérèrent par quelques horions dans le dos.

Surunen avait envie de riposter, mais il était conscient que ç'aurait été s'attirer un tabassage en règle. Il se contenta donc de demander de quel droit il avait été arrêté. Et aux mains de qui se trouvait-il?

La question déclencha de gros rires sinistres.

On examina son passeport et son portefeuille. L'argent, environ cinq cents truanderos, fut divisé en cinq liasses égales. Les paramilitaires se partagèrent aussi les menus objets trouvés dans les poches de Surunen. Un peigne, des ciseaux à ongles, un mouchoir, une carte de crédit, un porte-clefs, tout était bon pour les pillards, y compris la médaille de tir de l'armée qui traînait dans son portefeuille et que le chef du groupe épingla à la poitrine de son treillis, fasciné par les beaux fusils dorés qui l'ornaient.

Le passeport du philologue passa de mains en mains. On compara la photo à son visage morose. On tenta de décrypter le document, mais sans succès. Surunen comprit que ses geôliers ne savaient pas lire. Il en fut choqué.

Puis son interrogatoire commença. On le frappa d'abord de tous côtés un certain nombre de fois. Des coups de pied au derrière, des coups de poing en pleine figure. Son corps nu se couvrit d'une dizaine de gros bleus avant même que la première question ne soit posée.

«Qu'est-ce que tu fais ici? Tu es communiste, n'est-ce pas?»

Quoi qu'il réponde, personne ne le croyait. Quand il nia être communiste, on le frappa de nouveau.

«Avoue! Tu avais l'intention de tuer le président? Qui sont tes complices? Dis-nous gentiment où se cachent ces immondes guérilleros urbains.»

Il expliqua être un philologue finlandais venu étudier les dialectes locaux; il avait les autorisations requises, elles indiquaient qui il était. Mais ces papiers n'intéressaient pas les gorilles qui lui tournaient autour avec leurs poings et leurs lancinantes questions. Surunen exigea de savoir dans les griffes de quelle organisation il était tombé.

Le type assis à la table se leva et s'avança vers lui d'un air menaçant, lui décocha un crochet au menton et fourra son malodorant visage barbu sous son nez.

«Alors comme ça, monsieur le communiste ne sait pas qui nous sommes?

— Non, vraiment pas. Vous devez immédiatement me libérer.

— Écoute, crétin. Nous faisons partie du Frente Democrático Nacionalista, le Front démocratique nationaliste, pour information. Et maintenant, cher ami, assez finassé. Accrochez-le là-haut, les mecs.»

On empoigna Surunen. D'un coup de pied dans le creux des genoux, on l'obligea à s'accroupir. Puis on lui glissa dans ce même creux une barre de l'épaisseur d'une jambe sous laquelle, après l'avoir obligé à se recroqueviller, deux de ses tortionnaires lui passèrent de force les avant-bras, la coinçant ainsi entre ses coudes et ses genoux. Ils lui lièrent ensuite solidement les poignets afin qu'il ne puisse pas se libérer de la pièce de bois à laquelle il était attaché à la manière d'un casse-tête chinois.

Mais ce n'était pas fini : les deux hommes saisirent les extrémités de la barre. Et ho! hisse! ils la soulevèrent jusqu'au ras du plafond et la glissèrent dans des anneaux fixés aux murs. Surunen se retrouva suspendu par les genoux et les poignets, nu, le dos en bas, la tête à l'oblique dans le vide.

Il comprit, épouvanté, qu'il était accroché à un *pau de arara*, un perchoir de perroquet, détestable instrument de torture de sinistre réputation couramment utilisé en Amérique centrale et du Sud pour briser la volonté des condamnés à mort. Et ses bourreaux étaient membres du FDN, une bande de paramilitaires sans foi ni loi des griffes desquels bien peu de victimes sortaient vivantes.

Le sang s'accumulait dans sa tête, les veines de ses tempes commençaient à gonfler, la douleur sous ses genoux était insupportable. Surunen cessa bientôt de sentir ses plantes de pied et ses poignets. Il avait l'impression qu'il ne tarderait pas à crever s'il restait là plus longtemps.

Une immense vague de haine et de mépris l'envahit. Il avait envie de cracher sur ses tortionnaires, mais ils se trouvaient quelque part au niveau du sol, hors d'atteinte. Il avait la bouche sèche, ses yeux lui sortaient de la tête, son cœur affolé battait la chamade.

«Tu es un communiste cubain, hein? C'est Fidel Castro qui t'a envoyé insulter le président du Macabraguay? Avoue! Ça ne sert à rien d'essayer de lutter.»

Surunen nia tout.

«Bon, les mecs, on va lui envoyer un peu de jus dans les couilles», décida l'un des hommes, en bas. Il y eut des bruits métalliques, puis on lui fixa des pinces glaciales entre les jambes et bientôt une terrible décharge électrique traversa son corps dolent. Il perdit aussitôt connaissance. Sa carcasse suppliciée resta accrochée à la barre, inerte, sa langue encore vibrante pendant hors de sa bouche.

«On y est peut-être allé un peu fort, commentèrent ses bourreaux en démêlant les fils de leur gégène.

— Merde! Vous croyez qu'il est mort?» s'inquiéta quelqu'un. On détacha les pinces. Surunen reprit connaissance, mais garda les yeux fermés et laissa sa langue sortie comme celle d'un cadavre. Il devait rassembler ses forces.

«Qu'est-ce qu'on va faire s'il y passe? Putain! On doit le garder en vie pour le président, les gros bonnets voudront le liquider eux-mêmes.

— On n'est jamais assez prudent avec ces appareils électriques. Il a dû y avoir un court-jus, nom de Dieu! Le mec s'est mis à tressauter dès la première décharge.

— On devrait avoir un toubib, l'armée et les services de sécurité en ont un, en général, mais comme de bien entendu, nous pas.

— Si on avait eu droit à des conseils médicaux, ce type ne serait pas tombé dans les pommes.»

On frappa Surunen sur les fesses. Il eut beau tenter de rester suspendu à son perchoir de perroquet comme s'il était inconscient, les réflexes de son corps le trahirent.

«Il n'est pas mort, il a l'air de revenir à lui. On va éviter les chocs électriques pendant un petit moment. Si on balance trop de jus à un mec inconscient, non seulement il ne parle pas, mais en plus il meurt rien que pour faire chier.»

On demanda à Surunen s'il était enfin prêt à avouer.

«Si vous me décrochez de là, j'aurai une proposition à vous faire, réussit-il péniblement à dire.

— Tiens, tiens, on essaie de ruser? Qu'est-ce que tu ferais sur le plancher des vaches, tu n'es pas bien, là-haut sur ton perchoir ? Avoue que tu as été envoyé pour assassiner le président et on te descendra.

— J'ai le sang à la tête, je ne peux rien avouer dans cette position, et je vais bientôt m'évanouir de nouveau. Dépendez-moi, je vous jure que vous ne le regretterez pas.»

Les tortionnaires discutèrent un moment de la confiance à accorder aux déclarations de leur victime. Surunen, le cerveau embrumé, réfléchissait à ce qu'il dirait si on le détachait. Il n'envisageait pas d'avouer, en tout cas pas encore, d'autant plus qu'il n'avait rien à se reprocher. Son seul crime était d'éprouver de la pitié pour les personnes arbitrairement détenues et torturées. Mais parmi les paramilitaires, un tel sentiment était sans doute considéré non seulement comme un signe de maladie mentale, mais aussi comme un forfait gravissime.

Enfin, en bas, le consensus se fit. On décrocha sans trop de précaution la lourde pièce de bois à laquelle Surunen était attaché. Il demanda qu'on l'en libère, mais ses bourreaux n'étaient pas disposés à aller aussi loin. Il resta accroupi, toujours ficelé à sa barre, sur le sol de béton froid. Son sang se mit néanmoins à refluer de sa tête et il commença peu à peu à ressentir des picotements dans ses membres.

«Vas-y, parle, ou on te rehisse au plafond.

— Messieurs… vous êtes des combattants d'une organisation paramilitaire, c'est bien ce que vous disiez ? Je suis pour ma part un pacifique chercheur finlandais. Mais j'ai peut-être malgré tout des talents qui pourraient vous être utiles dans votre travail.

— Quel travail? On ne travaille pas, n'essaie pas de nous embobiner. On se contente de se balader en voiture à travers la ville et de veiller à ce que les cocos ne nous prennent pas par surprise.

— Quand je parle de travail, je veux justement parler de votre combat contre les communistes.

— OK. Pourquoi pas. Après tout, on nous paie à la pièce. Tu devrais nous rapporter dans les mille truanderos par tête, vu ce que tu criais sur la place du palais. Mais on va quand même d'abord te faire cracher le morceau. Alors vas-y, mets-toi à table, ou on te remonte là-haut.»

Surunen se concentra. Il devait tenter quelque chose qui puisse retenir l'attention de ses bourreaux, détourner ne serait-ce qu'un instant leur esprit de cet interrogatoire.

«J'ai fait l'armée, je suis officier, si vous voulez tout savoir, sous-lieutenant. J'ai une proposition. Je vous raconte comment vous pouvez vous battre contre les guérilleros dans les montagnes, et vous me relâchez.

— On se débrouille très bien sans tes conseils, figure-toi.

— La Finlande est l'État le plus guerrier d'Europe, vous pourriez au moins écouter ce que j'ai à vous dire. Nous nous sommes battus d'innombrables fois contre l'URSS, notre expérience pourrait vous être utile.»

Les tortionnaires dressèrent l'oreille. Les Finlandais avaient-ils réellement fait la guerre aux Russes ? Et avec quel résultat ? Pour ce qu'ils en savaient, les Américains avaient tué des soviets pendant la Seconde Guerre mondiale, et bien sûr aussi les Allemands, et d'autres. Mais les Finlandais ? Qu'y avait-il de vrai là-dedans ?

Surunen raconta. Il expliqua que les États-Unis ne s'étaient pas opposés à l'URSS, ils étaient au contraire son allié contre l'Allemagne. Les Finlandais, en revanche, s'étaient battus pendant la Seconde Guerre mondiale non seulement contre les Russes, mais aussi, à la fin du conflit, contre les Allemands. Un officier finlandais pouvait donc apprendre aux Macabraguayens pas mal de choses qui pourraient leur être utiles dans leur lutte contre les guérilleros.

« Parle, alors. Mais au premier bobard, tu te retrouves accroché au plafond, tiens-le-toi pour dit. »

Surunen se lança dans un exposé hésitant sur les opérations de l'armée finlandaise, pendant la guerre d'Hiver, à Suomussalmi et sur la route de Raate, en 1939 et 1940. Il raconta comment des troupes mal armées et inférieures en nombre avaient réussi, dans des conditions difficiles, à détruire deux divisions entières d'assaillants russes. Il détailla la tactique d'encerclement, devenue célèbre, des Finlandais : se déplaçant à skis, ils avaient contourné les colonnes ennemies et coupé leurs voies de retraite et leurs lignes de ravitaillement, puis bloqué leur avance. Les poches ainsi formées avaient ensuite été laissées à mijoter dans leur jus et enfin écrasées. Le butin militaire avait été énorme : des prisonniers, du matériel, des armes et des vivres. Il pouvait être intéressant, déclara Surunen, d'utiliser la même méthode dans les montagnes du Macabraguay, qui se prêtaient bien, selon lui, à ce type de combat.

Il ajouta qu'il n'avait pas fallu plus d'un régiment pour remporter les remarquables victoires des Finlandais. Au cours de cet hiver de guerre, la température était descendue à moins quarante, et il y avait près de deux mètres de neige. Les Macabraguayens pouvaient en tirer des leçons.

«Nous n'avons pas de neige, ici, objecta le chef des paramilitaires.

— Ni de Russes», renchérirent les autres. Surunen fit valoir que l'absence de neige et de Russes n'empêchait pas de mettre avec succès la méthode en pratique. Si on le détachait de sa barre et qu'on le laissait quitter le pays, il pourrait avant de partir enseigner cette tactique militaire à ses libérateurs. Une fois qu'ils les auraient apprises, ils pourraient solliciter leur intégration dans l'armée macabraguayenne et, par ce biais, accéder à des postes militaires enviables en étant sûrement vite nommés caporal et même peut-être sergent, dans la foulée.

Les tortionnaires voulurent savoir comment un régiment entier de Finlandais pouvait fondre à skis sur les positions ennemies. Une telle descente ne pouvait se faire que dans un grand désordre, et avec de graves accidents. Ils avaient vu des compétitions de slalom à la télévision, et il semblait impossible qu'une troupe aussi nombreuse puisse attaquer en bon ordre skis aux pieds.

Surunen expliqua que les Finlandais, pendant la guerre d'Hiver, n'avaient pas utilisé des skis de descente mais des skis de fond. Il n'y avait pas vraiment de montagnes en Finlande, juste quelques hautes collines aux pentes arrondies, mais les mouvements de troupes qu'il avait décrits avaient été effectués sur du plat.

«Tu te fiches de nous, ou quoi? Tu crois qu'on ne sait pas qu'il ne peut pas y avoir de neige dans les vallées? Elle fond tout de suite, il n'y en a que sur les sommets, et encore pas toujours.»

Les paramilitaires arrivèrent à la conclusion unanime que les Finlandais étaient fous. Et d'abord, pourquoi diable aller se battre contre les Russes? N'était-il pas plus simple de confier le boulot aux Américains? C'était ce qu'on faisait au Macabraguay, ça laissait plus de temps pour tenir à l'œil les guérilleros et les communistes locaux.

«Et cette histoire de skis. Emporter des skis à la guerre… on n'a jamais vu ça.»

Le chef du groupe prit une décision expéditive:

«Si tu t'imagines qu'on va croire des conneries pareilles, tu te fourres le doigt dans l'œil. Désolé, ça ne prend pas. Rehissez-le sur son perchoir, les gars, il pourra y réfléchir à ses histoires sur la guerre d'Hiver finlandaise.»

On remit donc le philologue Viljo Surunen sur le terrible *pau de arara*. On lui fit savoir que s'il ne crachait pas le morceau, il aurait encore une fois droit à la gégène, et s'il perdait de nouveau conscience, tant pis.

«On remettra ton corps aux services secrets et on leur dira que tu as avoué, mais qu'ensuite ça a mal tourné. Ils comprendront; eux aussi, il leur claque quelquefois des prisonniers importants entre les doigts.

— Ils t'auraient de toute façon pendu, là-bas, alors on s'en fout.»

9

Le philologue Viljo Surunen, de Finlande, était donc accroché là, tristement impuissant, au sinistre *pau de arara*, la tête en bas, le sang au cerveau, les membres ankylosés, au-dessus de cinq brutes insensibles qui lui administraient de temps à autre des décharges électriques afin de tirer de lui des déclarations à leur convenance.

Il semblait promis à une mort prochaine. L'humanité perdrait un de ses meilleurs fils, qui avait pourtant bien cherché ce destin tragique.

Son prévisible décès était la conséquence directe de sa décision de porter personnellement la responsabilité de la barbarie du monde. Il s'était apitoyé sur le sort des opprimés de l'humanité, et avait essayé de les aider. Dans son ultime tentative, il avait traversé l'Atlantique pour sauver le prisonnier qu'il parrainait, Ramón López, mais il était maintenant lui-même suspendu à un perchoir de perroquet. La seule chose qu'il avait réussi à faire était de donner mille truanderos à la famille de Ramón et de manifester bruyamment sur la place du palais présidentiel. Ce n'était vraiment pas une grande réussite, d'autant plus qu'il allait le payer d'une mort horrible.

Surunen avait l'esprit si obscurci par la douleur qu'il ne parvenait pas à analyser sa triste situation. Il se rendait confusément compte qu'il allait mourir. L'image brumeuse d'Anneli Immonen lui apparut, aussitôt chassée par la brutale décharge électrique qui lui traversa de nouveau le corps.

Lorsqu'il reprenait par moments conscience, Surunen crachait et sifflait en direction de ses tortionnaires, avec pour seul résultat de s'attirer en retour des coups et des glaviots. Il commençait à espérer que sa fin soit rapide. Rassemblant ses dernières forces, il tenta de mémoriser les visages bouffis de ses bourreaux, au cas où il aurait un jour l'occasion de se venger. Au plus tard après leur mort, en enfer, il les hisserait chacun à leur tour sur un *pau de arara*, sans pitié.

Enfin son corps se relâcha et resta pendu là par les genoux, inanimé. Ses tortionnaires arrachèrent les fils électriques de ses parties génitales et entreprirent de les enrouler.

«Quel emmerdeur!»

Soudain, des profondeurs de la terre monta un grondement sourd, puissant. La barre accrochée aux murs se mit à vibrer, le corps sans vie de Surunen fut pris d'un mouvement d'oscillation, tel le balancier d'une horloge.

Un séisme!

Dans un concert de cris, les paramilitaires, en

proie à une panique aveugle, se ruèrent affolés vers la porte, se bousculant pour se précipiter dehors. Ils étaient si pressés de sortir qu'ils ne prirent pas le temps d'emporter leurs armes. Leur malheureuse victime resta accrochée, impuissante, à son perchoir.

Peu à peu, le philologue Viljo Surunen reprit connaissance. Bercé dans le vide, il se crut revenu dans la balancelle de jardin de son enfance. Il avait l'impression d'être enveloppé de coton, et se sentait si bien qu'il eut envie de rire. Puis la douleur revint. Il gémit à voix haute. Le terrible grondement qui emplissait le lugubre hangar de béton lui boucha les oreilles. Du crépi tomba du plafond sur son corps nu. Des fissures s'ouvrirent dans les murs. Le perchoir de perroquet se balançait de plus en plus fort au rythme des secousses telluriques, émettant de sinistres craquements.

Surunen n'avait jamais connu de tremblement de terre, mais il n'y avait aucun doute à avoir sur la nature du phénomène naturel en cours. On l'avait donc laissé seul, attaché à son perchoir, face à un séisme. Ses tortionnaires avaient disparu, mais en un sens la situation lui semblait encore plus inquiétante. Les murs, le plafond et le sol bougeaient. L'air était saturé de poussière de béton. Un grondement monstrueux lui déchirait les tympans, qui se mirent à tinter comme après *el telefono*.

Les paramilitaires avaient laissé la porte du hangar ouverte. On entendit dehors le moteur d'un lourd véhicule tout-terrain, des portières claquèrent. Pleins gaz, le blindé s'éloigna.

Surunen songea que, si le tremblement de terre durait un instant de plus, tout le hangar de béton s'écroulerait, ensevelissant sous lui son corps torturé. Le perchoir de perroquet, sous la pression, continuait de faire entendre des craquements. Il se briserait bientôt. Surunen se recroquevilla en position fœtale, muscles tendus, afin de ne pas se blesser quand il céderait. Le bâtiment s'écroulerait-il en premier, ou serait-ce la pièce de bois qui lâcherait? Aucune de ces deux perspectives ne l'enchantait.

Le perchoir cassa. Surunen tomba d'un bloc sur le sol mouvant, heurta douloureusement le béton de son bras droit mais réussit à se détacher de la barre rompue. Il se releva, ses jambes commencèrent lentement à se désengourdir, son sang reflua de sa tête. Il regarda autour de lui. À travers la poussière de béton, il vit ses vêtements, en tas sur le sol, et les armes de ses tortionnaires posées contre le mur. Son portefeuille et son passeport traînaient sur la table, couverts de débris. Le sol tanguait tel le pont d'un navire dans la tempête.

Puis les lumières s'éteignirent. Au même moment, la terre cessa de trembler. Le silence se fit, quelques écailles de béton tombèrent du plafond. Le sol était de nouveau stable, et Surunen d'aplomb. Il récupéra à tâtons ses vêtements, trouva son portefeuille et son passeport, attrapa au passage un fusil d'assaut et sortit en chancelant du poussiéreux hangar des horreurs. Le brillant éclat du soleil l'aveugla, mais pour le reste il se sentait merveilleusement bien. Quelque part au loin, du côté de la ville, on entendait le hurlement de sirènes d'ambulance.

Surunen constata qu'il avait été emmené dans une usine désaffectée. Il y avait à proximité plusieurs hangars industriels en béton, un bout de route et des buissons tropicaux poussiéreux. Il avait été torturé dans un lieu secret où aucune aide n'était à attendre. Combien de centres de torture de ce genre y avait-il donc au Macabraguay?

Le véhicule blindé avait disparu. Il était seul, nu dans la vive clarté du soleil, un fusil d'assaut sous le bras, les membres douloureux. Il était sauvé, mais mieux valait ne pas s'éterniser là. Il s'habilla rapidement, vérifia l'arme, ôta le cran de sûreté et s'engagea prudemment sur la route sinueuse qui conduisait hors de la zone industrielle abandonnée, prêt à faire à tout instant usage de son fusil. Il se sentait d'humeur à s'en servir.

Après avoir parcouru à pas de loup une centaine de mètres, Surunen aperçut le blindé, qui avait embouti un pylône à haute tension tombé au sol. Un de ses tortionnaires était assis au volant, les quatre autres essayaient de pousser le lourd véhicule, qui ne bougeait pas d'un pouce. Ses roues avant étaient encastrées dans la structure en acier. Une odeur de caoutchouc brûlé flottait dans l'air. Des jurons se faisaient entendre du côté de la scène de l'accident, poussés par des voix familières.

Surunen vérifia que le chargeur de son fusil d'assaut était plein de cartouches. Puis il s'approcha sur la pointe des pieds. Quand il ne fut plus qu'à trente pas des hommes et du véhicule, il coucha son arme en joue et visa le conducteur. Sa vitre était ouverte et son profil apparaissait dans le dioptre comme une photo dans son cadre. Surunen lui tira une brève rafale en pleine tête. L'homme tomba dehors par la portière avant du blindé sans avoir compris avant de mourir ce qui lui arrivait.

Les quatre brutes qui poussaient le véhicule tournèrent un regard terrorisé dans la direction des tirs. Quand ils reconnurent leur victime, ils se jetèrent à genoux et implorèrent pitié. Ils pleuraient et suppliaient, mais Surunen les exécuta froidement, l'un après l'autre. Il n'avait jamais tué, auparavant, pas même de rats, mais en abattant ces hommes il n'éprouvait pas plus de sentiments qu'une pierre. Quand la boucherie fut terminée, il verrouilla le cran de sûreté, ôta le chargeur et jeta l'arme au loin dans les broussailles. Puis, les pieds encore endoloris, il s'approcha des cinq corps, les retourna, récupéra son argent dans les poches de leurs treillis, puis les fit rouler dans le fossé et se repeigna. Il prit aussi le temps de nouer correctement sa cravate. Puis il alluma une cigarette et leva les yeux vers les montagnes, au-dessus des pics enneigés desquelles tournoyait un aigle solitaire.

Sans même un dernier regard aux cadavres qui gisaient dans le fossé de la zone industrielle, Surunen prit la direction de la ville. Il voulait aller à son hôtel, se laver. Tout en marchant, il songea avec anxiété à Consuelo et à ses enfants. Avaient-ils survécu au tremblement de terre ? Et les prostituées qui avaient pour terrain de chasse l'hôtel Americano ? Il s'inquiétait pour leur sécurité. L'hôtel lui-même était-il seulement encore debout ?

Surunen accéléra le pas. Il ne voulait pas manquer l'autocar pour La Coruña. Mais les routes étaient-elles encore praticables, après le séisme ?

En ville, personne ne lui accorda la moindre attention malgré son air éreinté. Chacun semblait préoccupé par ses propres problèmes, qu'un étranger par-ci par-là soit couvert de bleus, la belle affaire !

Quelques ambulances sillonnaient les rues, sirènes hurlantes. Des gens se pressaient sur les places, la mine choquée, mais peu à peu la foule se dispersa. Les magasins rouvrirent leurs portes, la circulation reprit son cours. Les immeubles étaient toujours d'aplomb, seules quelques vitres avaient été brisées. Les commerçants balayaient la poussière et les éclats de verre sur les trottoirs. Les chiens errants galopaient en tous sens dans les rues. Pour eux, un tremblement de terre était sûrement un événement excitant.

L'hôtel Americano était plus solidement debout que jamais. Surunen constata que même l'ascenseur fonctionnait. Il monta dans sa chambre, se lava, pansa le plus gros de ses plaies et se changea. Puis il descendit au bar. Il avait envie d'un verre, après cette épuisante matinée.

Quand il entra, le barman servait justement un rhum au reporter Tom Haslemore. Surunen le rejoignit à sa table et lui demanda comment on avait vécu le tremblement de terre, à l'hôtel. L'Américain leva les yeux de son verre et demanda incrédule :

«Un tremblement de terre? Il y en a eu un, aujourd'hui?» On lui expliqua qu'une bonne heure auparavant Santa Riaza avait effectivement été secouée par un séisme assez violent. Le barman avait entendu à la radio que l'épicentre se trouvait à une centaine de kilomètres à l'ouest de la capitale dans l'océan Pacifique. La magnitude de la secousse avait été de 4,5 sur l'échelle de Richter. L'hôtel s'était balancé comme une tige de canne à sucre dans le vent. Tous les clients avaient couru dehors, sauf Tom Haslemore, qui était resté assis devant son verre, fin soûl.

«Tiens, je n'avais pas remarqué. Je devrais peut-être boire un peu moins», marmonna le reporter.

Surunen demanda au barman s'il y avait un risque que les répliques fassent s'effondrer l'hôtel.

«Dieu seul le sait. Mais je ne pense pas que nous soyons en danger. Cet établissement a été construit par les Américains, il a été conçu pour résister aux tremblements de terre. Nous avons aussi notre propre centrale d'appoint. L'électricité a été coupée dans toute la ville, mais ici, même la machine à glaçons a continué de fonctionner, parce que le générateur de la cave s'est mis en marche. Il n'y a que trois systèmes de ce genre à Santa Riaza : au palais présidentiel, au centre hospitalier universitaire et ici. »

Les deux jolies prostituées dont Surunen avait fait la connaissance dès le début de son séjour firent leur apparition, l'air profondément choqué. Elles s'assirent à la table de Surunen et de Haslemore afin de leur raconter ce qu'elles avaient vécu. Le philologue leur paya à boire. Après avoir avalé quelques gorgées, elles commencèrent leur récit :

« C'est fou ! J'étais en train de m'occuper d'un client suédois, un type qui fait dans l'aide au développement, au dixième étage. Il venait de commencer à me grimper quand tout le pucier s'est mis à bouger. J'ai tout de suite compris de quoi il s'agissait. J'ai voulu filer, j'avais peur que tout l'hôtel s'écroule, mais cet ahuri ne m'a pas laissée faire, il a continué comme si de rien n'était. Mon Dieu ! ce que j'ai eu peur ! La secousse a duré au moins une minute et demie. Et quand ça s'est arrêté, le type s'est relevé, a remis son pantalon et m'a remerciée en disant que j'étais super bonne. C'est incroyable, il ne s'est aperçu de rien.

— M. Haslemore non plus n'a pas particulièrement réagi », expliqua le barman.

La fille et sa camarade burent encore quelques gorgées. Puis elle continua :

« J'ai eu le temps de me dire que j'allais mourir.

Avec mon client dans les bras, j'aurais atterri droit en enfer! C'est le diable qui aurait été surpris de nous voir.»

Les deux prostituées rirent aux larmes. Elles se déclarèrent d'humeur à accorder leurs faveurs à Surunen et à Haslemore à prix d'ami, s'ils voulaient. On attendrait les prochaines secousses telluriques, mais on pouvait monter tout de suite dans leurs chambres. Ça leur ferait du bien à tous, non?

Le philologue remercia et paya la note, mais déclina la proposition. Ce serait pour une autre fois, il devait se rendre le jour même à La Coruña. Quand les filles furent retournées à leur travail, le reporter lui demanda :

«Tu as le visage couvert de pansements, tu as reçu une brique sur la tête, en ville?»

Surunen avala une gorgée de whisky. Puis il raconta à Haslemore ce qui s'était passé dans la matinée devant le palais présidentiel.

«Je n'ai pas pu m'empêcher de crier à ce général ce que je pensais de la situation. Je n'aurais pas dû, je me suis fait arrêter et traîner encagoulé dans un centre de torture. Cinq hommes m'ont accroché à un perchoir de perroquet. D'où ces bleus et ces égratignures.

— Mais tu es en vie.

— C'est grâce au tremblement de terre. Ils se sont enfuis, et j'ai pu me libérer. Je suis ensuite retombé sur eux, leur blindé avait embouti un pylône à haute tension tombé en travers de la route. Il se trouve que j'avais une arme. Je les ai tous tués.

— Tiens donc, tu as fait ça. Alors vous êtes quittes. Buvons à ça.»

Surunen vida son verre. Il flanqua une claque dans le dos de Tom Haslemore, lui souhaita une joyeuse cuite et monta dans sa chambre. Il revêtit sa tenue de randonnée, rangea dans son sac à dos les provisions qu'il avait achetées et le reste du matériel dont il pensait avoir besoin pour son voyage à La Coruña. Puis il coltina jusqu'à la réception de l'hôtel son sac et sa valise, y laissa cette dernière en dépôt et paya sa note. Le concierge lui demanda où il comptait se rendre.

«Je vais faire une petite excursion dans les montagnes, pour étudier les dialectes. Je serai de retour dans quelques jours et, si possible, j'aimerais reprendre une chambre ici.

— Bon voyage. Méfiez-vous des Indiens, là-bas. Il paraît que ce sont tous des guérilleros. De jour, ils arborent un visage avenant, mais dès que le soleil se couche, ils partent tuer les honnêtes gens, le couteau entre les dents. À votre place, je resterais ici, on y vit plus vieux que dans les montagnes.

— Ça dépend», marmonna le philologue Viljo Surunen.

Il avait encore tout le corps endolori par sa matinée suspendu au *pau de arara*.

10

Surunen prit la direction de la place du marché d'où partaient, d'après ses renseignements, la plupart des autocars pour la campagne. Il n'y avait plus trace, dans les rues, du tremblement de terre de la matinée. La ville avait retrouvé son animation, de même que les échoppes. En bordure de la place stationnaient plusieurs vieux autocars, dont l'un était supposé partir sous peu pour La Coruña. Personne ne savait exactement quand. Le chauffeur démarrerait quand son véhicule serait plein.

«Vous n'avez pas d'horaires? lui demanda Surunen tandis qu'il l'aidait à hisser son sac à dos sur le toit du car.

— D'horaires? Si. On part à la tombée du soir, on passe la nuit à La Coruña et on revient tôt le matin.»

Le billet coûtait vingt truanderos et cinquante escorniflores. Une grosse somme pour un montagnard ordinaire, une bonne semaine de salaire.

Pas étonnant que Consuelo ne puisse pas aller très souvent voir son mari en prison.

Surunen regrettait de ne pas avoir pu réserver à l'avance une chambre d'hôtel à La Coruña. À cause du séisme, les lignes téléphoniques étaient coupées.

«Vous trouverez facilement à vous loger, là-bas, personne n'y va jamais», assura le chauffeur.

Deux heures plus tard, les paysans avaient fini de vendre leurs produits sur le marché. L'autocar de La Coruña se remplit. Dans un joyeux brouhaha, les passagers s'installèrent, si nombreux que l'allée centrale fut vite pleine de gens debout. Certains tirèrent de leur poche leur pipe et leur tabac brun, emplissant bientôt l'air d'une épaisse fumée. D'autres sortirent leurs provisions. On entendit quelque part le bêlement affolé d'un mouton. L'animal avait été amené le matin en ville dans ce même autocar, mais n'avait pas trouvé preneur au prix demandé et avait ainsi sauvé sa peau. Il bêlait maintenant dans les bras de sa grasse propriétaire. Sa queue battait nerveusement, il avait lâché d'emblée dans l'allée du véhicule sa dose quotidienne de crottes noires.

Surunen était assis à côté d'une jeune mère qui donnait le sein à un bébé potelé aux boucles brunes. Elle était de bonne humeur. Elle avait réussi à vendre deux couvertures qu'elle avait elle-même tissées. Elle en avait tiré de quoi vivre pendant une semaine entière. Et pourquoi avait-elle emmené son enfant à Santa Riaza ? Eh bien, ça ne pouvait pas lui faire de mal de voir un peu le vaste monde. Et qui donc s'en serait occupé, à la maison, avec les aînés qui travaillaient aux champs?

Les sièges derrière eux étaient occupés par un vieux couple qui transportait une grosse poule rousse. Ils racontèrent que ce matin-là ils étaient venus avec sept descendants de cette vieille cocotte. Ils les avaient tous vendus presque tout de suite, mais elle, personne n'en avait voulu. Les dames de la ville avaient déclaré en tordant le nez que la chair d'une volaille aussi âgée était trop coriace. Il aurait fallu la laisser cuire une demi-journée et, même ainsi, ça n'avait aucun goût.

La femme caressa la tête et la crête de la poule. «Voilà ce qu'elles ont dit de toi, ces méchantes. Mais tu as eu la vie sauve, au moins.»

Son mari expliqua que dans l'après-midi il n'en avait plus demandé que cinq truanderos, mais c'était encore trop, apparemment, pour une aussi vieille poule. On ne lui en avait offert que trois truanderos et cinquante escorniflores, mais il aurait fallu être fou pour céder à ce prix-là une belle bête qui était encore une excellente pondeuse.

La vieille paysanne raconta que c'était déjà le troisième voyage en ville de la cocotte. Au deuxième, on n'en avait proposé que deux truanderos. C'était en hiver, et, la fois précédente, avant Noël, personne n'avait manifesté pour elle le moindre intérêt.

Ce coup-ci, le couple en était venu à la conclusion que cela ne valait pas la peine de l'amener une quatrième fois à Santa Riaza. On la laisserait pondre encore tout l'été. Ensuite, à l'automne, on la tuerait et on la mangerait en famille.

La poule était tranquillement assise sur les genoux de sa maîtresse. La tête penchée, elle écoutait ce qui se disait. On aurait dit qu'elle comprenait qu'on parlait d'elle. Elle prenait par moments part à la conversation en gloussant doucement.

Les paysans proposèrent à Surunen d'acheter des œufs durs. Ils avaient été pondus par la vieille cocotte elle-même, ils étaient gros et bons. Il y en avait cinq, à coquille brune, dix escorniflores pièce. Le philologue se laissa tenter. Il en mangea immédiatement un, sous les yeux de la poule. C'était un peu cruel, mais il commençait à avoir faim. Il lui donna les débris de coquille, qu'elle picora avec plaisir.

Surunen s'apprêtait à manger un deuxième œuf quand l'autocar s'arrêta. On était déjà à la campagne, au premier barrage routier où les soldats contrôlaient les véhicules et leurs passagers. Ils ordonnèrent à ces derniers de descendre et examinèrent leurs papiers. Ceux qui n'en avaient pas durent payer un truandero cinquante à l'officier en charge de l'opération, qui glissa l'argent dans son portefeuille. Surunen craignait que les soldats ne trouvent sa machette dans son sac à dos, sur le toit, mais ils ne semblaient pas enclins à faire du zèle et ne fouillèrent pas les bagages. Ils expliquèrent qu'il y avait eu dans la zone, le matin même, une grosse escarmouche. Cinq combattants du FDN avaient trouvé la mort. Des guérilleros avaient abattu un grand pylône à haute tension juste devant leur blindé, qui s'était encastré dans l'obstacle. Puis une vingtaine de rebelles, d'après les estimations, les avaient attaqués par surprise. Ils avaient été tués et leurs cadavres pillés. Des barrages routiers avaient été dressés tout autour de la capitale. On était sur la piste des guérilleros. Le chauffeur d'autocar avait intérêt à rouler prudemment. Il y avait de dangereux bandits dans le secteur.

On repartit. La route escaladait maintenant les premières pentes des montagnes. Le moteur poussif grondait, tenace, l'autocar n'avançait guère qu'au pas, mais montait malgré tout. Quand le relief s'aplanit, le chauffeur enclencha la vitesse supérieure et accéléra. Par moments, la route descendait en serpentant dans une vallée et le car fonçait à toute allure, aidé par la pente. Surunen se demanda ce qui se passerait si les freins lâchaient. Le vieux véhicule brinquebalant quitterait sans doute la route étroite pour se précipiter dans le ravin avec cent paysans, un étranger, un mouton et une poule.

Petit à petit, le paysage se fit plus aride. Plus l'autocar montait, plus la jungle tropicale se raréfiait. Il faisait aussi un peu moins chaud.

De temps à autre, un péon ou une grosse paysanne descendait du car dans un petit village ou à la croisée d'un simple chemin. Les femmes portaient sur leur dos leurs enfants et leurs marchandises invendues. Les hommes avaient en général dans une main un bidon de métal de quatre litres dans lequel clapotait du rhum acheté en ville. Dans l'autre, ils tenaient tous sans exception un élégant attaché-case, y compris ceux qui n'étaient vêtus que d'un poncho et n'avaient même pas de sandales pour protéger leurs pieds.

Dans l'autocar, les gens buvaient du pulque et les femmes, surtout, mâchaient du bétel, qui colore les dents en rouge et provoque une légère sensation d'ivresse.

Au bout de deux heures de voyage, on atteignit la voie rapide qui reliait l'Amérique du Nord à l'Amérique du Sud. Son large ruban asphalté s'étendait, rectiligne, d'un bout à l'autre du continent. Il y circulait de lourds semi-remorques et, parfois, un autocar de tourisme climatisé filant comme une flèche. On voyait aussi passer des véhicules militaires et quelques voitures immatriculées aux États-Unis. Au croisement de la route de La Coruña et de la Panaméricaine se dressait une petite station-service flanquée d'un bar. L'autocar s'arrêta devant ce dernier. Une demi-douzaine de camions faisaient le plein aux pompes, tandis que leurs chauffeurs américains mangeaient des tortillas et buvaient de la bière.

Les paysans en route pour La Coruña profitèrent de l'occasion. Ils avaient de la cocaïne à vendre aux routiers. Les affaires marchaient bien. Les Américains payaient en dollars, ce qui augmentait la rentabilité de l'opération. Quelques jeunes paysannes vendaient aussi leur corps. Ce commerce ne suscitait aucune réprobation. En clôture d'une journée de marché, une fille pouvait gagner en une demi-heure plus que sa mère en une journée entière dans la chaleur étouffante de Santa Riaza. L'autocar attendit que tous aient fini de vaquer à leurs occupations et que la dernière fille soit remontée à bord. Puis on reprit joyeusement le chemin de La Coruña.

Dans l'obscurité qui était tombée sur les montagnes, Surunen vit des feux qui brûlaient dans une vallée. Il demanda ce que c'était. Et où était-on ? On lui répondit que l'on approchait d'El Fanatismo. Quand l'autocar y fut, il put constater que c'étaient les maisons du village qui brûlaient. L'incendie faisait rage, détruisant tout sous ses yeux. Quatre ou cinq habitations flambaient juste en bordure de la route. On ne voyait personne tenter d'éteindre le feu. Le chauffeur de l'autocar, au lieu de s'arrêter, appuya de toutes ses forces sur le champignon. Ce n'est que deux kilomètres plus loin qu'il osa enfin freiner et laisser descendre les passagers habitant à El Fanatismo.

On croisait régulièrement sur la route étroite des convois militaires. L'autocar se fit contrôler deux fois. Les incendiaires du village étaient sur le pied de guerre.

On rapporta à Surunen qu'El Fanatismo brûlait déjà pour la troisième fois depuis 1970. Les troupes gouvernementales soupçonnaient le village de sympathies pour la guérilla gauchiste et avaient pris l'habitude d'y mener des expéditions punitives. El Fanatismo était à distance idéale de la capitale, près de la grande route, et brûlait de manière spectaculaire. Les militaires y mettaient donc le feu chaque fois que l'envie leur en prenait. En général, les habitants avaient le temps de fuir, mais parfois quelqu'un se dressait contre les incendiaires. Il y avait alors des combats, des hommes étaient tués et le village d'autant plus sauvagement détruit qu'il avait résisté.

«Nos maisons à nous n'ont plus été incendiées depuis 1965», se félicita un Indien qui habitait près de La Coruña. Il avait bien de la chance, commentèrent les passagers de l'autocar. Certains supposèrent que des officiers avaient peut-être de la famille dans le coin, une telle mansuétude ne pouvait guère s'expliquer autrement.

On approchait de La Coruña quand le couple assis derrière Surunen se mit à crier qu'il fallait tout de suite arrêter l'autocar. Le chauffeur freina en catastrophe et se gara sur le bas-côté. Il demanda ce qui se passait, quelqu'un voulait-il descendre?

«Notre poule est en train de pondre, s'exclama la vieille. L'œuf risque de se casser, avec les cahots.»

Tous s'empressèrent autour de la vieille cocotte. Elle était assise dans les jupes de sa propriétaire, les yeux fermés comme si elle avait été constipée. En pondeuse expérimentée, elle accueillait le phénomène avec le plus grand calme. La vieille lui parlait d'un ton rassurant, et elle levait vers elle et vers son mari un regard plein de confiance.

Les voyageurs trouvaient tout cela très intéressant. Certains se rappelaient comment, dans ce même autocar, ou en tout cas sur cette même ligne, une jeune femme en route pour Santa Riaza avait donné naissance à un enfant. Le bébé était venu au monde pendant que l'on roulait, car elle n'avait pas osé avouer ce qui se passait. Ce n'était que quand le nouveau-né avait poussé son premier cri que les autres voyageurs avaient compris. On l'avait sorti de sous les jupes de sa mère, l'autocar s'était arrêté près d'un torrent de montagne où l'on avait lavé l'enfant après avoir noué son cordon ombilical, puis on avait repris la route. Pendant tout le reste du trajet, on avait cherché un nom pour le bébé, une petite fille. On était enfin arrivé, à l'unanimité, à la conclusion qu'il fallait l'appeler Conchita Isabel Maria, et c'était ce qui avait été fait. Conchita avait maintenant vingt ans et vivait à La Coruña. Elle avait épousé le fils du propriétaire d'un magasin de réparation de bicyclettes et lui avait donné trois enfants, mais tous nés dans des conditions normales, ici ou là, on ne savait plus. Quelqu'un se rappelait qu'on n'avait pas fait payer son billet au bébé. Les chauffeurs étaient de braves gars, à l'époque.

Celui du car fumait une cigarette, assis au volant. Il n'appréciait pas outre mesure cet arrêt supplémentaire.

« C'est bientôt fini ? » demandait-il de temps

en temps, mais on lui intimait de se taire. Il ne fallait pas presser la poule, c'était quand même invraisemblable qu'une pauvre vieille cocotte ne puisse même pas pondre tranquille !

Enfin un œuf brun roula dans les jupes de la vieille paysanne. Dans la liesse générale, le chauffeur démarra et reprit la route. La poule, fatiguée par son exploit, fourra sa tête sous son aile et s'endormit. On essuya l'œuf et on le fit circuler de main en main. Quand ce fut au tour de Surunen de l'admirer, le vieux lui proposa de le lui vendre à prix d'ami. Mais il refusa, car l'œuf était cru, et il le passa au passager suivant.

11

Il faisait déjà nuit quand l'autocar brinque-balant arriva dans le bourg de montagne de La Coruña. Des enfants sales et des chiens galeux l'attendaient sur la petite place centrale où se dressait aussi le bâtiment en brique décrépi de trois étages qui abritait le seul hôtel de l'endroit. Ses murs étaient parcourus de lézardes dues aux tremblements de terre répétés. C'était, avec la vétuste église de style espagnol qui lui faisait face, la plus haute construction de la ville. Alors que Surunen descendait son sac à dos du toit de l'autocar, on entendit sonner les vêpres.

Le philologue distribua quelques escorni-flores aux enfants qui couraient derrière lui, puis entra dans l'hôtel, où une unique pièce servait de réception et de restaurant. Une jeune fille ensommeillée tricotait derrière une petite table. Il lui fit part de son souhait de passer la nuit dans l'établissement. Elle lui tendit une clef et déclara que le petit déjeuner était servi dans ce même local.

«Si vous voulez prendre un bain, dites-le-moi, je vous ferai chauffer de l'eau. La baignoire est au premier étage, et votre chambre au deuxième.»

Surunen était si fatigué qu'il décida d'attendre le lendemain matin pour se baigner. La chambre qui lui avait été attribuée n'avait pas de lumière. Peut-être le tremblement de terre avait-il coupé l'électricité jusqu'à La Coruña. Il posa son sac à dos, se déshabilla, se glissa sous les couvertures et s'endormit aussitôt.

Au petit matin, il fut réveillé par un cauchemar dont il n'avait aucun souvenir et qu'il ne chercha pas à se rappeler car la pièce entière tanguait sous l'effet d'une réplique du séisme. Du plâtre et de la poussière tombaient du plafond sur le lit. Il se leva, fatigué, ouvrit la fenêtre et regarda dehors. Dans la lueur de l'aube, il vit l'église blanchie à la chaux, de l'autre côté de la place, qui semblait se balancer et le faisait sans doute vraiment, car ses nombreuses cloches se mirent à carillonner alors que le sonneur dormait et que le bâtiment était désert. Leur tintement fantomatique s'entendait nettement malgré le grondement du tremblement de terre. Surunen, pris de vertige, serra des deux mains l'appui de fenêtre. Il se demanda s'il aurait le courage de sauter du deuxième étage sur la place si l'hôtel faisait mine de s'écrouler.

Soudain le séisme prit fin. Le roulement caverneux se tut, mais les cloches de l'église continuèrent de battre encore longtemps, sonnant et résonnant comme pour appeler les enfants des hommes à une messe de matines que personne ne dirait. Dieu serait-il présent dans l'église, ou n'y aurait-il que des fantômes ? L'atmosphère était totalement irréelle.

Surunen repensa à la journée de la veille, à l'instant où il avait tenu dans le viseur de son fusil d'assaut ses tortionnaires implorant pitié. Il avait alors pensé à la vie, pas à la mort, et avait juste froidement appuyé sur la détente ; il revoyait l'image des soldats en treillis tombant l'un après l'autre sur le sol, déchiquetés par les balles, puis immobiles, ensanglantés, dans la poussière. Ce n'était que maintenant qu'il se sentait un meurtrier, un homme qui en avait tué d'autres.

Les paramilitaires qu'il avait abattus étaient jeunes, ils avaient des mères, des pères, des sœurs et des frères, des épouses et des fiancées. Cette nuit, cinq pères pleuraient leur fils assassiné, cinq mères veillaient le corps de leur enfant mort, cinq femmes étaient veuves. Chacun était confronté à une douloureuse question : pourquoi ?

Les nombreuses cloches de la petite église catholique de La Coruña cessèrent enfin de sonner. C'était comme la fin d'un office. Le tremblement de terre avait cessé, cinq tortionnaires étaient morts, l'humanité continuait de faire le mal.

Au matin, Surunen se réveilla couvert de poussière de plâtre. Le sol de sa chambre était jonché de débris de crépi. On ne voyait pas un seul gecko au plafond. Peut-être s'étaient-ils cachés dans leur trou pendant le séisme de la nuit, à moins que le climat froid des montagnes ne leur convienne pas.

Pour le petit déjeuner, il y avait de la bouillie de maïs et du café noir. La jeune fille de la réception fit chauffer de l'eau pour l'unique baignoire de l'établissement. Elle ajouta des sels effervescents et regarda avec curiosité le corps contusionné de Surunen s'enfoncer dans la mousse blanche. Elle lui demanda s'il avait eu un accident de voiture, pour être aussi couvert de bleus.

«Juste un léger différend, à Santa Riaza. Mais ça va. Et vous verriez l'état de la partie adverse!»

La réceptionniste alla chercher de la pommade pour en enduire ses ecchymoses. Sous l'effet du produit, il éprouva d'abord une vive brûlure, bientôt suivie d'une agréable sensation de fraîcheur. La jeune fille le remercia poliment quand il lui donna dix truanderos en paiement du traitement.

«Ce n'était pas nécessaire, c'est la pommade de mon père, pas celle de l'hôtel.»

La prison d'État de La Trivial où Ramón López était détenu et torturé depuis plusieurs années se trouvait à neuf kilomètres au nord-ouest de La Coruña. Aucun bus n'y conduisait, et aucun des deux chauffeurs qui attendaient à la station de taxis du bourg n'était disposé à accepter une course jusqu'à La Trivial. Ils prétendirent avoir ce jour-là tant de réservations qu'ils n'avaient pas le temps de prendre en charge un seul client de plus. Ils restèrent cependant tous les deux à paresser toute la matinée sur le trottoir sans bouger d'un mètre. Les oisifs qui peuplaient la place expliquèrent à Surunen que les deux chauffeurs de taxi avaient été enfermés un moment à La Trivial, bien entendu sans aucune raison, et préféraient ne plus revoir l'établissement s'ils pouvaient l'éviter.

Le philologue se sentait suffisamment en forme pour décider de faire le trajet à pied. Il pensait arriver à destination vers midi, à l'heure des visites. Sac au dos et en avant !

Au bout de deux kilomètres de marche sur l'étroite route poussiéreuse menant à la prison d'État de sinistre réputation de La Trivial, Surunen entendit derrière lui le grondement d'un moteur. Il vit bientôt passer un vieux tracteur agricole conduit par un péon à la mine grave. Le véhicule tirait une remorque d'où des gouttes de jus rouge tombaient sur le sol. Une par-ci, une par-là. Surunen se demanda ce que l'on cultivait sur ces hautes terres, étaient-ce des betteraves ou du raisin que recouvrait la bâche du tracteur ? Il accéléra le pas et souleva un coin de la toile pour voir quels fruits répandaient leur jus dans la poussière.

Dans la remorque gisaient les corps ensanglantés de cinq ou six jeunes hommes, en civil, tués par balles. Ils étaient morts depuis peu, les vieux cadavres ne saignent pas.

Surunen lâcha en hâte le coin de la bâche et laissa le chargement funèbre poursuivre son chemin. Le péon qui conduisait le tracteur jeta un coup d'œil par-dessus son épaule. Il secoua tristement la tête. Bientôt le sinistre convoi disparut derrière un tournant de la route.

Surunen évita de marcher sur les gouttes de sang qui maculaient le sol. Il se demandait qui le tracteur transportait. Peut-être les morts étaient-ils des habitants d'El Fanatismo tués la veille quand le village avait été incendié. Qui sait?

Le philologue trouva facilement la prison de La Trivial, les gouttes de sang régulièrement espacées sur la route balisaient le chemin. Ce n'est que juste devant les grilles que le sillon vermeil bifurquait vers la gauche, en direction d'un cimetière que l'on apercevait sur une colline derrière le centre pénitentiaire. Un petit groupe de détenus munis de pelles y attendaient le chargement. Deux gardes armés les surveillaient de près. Surunen vit le tracteur reculer jusqu'au bord d'une grande fosse commune. Le conducteur fit basculer le plateau de la remorque, les corps tombèrent en vrac dans le trou que les prisonniers entreprirent en silence de combler.

La prison d'État de La Trivial avait été construite une vingtaine d'années plus tôt, peut-être, dans une vallée de montagne aride où il ne poussait aucun arbre, et à peine quelques buissons. La zone pénitentiaire, qui s'étendait sur trois ou quatre hectares, était entourée d'une clôture de barbelés de trois mètres de haut. À chacun des angles du carré qu'elle délimitait s'élevait un petit mirador en bois où se tenaient, appuyés à leurs fusils, des gardes amollis par la chaleur de midi. À gauche du portail se dressait un bâtiment en pierre de deux étages où logeaient les directeurs de la prison. Derrière, des baraquements au toit de tôle servaient de caserne au personnel pénitentiaire. À droite de l'entrée se trouvait une belle maison blanchie à la chaux entourée d'un petit jardin, seule tache de vert de toute la vallée. C'était la résidence du juge d'instruction du district. À la grille flottait le drapeau d'État du Macabraguay, un aigle blanc sur fond rouge tenant une palme verte dans son bec.

L'allée qui passait entre ces bâtiments conduisait à la prison elle-même, constituée de plusieurs baraquements en brique d'un étage. Une partie d'entre eux étaient occupés par des cellules séparées par des barreaux, l'un abritait un réfectoire, d'autres un corps de garde et des entrepôts. L'accueil des arrivants se faisait à l'entrée. Une table était installée dehors à l'ombre du portail. Assis autour, cinq gardes en uniforme kaki jouaient aux cartes. Ils riaient et juraient bruyamment quand Surunen se présenta. À travers la grille, on apercevait derrière eux le périmètre carcéral proprement dit, où se promenaient de petits groupes de détenus. La grande majorité portaient des vêtements civils, ou plus exactement de malheureux haillons, dans lesquels ils avaient l'air maigres et éprouvés. On se serait cru dans un camp de concentration.

Surunen s'adressa à un officier du grade de sous-lieutenant qui interrompit de mauvais gré sa partie de cartes pour se tourner vers lui. Il lui présenta son passeport et déclara qu'il était venu rendre visite à un de ses amis, à qui il apportait des nouvelles et des cadeaux de sa femme et de ses enfants.

«Vous êtes un proche de ce Ramón López? Je ne savais pas qu'il avait de la famille jusqu'en Finlande.»

La remarque fit beaucoup rire les soldats de garde. Le passeport de Surunen fit le tour de la table, passant de mains en mains et déclenchant lui aussi la rigolade. Pour finir, le sous-lieutenant le rendit à son propriétaire et déclara froidement qu'il avait intérêt à fiche le camp au plus vite. On n'avait pas pour habitude, à la prison d'État de La Trivial, d'organiser des visites pour l'intelligentsia étrangère. Seule la famille pouvait avoir accès aux détenus, et à des heures strictement réglementées.

Surunen ne se laissa pas impressionner. Il répliqua que la constitution macabraguayenne, pour autant qu'il sache, mentionnait explicitement le droit des prisonniers de voir leur famille et leurs amis. Or il était l'ami de Ramón López. Il était midi, ce qui signifiait que c'était officiellement l'heure des visites. Et s'il le fallait, il exigeait de parler au commandant de la prison.

Le sous-lieutenant se leva de la table de jeu et le regarda droit dans les yeux d'un air mauvais. «Vous ne manquez pas d'air. Venir me faire la leçon sur la constitution macabraguayenne! Très bien. J'ai comme l'impression que vous êtes communiste. Et aucune constitution ne s'applique aux cocos, dans ce pays, si vous voulez savoir.

De plus, je me trouve être à l'heure actuelle le commandant de cet établissement. Le directeur en titre est en déplacement à Santa Riaza et ne sera pas de retour avant plusieurs jours.»

Surunen jugea plus sage de réviser son approche, tout en songeant que s'il avait un jour l'occasion de se retrouver seul à seul avec le sous-lieutenant, celui-ci aurait intérêt à numéroter ses abattis. Il posa son sac à dos, l'ouvrit et commença à empiler des boîtes de conserve sur le sol.

«Je dois changer de chaussettes, mes pieds me démangent après cette longue marche.»

Quand les gardes virent les victuailles que contenait le sac, ils interrompirent leur partie pour venir s'accroupir autour de Surunen. Généreusement, il distribua à chacun deux boîtes de conserve, agrémentées, en prime, d'un billet de dix truanderos. Vingt pour le sous-lieutenant.

Les bakchichs disparurent aussitôt dans les poches des gardes. Le sous-lieutenant flanqua une grande tape dans le dos de Surunen, partit d'un gros éclat de rire satisfait et fourra deux de ses doigts sales entre ses lèvres pour émettre un sifflement strident. Bientôt deux vieux prisonniers de confiance accoururent essoufflés à la grille et saluèrent le sous-lieutenant d'un geste vaguement militaire.

«Trouvez-moi tout de suite Ramón López et amenez-le dans le parloir numéro six, il a un visiteur venu d'un lointain pays étranger.»

Les détenus repartirent d'une foulée traînante.

Se tournant vers Surunen, le sous-lieutenant déclara :

«J'ai comme l'impression que nous allons finalement bien nous entendre. Si vous voulez bavarder en tête à tête avec ce López, ça peut aussi s'arranger. Même si d'habitude nous ne…»

Surunen tira des profondeurs de son sac à dos deux autres boîtes de viande américaines. Le sous-lieutenant les fourra dans les poches de poitrine de son uniforme et fit signe à l'un des gardes de conduire le visiteur à l'intérieur de la prison. Mais au même moment, les deux vieux détenus revinrent au petit trot, en nage, pour dire que le professeur López ne pouvait pas recevoir de visites. Sa santé ne le lui permettait pas.

Le sous-lieutenant se fâcha.

«Qu'est-ce que c'est que cette histoire ? Ce misérable trouve indigne de lui d'accueillir un éminent visiteur étranger ?

— Il ne tient pas debout, mon lieutenant, expliquèrent les prisonniers de confiance.

— Eh bien, portez-le au parloir sur une civière, vous n'avez donc rien dans la tête !»

Ils repartirent à toutes jambes. On conduisit Surunen dans la salle numéro six. Elle était petite, et servait apparemment aussi à interroger les prisonniers. Elle ressemblait de façon terrifiante au hangar dans lequel il avait été torturé. On ne voyait cependant pas aux murs de crochets pouvant soutenir un *pau de arara*. Il y avait en revanche, à hauteur de tête, quelques anneaux de fer assez solides pour qu'on puisse y attacher en toute sécurité un taureau sauvage d'une tonne.

Un moment plus tard, on porta dans la pièce un brancard sur lequel gisait un homme barbu, émacié. C'était Ramón López, terriblement vieilli et à bout de forces. Les longues et cruelles années passées dans les prisons du Macabraguay l'avaient à tel point transformé que Surunen eut du mal à le reconnaître d'après les photos qu'Anneli Immonen et lui avaient vues.

Les porteurs posèrent la civière sur le sol et se retirèrent, de même que le garde. Resté seul avec son malheureux protégé, Surunen s'accroupit auprès de lui, lui serra chaleureusement la main et se présenta. Viljo Surunen, philologue, venu de Finlande pour le libérer de la prison d'État de La Trivial. Il avait à lui transmettre le bonjour d'Anneli Immonen et surtout de sa famille, qui se portait aussi bien que possible.

Un triste sourire macabraguayen se peignit sur le visage creusé de Ramón López et des larmes montèrent à ses yeux éprouvés.

12

«Ça faisait longtemps que je t'attendais», dit d'une voix fatiguée l'ancien professeur de la faculté des lettres de l'université du Macabraguay au philologue. «Je croyais déjà que tu ne viendrais pas.»

Surunen expliqua que beaucoup de ses amis finlandais l'avaient considéré comme un dangereux illuminé quand il avait décidé de partir pour le Macabraguay afin de le sauver, mais il était enfin là et n'avait pas l'intention de quitter le pays avant qu'il ne soit libre.

Il proposa une cigarette à Ramón, qui la fuma avidement.

«J'admire ton sens du sacrifice. C'est quelque chose qu'on voit rarement, dans ce monde. Dommage seulement que je sois en si mauvaise santé. Je crains que tu ne sois arrivé trop tard pour moi... je crois que je vais bientôt mourir. Je souffre depuis plusieurs années d'une grave maladie des reins. Et les prisonniers n'ont pas accès à des soins médicaux dignes de ce nom.

Mon problème date de 1979, quand on m'a frappé dans le dos à coups de barre de fer.»

Surunen sortit de son sac le reste de ses conserves. Ramón lui demanda de les dissimuler sous la couverture du brancard.

«Tout le monde meurt de faim, ici. Si des droits communs apprennent que j'ai des conserves, ils me les prendront tout de suite, mieux vaut les garder cachées.»

L'ancien professeur expliqua qu'il y avait à La Trivial mille six cents détenus, dont la majorité étaient des prisonniers politiques. On incarcérait souvent des centaines de nouveaux arrivants à la fois, au rythme des changements de gouvernement et des purges qui s'ensuivaient. Le nombre de détenus tombait parfois à mille, mais ce n'était pas parce qu'on en libérait, c'était parce qu'il en mourait de faim ou de maladie, sans compter les exécutions qui avaient lieu presque toutes les nuits.

Surunen donna à Ramón López la housse d'oreiller que Consuelo avait brodée. Il la prit, ému, et demanda si sa femme et ses enfants n'avaient pas trop souffert des derniers tremblements de terre. Avaient-ils suffisamment à manger?

Le philologue lui raconta sa visite à Consuelo. Tout allait bien, elle avait pour l'instant assez d'argent pour les dépenses courantes et les séismes n'avaient pas affecté le bidonville de Paloma. Les enfants étaient en bonne santé.

«Tu es un homme de cœur, Surunen.

— C'est peu de chose. Pouvons-nous parler librement, sans risquer d'être écoutés?» D'après Ramón, la prison de La Trivial était si vieille et délabrée qu'il n'y avait rien à craindre. Si on avait un jour dissimulé des micros dans les murs, ils ne fonctionnaient certainement plus, avec toutes ces secousses telluriques.

Surunen raconta qu'il était allé sur la place du palais présidentiel écouter le discours du général Ernesto de Pelegrini.

«C'est un homme que les appels humanitaires n'émeuvent pas.

— Je le crois volontiers. En tant que citoyen d'un pays nordique, tu ne comprends peut-être pas qu'il est vain, ici, de jouer sur la corde sensible de nos dirigeants. Les lettres et des pétitions ne sont d'aucune utilité.

— Je ne suis plus si naïf. J'ai tué hier cinq tortionnaires du FDN. C'était juste après le premier tremblement de terre. Je leur ai tiré dessus avec leurs propres armes. Ces salauds m'avaient suspendu à un *pau de arara* et m'avaient en plus administré des décharges électriques. S'il n'y avait pas eu ce séisme, ils m'auraient sûrement torturé à mort.

— Je veux bien le croire.»

La porte s'ouvrit et le commandant par intérim entra. Un aimable sourire illuminait son visage.

«Votre temps de visite est presque écoulé, monsieur Surunen. Malheureusement. Mais les fonctionnaires pénitentiaires macabraguayens ne sont pas aussi brutaux et cyniques que le prétendent les médias étrangers. Nous ne pouvons bien sûr pas traiter des criminels endurcis avec des gants blancs, mais… nous ne sommes pas insensibles. Certains d'entre nous ont une femme et des enfants… Comme je le disais, votre temps de visite touche à sa fin.»

Le philologue Viljo Surunen tira de son portefeuille un billet de dix truanderos et le tendit au sous-lieutenant. Celui-ci le plia dans sa poche de poitrine. Puis il sortit en sifflotant. À la porte, il déclara :

«Vous avez encore cinq minutes, messieurs.»

Dès que l'accommodant militaire se fut retiré, Surunen demanda à son ami s'il avait réfléchi à un projet d'évasion que l'on pourrait maintenant mettre en œuvre.

«On ne peut pas s'évader d'ici, soupira Ramón López.

— Ça n'a pourtant pas l'air bien difficile. On devrait pouvoir cisailler sans trop de peine la clôture de barbelés. Après, il te suffit de t'enfuir en courant dans l'obscurité de la nuit, et moi je t'attendrai à l'extérieur.

— C'est ce qu'on pourrait croire, mais ces hautes terres sont une vraie Sibérie. On peut certes sortir de la prison, c'est faisable, mais à quoi bon ? On ne peut pas survivre à l'extérieur. Ça grouille de soldats. Le terrain est accidenté, le climat glacial. Tous les villages sont surveillés. Où aller ? Beaucoup se sont évadés, mais après avoir erré deux ou trois jours dans la montagne ils se sont fait reprendre ou sont morts de faim et de froid.»

Surunen ne se découragea pas.

«Quoi qu'il en soit, je vais te sortir de là. Je ne suis pas venu pour rien de Finlande jusqu'ici. Je vais maintenant retourner à Santa Riaza, mais quand je reviendrai, je réglerai ça, jura-t-il. Je pourrais aussi libérer d'autres prisonniers, par la même occasion… Tu as sans doute des amis, ici, qui aimeraient s'évader?»

Ramón López lui parla d'un de ses codétenus, Rigoberto Fernandes. Âgé d'un peu plus de trente ans, il avait fait des études de médecine, était politiquement de gauche et serait sûrement heureux de pouvoir fuir avec l'aide de Surunen. Il avait été incarcéré deux ans plus tôt. Un tribunal militaire l'avait condamné sans aucun recours possible à une peine de vingt-cinq ans de prison, et il n'y avait aucun espoir de grâce.

Le temps imparti touchait à sa fin. Ramón López révéla à Surunen qu'il y avait à La Coruña un sonneur de cloches dont la fille entretenait une liaison avec un des gardiens de La Trivial. On pouvait, par son truchement, envoyer des messages aux détenus. Le carillonneur se nommait Estebán Idigoras, il avait une soixantaine d'années, et sa fille, la belle Conchita, avait pour amant le gardien de prison Jesús Carcinero, un jeune crétin qui ne comprenait pas qu'elle se moquait de lui et ne venait dans sa chambre que pour transmettre des messages secrets.

«Prends contact avec le vieil Idigoras, il pourra t'être utile», lui conseilla-t-il.

Ramón raconta que, quelques jours plus tôt, deux hommes originaires du proche village d'El Fanatismo s'étaient évadés de la prison. Le matin même, on avait appris par le biais d'Idigoras que les militaires avaient pris les villageois pour cible de leurs représailles.

Surunen confirma l'information. El Fanatismo avait été incendié et une demi-douzaine d'habitants exécutés. Leurs corps avaient été conduits tout à l'heure dans le cimetière de la prison et jetés dans une fosse commune, il l'avait vu de ses yeux.

«C'est plus une décharge qu'un cimetière», soupira Ramón López. Puis il remit à Surunen un bout de papier plusieurs fois plié qu'il lui demanda le transmettre à Amnesty International.

Il était temps de mettre fin à la visite, car le commandant par intérim de la prison et deux gardiens venaient d'entrer dans le parloir. Surunen serra la main de Ramón López. Il demanda au sous-lieutenant de le faire conduire à l'hôpital afin de soigner sa déficience rénale.

«Bien sûr, le jour où on construira un hôpital ici», répondit-il. On emporta le brancard de Ramón López.

En sortant de la prison, Surunen fut pris en stop par le tracteur qui avait transporté les corps des hommes d'El Fanatismo jusqu'à la fosse commune. Le péon jeta du sable sec dans la remorque afin que le sang qui y avait coulé ne

tache pas le sac à dos ou le postérieur de son passager. Celui-ci lui donna cinquante escorniflores.
Ce n'était pas cher payé, mais l'ambiance n'était
pas non plus des plus gaies. Pendant le trajet,
le philologue lut la lettre que Ramón lui avait
donnée pour Amnesty International.

Son contenu était terrifiant. Le papier recen-
sait toutes les méthodes de torture employées au
Macabraguay. En voici quelques extraits :

Capucha : capuchon imprégné de produits
chimiques toxiques, dont l'utilisation laisse
des traces de poison dans les cheveux de la
victime.

Garote : collier rudimentaire passé autour du cou,
que l'on peut serrer en tournant un bâton.

«Amant marron» : matraque électrique enfoncée
dans l'anus. Décharges électriques dans les
parties génitales, les oreilles et la langue.

Enfermement dans un espace si réduit que la
victime ne peut ni s'allonger, ni s'asseoir, ni se
tenir debout.

La bañera : noyade et suffocation.

Administration forcée de médicaments provoquant des douleurs et un état de confusion
mentale.

Pau de arara : perchoir du perroquet — méthode
de torture plutôt courante que Surunen
connaissait déjà.

La parrilla : le barbecue, administration de décharges électriques à une victime ligotée sur un sommier métallique.

El telefono : gifles simultanées sur les deux oreilles.

El quirófano : le bloc opératoire, où le prisonnier est maintenu couché sur une table pendant de longues périodes, le haut du corps dans le vide. Un médecin est souvent présent pour superviser les tortures et veiller à ce que la victime ne puisse pas «fuir» ses bourreaux en s'évanouissant ou en mourant intempestivement.

Surunen rangea la lettre de Ramón dans sa poche. Le public nordique aurait de quoi lire.

De La Coruña, le philologue prit un taxi pour rentrer à Santa Riaza, car l'autocar était reparti dans la matinée et le suivant ne passait que deux jours plus tard. Le trajet ne dura que quatre heures, et il était de retour à l'hôtel Americano le soir même. On lui redonna la même chambre, où il monta son sac à dos et sa valise laissée à la consigne de la réception. Il se changea et se lava. Ses bleus commençaient à jaunir. Le fond de son pantalon de randonnée était rouge de sang, souvenir du tracteur funèbre. Il le rinça et le mit à sécher sur l'appui de fenêtre. Puis il descendit dîner au restaurant de l'hôtel.

Une fois rassasié, Surunen rédigea un bref message à l'intention de Consuelo. Il sortit sur la place et trouva vite un gamin des rues prêt à rendre service auquel il donna quelques pièces afin qu'il porte le billet à sa destinataire. Une heure plus tard, il lui rapporta une réponse, dans laquelle Consuelo le remerciait pour sa visite à la prison d'État de La Trivial.

Le philologue alla boire un verre au bar. Il y retrouva le reporter Tom Haslemore. Peu après, les deux jolies prostituées de l'hôtel vinrent les rejoindre à leur table. L'une s'appelait Renata, l'autre Lupita.

Tom Haslemore était dans son état normal, déjà bien imbibé. Il dodelinait de la tête, sans prendre part à la conversation, mais il offrit malgré tout à boire aux filles. Elles racontèrent à Surunen que les répliques du séisme avaient méchamment secoué l'hôtel. Elles en avaient plus qu'assez de ces tremblements de terre incessants qui faisaient baisser leur chiffre d'affaires. L'hôtel s'était vidé de ses clients car de nombreux étrangers avaient préféré quitter le Macabraguay. Si l'activité sismique se poursuivait au même rythme, elles finiraient sur le trottoir, où la vie n'était guère plus facile : la concurrence était féroce, les clients plus pauvres, malades et brutaux que ceux de l'Americano. Leur avenir s'annonçait sombre. Surunen commençait à éprouver pour elles une pitié mêlée de désir. Au bout de quelques verres, ce sentiment gagna en intensité, et il ne protesta pas quand Renata et Lupita lui suggérèrent de commander deux bouteilles de champagne et de monter avec elles dans sa chambre faire un peu la fête. Il invita Tom Haslemore à se joindre à eux, mais le reporter déclara ne plus être en état de courir après des filles. Il craignait en plus d'avoir attrapé le sida en Haïti et ne voulait pas transmettre le virus. Quand le barman entendit cela, il lava longuement les verres du reporter avec des gants aux mains.

Cela faisait longtemps que Surunen n'avait pas eu de compagnie féminine. Il avait plusieurs fois pensé, ces derniers jours, aux agréables courbes de la maîtresse de musique Anneli Immonen. Les brunes Renata et Lupita se donnèrent pour mission de la remplacer, et s'y employèrent avec compétence, gaiement et sans tabou.

Au petit matin, le philologue se réveilla, béatement nu, dans la baignoire. Un verre de champagne éventé était posé sur le rebord, lui-même était couvert de mousse parfumée. Il avait mal à la tête. La nuit avait été à tous égards satisfaisante, cela, il s'en souvenait.

Il se rinça et retourna dans sa chambre, drapé dans une serviette de bain. Il avait l'intention de se coucher, mais un terrible doute l'assaillit soudain. Et s'il avait été contaminé par les deux prostituées macabraguayennes? Il se rappela qu'il n'avait pris aucune précaution et s'était exposé sans capote au danger.

Effaré, il regarda son sexe, qui pendait tristement. Misère! Que pouvait-il avoir attrapé : blennorragie, syphilis, chancre mou, sida? Il se précipita pour consulter l'annuaire. Il devait tout de suite appeler un médecin. Il ne s'était écoulé que peu de temps depuis ses ébats nocturnes, en agissant vite, il était peut-être encore temps d'éviter la contagion.

Vu l'heure, aucun médecin ne décrocha pour répondre à ses appels. C'est alors que Surunen se rappela le reporter Tom Haslemore. Il avait plus d'expérience que quiconque en matière de maladies vénériennes.

Le téléphone sonna au moins dix fois dans la chambre du vieil ivrogne avant qu'il émerge suffisamment de son sommeil pour soulever le combiné et grogner quelque chose.

Dans tous ses états, Surunen lui raconta comment il avait passé sa nuit et lui demanda si l'on pouvait encore faire quelque chose.

Haslemore se plaignit d'avoir la gueule de bois, mais retrouva rapidement ses esprits.

«Téléphone au concierge, en bas, et dis-lui d'aller chercher dans les réserves du barman deux ou trois litres du meilleur rhum de la maison. Demande-lui de te monter les bouteilles dans ta chambre. Qu'il apporte aussi un bol à punch. J'enfile mon pantalon et je grimpe tout de suite chez toi», déclara Haslemore, et il raccrocha.

Le reporter ne tarda pas à rejoindre le philologue. Il examina superficiellement son sexe et conclut que le cas ne semblait pas désespéré. Sur ces entrefaites, le concierge se présenta, porteur d'un grand bol à punch et de trois bouteilles de rhum. Haslemore lui demanda d'en vider deux dans le récipient. Il ouvrit lui-même la troisième et s'en versa un verre qu'il éclusa cul sec. Puis il ordonna à Surunen de plonger son sexe, aussi complètement que possible, dans le liquide salvateur. Le philologue obéit. La brûlure de l'alcool fort sur ses parties sensibles était insupportable, mais Haslemore lui interdit de bouger.

«Désinfecter est essentiel dans ce genre d'affaires. Il faut laisser tremper assez longtemps pour que le rhum agisse.

— Ça fait horriblement mal, geignit Surunen.

— Fais un effort. L'hygiène masculine exige des sacrifices. J'ai appliqué cette cure plusieurs fois dans ma vie et ç'a toujours été efficace.»

Surunen demanda au concierge de mettre les bouteilles de rhum sur la note de sa chambre. Haslemore lui donna quelques pièces de monnaie et il se retira avec force courbettes.

«Dans le milieu de la presse internationale, on appelle ça le remède de cheval de Poulsen. C'est Marty Poulsen en personne qui m'en a donné la recette à Beyrouth en 1975. C'était avant la guerre civile libanaise. Marty était allé s'éclater dans le quartier chaud, rue de Phénicie, si je me souviens bien, et avait baisé dans au moins quinze bordels. Il devait être correspondant de *Newsweek*, à l'époque. Enfin, peu importe. Il avait une peur terrible du chancre mou, mais figure-toi qu'après ce traitement de choc, il n'avait même pas eu l'ombre d'une chaude-pisse. Comment te sens-tu?»

Surunen admit que le remède semblait efficace, en tout cas à en juger par la douleur.

«Il l'est, ne t'inquiète pas», confirma Tom Haslemore en portant son verre de rhum à ses lèvres.

Deux heures plus tard, la cure fut déclarée terminée. Surunen s'habilla. Son sauveur, Tom Haslemore, avait passé tout ce temps à tutoyer sa bouteille de rhum, et il dut le porter dans sa chambre. Quand il remonta à son étage, le jour se levait déjà. Il se déshabilla et se mit au lit, soulagé. Il songea avec reconnaissance au reporter américain et à l'aide désintéressée qu'il lui avait prodiguée. Il espérait pouvoir un jour lui revaloir ses efforts et sa sollicitude.

13

En proie à une lancinante gueule de bois physique et morale, le philologue Viljo Surunen décida de renoncer à se vautrer dans le péché et la luxure. Il devait se trouver des activités plus saines et cesser de fréquenter les bars et les prostituées. Dans ce but, il lui fallait aller voir le professeur Jacinto Cárdenas à l'université de Santa Riaza.

Il avait beaucoup de choses à lui raconter. Il décrivit son arrestation, la séance de torture et le séisme grâce auquel il avait échappé aux griffes de ses geôliers.

«C'était une bande de paramilitaires du FDN. Je les ai tous tués. Ça s'est produit dans une zone industrielle abandonnée à l'extérieur de la ville. Je suis ensuite allé rendre visite à la famille de Ramón López, puis à Ramón lui-même à La Trivial. C'est vraiment un endroit atroce. Notre ami est très malade, ses reins sont atteints. J'ai eu l'impression qu'il n'avait plus la force de rêver de liberté. Il a évoqué sa mort.»

Surunen ajouta qu'il ne semblait pas raisonnable de lancer une attaque frontale contre la
prison. Il fallait trouver quelque chose de moins
dangereux.

« Je me suis dit que je pourrais essayer de cour-
tiser la haute société locale. Si je pouvais entrer
en contact avec des militaires de haut rang, je
pourrais peut-être faire avancer la cause de
Ramón. En faisant jouer mes relations. »

Cárdenas admit qu'au Macabraguay toutes
les affaires importantes se réglaient en coulisses.
Mais comment pensait-il pouvoir s'attirer les
bonnes grâces de ces incultes ?

« Ce sont tous des parvenus, ils ne s'intéressent
pas à la philologie. »

Surunen avait une idée. Il pourrait donner
des conférences, à Santa Riaza, sur des sujets
susceptibles de captiver les femmes des milieux
mondains. Par leur intermédiaire, il tenterait de
s'introduire dans la bonne société et pourrait
peut-être, ainsi, faire la connaissance d'hommes
influents. Il prit un exemple dans son pays natal.
Un certain Ilia Glazounov, un peintre russe d'un
médiocre talent, était entré dans les bonnes
grâces de riches Finlandaises. Il avait des allures
d'artiste raffiné, toujours bien peigné, habillé
avec goût et d'une politesse exquise. En peu de
temps, il avait exécuté le portrait de toutes les
dames les plus fortunées. Elles l'avaient introduit
dans les meilleurs cercles. Il était vite devenu le
portraitiste le plus cher de Finlande, croulant
sous une pluie de commandes. Pour finir, il avait

même peint le président de la République. Le tableau était à vomir, comme toutes ses autres œuvres. Mais personne n'avait osé le critiquer, pas même le chef de l'État, après avoir posé pour lui, malgré la qualité exécrable de son travail.

«Je ne sais pas si une telle supercherie serait possible au Macabraguay, déclara le professeur Cárdenas. J'ai toujours considéré la Finlande comme un pays de haute culture, mais là, je ne sais que penser…»

Surunen lui assura que les femmes riches étaient les mêmes partout dans le monde. «J'aimerais utiliser ce levier. Mais comme je ne sais pas peindre, même aussi mal qu'Ilia Glazounov, je dois trouver autre chose. Je devrais être capable de donner des conférences scientifiques intéressantes.»

Le professeur Cárdenas concéda que les femmes de la haute société de Santa Riaza avaient un faible pour la culture de la vieille Europe, pas tant à cause de ce qu'elle représentait, d'ailleurs, mais parce que tout ce qui venait de par-delà l'océan était jugé du dernier chic, dans ce pays reculé.

«Tu devrais choisir un sujet hautement culturel, un peu abscons, mais à propos duquel le public pourrait tenir des conversations prétendument profondes. Et puis il serait bon de limiter le nombre d'auditeurs pour n'avoir que les femmes les plus riches et les plus influentes. Je peux t'aider à dresser la liste des invités, je connais par cœur tous ces arrivistes et je sais lesquelles de ces dames se précipiteront avec le plus d'enthousiasme dans le piège.»

Le professeur Cárdenas conseilla à Surunen de convier à sa conférence les épouses des plus haut gradés de l'armée et de la police, mais d'oublier les milieux universitaires. Il promit de lui envoyer le soir même à son hôtel les adresses nécessaires.

Ils établirent dans la foulée un projet d'annonce que Surunen décida de faire publier dès le lendemain dans le journal. On inventa pour le conférencier le titre universitaire ronflant de «professeur théorique de langues et civilisations helléniques». On rédigea aussi un bref communiqué de presse indiquant que le professeur Surunen était un helléniste extrêmement réputé en Europe, considéré comme l'un des candidats au prix Nobel de sa discipline, dont les travaux actuels avaient pour objet de comparer et d'harmoniser la vieille civilisation européenne et les réalisations culturelles macabraguayennes. Il donnerait une importante et passionnante conférence sur ce thème dans les salons de l'hôtel Americano.

Surunen calcula que les invitations, l'annonce dans le journal et la location de la salle coûteraient dans les trois ou quatre cents truanderos, ce qui n'était pas cher payé pour s'attirer les faveurs du gratin de Santa Riaza.

«Tu devrais t'acheter un nouveau costume, suggéra le professeur Cárdenas.

— Ça risque de faire un sacré trou dans mon budget.

— Fais-le faire dans le bidonville de Paloma. C'est de là que viennent tous mes vêtements. On y trouve d'habiles couturières qui peuvent même te tailler un smoking, au besoin, pour trois fois rien.»

Dans ce cas, songea Surunen, Consuelo pourrait l'aider à passer commande d'un costume.

Il remercia le professeur Cárdenas et rentra en taxi à l'hôtel. Avant de porter son communiqué de presse au journal, il eut l'idée de le soumettre au reporter Tom Haslemore. Il l'appela dans sa chambre.

«Comment va ta bite, aujourd'hui?» demanda l'Américain d'un ton empreint de sollicitude médicale. Surunen déclara que ça le brûlait encore un peu mais que pour le reste tout semblait en ordre. Haslemore se réjouit : «Qu'est-ce que je disais, le remède de cheval de Poulsen est infaillible.»

Il promit de descendre au bar jeter un coup d'œil à l'annonce et au communiqué de presse.

Après avoir lu le texte publicitaire, il le jugea convaincant, mais conseilla à Surunen d'insister encore un peu plus sur le caractère exceptionnel de son intervention.

«Ajoute que c'est ton premier séjour en Amérique latine et que cette conférence est la seule que tu donneras sur ce thème de ce côté-ci de l'Atlantique. Ça fera son effet.»

Surunen expliqua qu'il avait l'intention d'envoyer des invitations gratuites aux femmes de la haute société.

«Il vaudrait quand même mieux indiquer dans l'annonce le prix du billet, par exemple cent truanderos. Ça éliminera les pauvres. Et marque aussi qu'en plus des invitations il n'y a qu'un nombre limité de places. Comme ça tu rempliras la salle, et chacune des rombières qui aura reçu une invitation commandera aussitôt une nouvelle robe et se précipitera à coup sûr pour t'écouter.»

Tom Haslemore accompagna Surunen à la rédaction de *La Humanidad*. Il connaissait tous les journalistes, ce qui garantissait la publication du communiqué de presse. On prit même du conférencier une photo que l'on promit d'ajouter à l'annonce qu'il déposa en personne au secrétariat du quotidien, où on lui assura qu'elle paraîtrait dans les pages culturelles.

Alors qu'ils retournaient au bar de l'hôtel Americano, Tom Haslemore demanda à Surunen s'il avait l'intention de se faire à Santa Riaza une réputation de scientifique populiste, ou si son but était d'infiltrer les rangs de l'université grâce aux dames du gratin mondain.

Le philologue expliqua que ses objectifs n'étaient pas aussi égoïstes. Il visait certes à se faire accepter de la haute société, mais uniquement pour pouvoir interviewer des membres de l'élite pour ses recherches dialectologiques. Il s'était déjà rendu avec son magnétophone dans le bidonville de Paloma et auprès des Indiens des montagnes, c'était maintenant le tour des classes supérieures et de leur sociolecte. Il était curieux de savoir comment on parlait dans les milieux les plus huppés.

«Je ne me fatiguerais pas à écrire des exposés de haut vol pour ces oies dans le seul espoir de les écouter caqueter», déclara cyniquement Tom Haslemore.

Plus tard dans la soirée, le concierge remit à Surunen la lettre que le professeur Cárdenas lui avait fait porter par un petit mendiant. Elle contenait les noms et les adresses des trente dames les plus en vue de la haute société. Le conférencier rédigea le texte de ses invitations. Le lendemain, il fit imprimer les cartons, les mit dans des enveloppes et y inscrivit les adresses données par Cárdenas. Il en posta aussi une à l'intention d'Anneli Immonen, en Finlande, qui la reçut à l'automne suivant peu après la rentrée des classes.

Une fois les invitations envoyées, Surunen se fit conduire en taxi dans le faubourg de Paloma. Il se rendit chez Consuelo, où tous les enfants étaient cette fois présents. Il leur distribua des chocolats et leur donna des nouvelles de Ramón. Le tremblement de terre avait provoqué quelques dégâts dans le bidonville : un certain nombre de masures s'étaient écroulées, deux ou trois personnes étaient mortes. Le petit poulailler en briques de récupération qui se trouvait derrière la cabane des López s'était effondré, tuant trois des six poules de la famille. Avec l'argent donné par Surunen, Consuelo avait acheté une cuisinière électrique à deux plaques qu'elle lui montra avec fierté. On avait fait rôtir dans son four les volailles mortes dans le séisme, et il fonctionnait à merveille.

Consuelo avait reçu le message de Surunen à propos de sa visite à Ramón. Elle le remercia chaleureusement et annonça qu'elle avait elle-même l'intention de faire le déplacement au plus tard dans un mois ou deux, si elle trouvait quelqu'un pour garder les enfants, et une fois qu'elle aurait construit un nouveau poulailler. Surunen lui proposa de l'argent pour le voyage, mais elle déclara, héroïque, qu'il lui en restait bien assez pour le moment. Elle fit du café et servit à son visiteur des galettes de maïs qu'elle avait fait cuire dans son nouveau four.

Surunen lui demanda si elle connaissait une bonne couturière à qui il puisse commander un costume trois pièces blanc. Il avait appris qu'un certain nombre d'habitantes de Paloma exerçaient ce métier.

Consuelo ordonna à sa fille aînée de courir chez la plus habile d'entre elles. Elle revint bientôt avec une femme brune bien en chair, essoufflée d'avoir galopé aussi vite que ses jambes le lui permettaient pour se mettre au service du riche visiteur étranger. La couturière se présenta, elle s'appelait Maria Matamoros. Elle se flattait d'avoir confectionné des costumes pour beaucoup de membres de l'intelligentsia de Santa Riaza. Elle sortit un mètre de la poche de son tablier et prit les mesures de Surunen. La fille de Consuelo les nota. Maria demanda dans quel type de tissu le costume devait être taillé. Les épaules devaient-elles être rembourrées, la doublure en soie ou dans une matière moins coûteuse, les boutons dorés ou simplement de couleur ivoire?

« Je pensais à un costume blanc, avec un gilet. »

On se mit d'accord sur un prix de deux cent cinquante truanderos, gilet et boutons ivoire compris. Maria Matamoros promit de venir au plus vite faire les essayages nécessaires à l'hôtel Americano. Surunen lui versa une avance de cent truanderos. Tout heureuse, la couturière l'embrassa et s'en fut en ville acheter du tissu blanc.

Le philologue prit congé de Consuelo. Il traversa à pied le bidonville jusqu'à la grande rue menant au centre, où il espérait trouver un taxi libre. Quelques habitants de Paloma avaient dressé sur le trottoir des étals où était exposé tout un bric-à-brac d'objets trouvés. Un vendeur proposait un contingent de poules attachées ensemble par les pattes, entassées sur la table, les yeux fermés. Surunen décida d'en acheter trois, qu'il paya six truanderos pièce. Il reprit le chemin de la bicoque des López. Les volailles gloussèrent indignées pendant tout le trajet, mais se calmèrent quand Consuelo leur détacha les pattes. Elle accueillit avec joie le cadeau. Elle et ses enfants avaient maintenant une basse-cour aussi nombreuse qu'avant le tremblement de terre.

« C'est fantastique, nous allons de nouveau avoir des œufs frais tous les jours », déclara-t-elle.

Surunen retourna dans la rue principale, où il trouva un taxi et se fit conduire en ville. Il alla jeter un coup d'œil au grand salon du premier étage de l'hôtel, qu'il avait réservé pour y donner sa conférence. Deux femmes de ménage étaient justement en train de le décorer. Surunen songea que le cadre, au moins, était à la hauteur de ses projets.

Le lendemain, il mit la dernière main aux préparatifs de sa conférence. Maria Matamoros lui apporta son nouveau costume, il se mit d'accord avec un photographe pour immortaliser l'événement, s'arrangea avec le restaurant de l'hôtel pour que des cocktails soient servis aux invités et rédigea pour finir le texte de son discours. Il réussit à pondre quinze pages sur la civilisation hellénique et ses influences sur la florissante culture latino-américaine. Il s'agissait essentiellement de fadaises, ce qui était dû au fait qu'il ne connaissait pas grand-chose au sujet traité. Mais quand il fit lire sa prose à Tom Haslemore, celui-ci s'enthousiasma :

« Tu as une sacrée belle plume ! Ces dames de la haute ne comprendront pas un mot de ce que tu racontes, et ça, c'est la garantie d'un succès total. Tu seras vu comme un éminent ambassadeur culturel, tu peux en être certain. Je crois que je vais venir regarder ces oies te dévorer des yeux dans ton nouveau costume blanc. »

Le professeur Surunen remit au reporter Tom Haslemore une invitation pour la manifestation culturelle helléno-américaine.

14

Surunen se contempla dans le miroir de sa chambre d'hôtel, satisfait de son élégance. Il avait revêtu le costume trois pièces blanc confectionné par la couturière du bidonville Maria Matamoros, ciré ses chaussures et noué à son cou un nœud papillon blanc. Une pochette en dentelle noire dépassait de sa poche de poitrine. Il avait gominé ses cheveux, s'était aspergé d'une eau de toilette au parfum viril et avait l'haleine fraîche et le sexe désinfecté, grâce au remède de Marty Poulsen.

Mais il avait le trac. Le moment était venu de donner une conférence devant les dames de la bonne société de Santa Riaza. Seraient-elles au rendez-vous pour l'écouter? Avait-il une chance de gagner leur faveur?

Il vérifia le salon qu'il avait réservé au premier étage. De petits groupes de fauteuils de cuir étaient disséminés ici et là. Des fleurs avaient été disposées sur des guéridons. Trois serveurs en livrée se tenaient à la porte avec des plateaux chargés de cocktails. Le reporter Tom Haslemore entra, vêtu d'un costume croisé bleu clair. Il semblait presque à jeun, alors qu'il était déjà près de dix-huit heures. Dans son sillage arrivèrent deux photographes et un journaliste d'un quotidien local. L'un des photographes était celui embauché pour la circonstance par Surunen lui-même. Il tira d'emblée le portrait de son commanditaire, puis alla prendre un cocktail.

Aucun autre invité ne se présenta. Surunen, nerveux, demanda à Haslemore ce qui pouvait avoir cloché dans les préparatifs. Et si les invitations n'étaient pas parvenues à leurs destinataires?

«Ne t'inquiète pas. La volée d'oies va débarquer, elles prennent juste leur temps. Elles trouvent plus chic d'être un peu en retard.»

Puis ce fut le rush. De grosses voitures américaines à la carrosserie étincelante vinrent s'arrêter les unes après les autres devant l'Americano. Des chauffeurs à casquette ouvrirent leurs portières arrière afin que leurs passagères puissent en descendre. Des femmes en robe du soir s'engouffrèrent triomphalement dans le hall, toutes voiles dehors. Le concierge et le directeur de l'hôtel se précipitèrent pour les accueillir et les guider vers le salon du premier étage.

Le professeur Surunen s'inclina à la porte avec une modestie tout universitaire et les fit asseoir dans les fauteuils. Les serveurs s'empressèrent de leur apporter des cocktails. D'enivrants effluves de parfum emplirent la salle. Le discret ronronnement de la climatisation se perdit dans le murmure des conversations. Les photographes se mirent au travail, les flashes crépitèrent, les dames prirent la pose. Surunen fut sollicité pour un portrait de groupe avec les personnalités les plus en vue. Le journaliste de *La Humanidad* l'interrogea sur sa conférence. La manifestation s'annonçait grandiose. Surunen songea qu'il n'avait jamais auparavant participé à une soirée aussi huppée. Il dissimulait son trac et, quand il accompagnait jusqu'à son fauteuil l'une des invitées les plus prestigieuses, il lui tenait le bras aussi légèrement que s'il avait été l'aile d'un ange.

Surunen souhaita la bienvenue à l'assistance et leva avec élégance son verre. Il songea fugitivement qu'il aurait aimé que la maîtresse de musique Anneli Immonen soit là pour voir comment il se débrouillait dans le monde. Il regretta de ne pas avoir posé une couronne de laurier sur son noble front de penseur. Elle aurait ajouté une superbe touche hellénique à sa svelte silhouette vêtue de blanc.

Le succès de la conférence dépassa toutes les attentes. Surunen lut pour l'essentiel le texte qu'il avait préparé, mais, par moments, il levait un regard chaleureux et intelligent sur son auditoire, qui lui lançait en retour des œillades approbatrices et admiratives.

Il parla de la culture universelle de la Grèce antique, citant de nombreux exemples de sa grandeur, puis aborda le sujet de sa diffusion dans l'ensemble du monde civilisé. Il décrivit la pénétration de la pensée grecque en Amérique latine par l'intermédiaire des Espagnols. Au prix d'habiles transitions, il passa de la vieille Europe à l'autre rive de l'Atlantique, au Macabraguay et à l'époque contemporaine. Sa voix résonnait dans le salon, chaude, virile, convaincante. L'assistance écoutait sans un bruit. Quand Surunen, au bout d'une heure, conclut enfin son exposé, il sut qu'il avait réussi. Ses distinguées invitées se levèrent de leurs fauteuils. Les applaudissements durèrent aussi longtemps que pour un concert symphonique. Les serveurs se hâtèrent de circuler avec leurs plateaux au milieu de la foule enthousiaste.

On vint féliciter Surunen. Il prit un air étonné et heureux. Sous les éclairs de flash, des dames déposèrent de légers baisers sur ses joues. Quelqu'un lui offrit une brassée de roses rouge vif.

Tom Haslemore, qui connaissait tout le monde, présenta le conférencier à de nombreuses femmes influentes. Il lui soufflait à l'oreille les noms des maris de ces dames. Il y avait là, entre autres, Mme Graciela de Barleta, l'épouse du général Inocente de Barleta, commandant en chef de l'armée de terre macabraguayenne, qui remercia Surunen pour sa très intéressante conférence. Mme Laura Antonia de Morales, dont l'époux, Oscar Morales, dirigeait l'administration pénitentiaire, demanda de son côté au professeur Surunen s'il se plaisait au Macabraguay — ces ennuyeux séismes n'avaient pas perturbé ses recherches, au moins? La femme du président du tribunal militaire macabraguayen, Sergio Raminez, qui se prénommait Isabel, expliqua avoir été surprise par l'étendue et le caractère inédit des connaissances du conférencier. L'amirale Rufelia de Catalana, dont le mari, Francisci, commandait la marine de guerre, donna un léger baiser à Surunen et le pria de leur faire un jour le plaisir de leur rendre visite dans leur demeure familiale… La colonelle Soledad de Colindres, l'épouse du colonel Jesús Colindres, chef de la police secrète, fit de même. L'honorable moitié du ministre de l'Intérieur fut celle qui alla le plus loin, en invitant le conférencier à venir dès le lendemain à une garden-party organisée par sa fille à laquelle son mari, Enrique Martinez, serait présent en personne. Surunen la remercia avec un aimable sourire. C'était précisément ce qu'il attendait, le but dans lequel il avait débité des sornettes à ces dames. Mme Pilar de Martinez promit qu'un carton d'invitation lui serait porté à son hôtel aux premières heures de la matinée.

«Préparez-vous à ce que le chef cuisinier de ma fille vous demande une recette hellénique», roucoula-t-elle.

Plus la soirée avançait, plus Surunen gagnait en popularité. Il était beau parleur mais restait d'une politesse tout académique. C'était précisément ce qui manquait, ces derniers temps, dans la bonne société de Santa Riaza. L'université était devenue un épouvantable nid de communistes. Toute culture avait disparu de ses murs depuis des lustres. Elle avait été noyautée par une racaille politisée, des fils de péon et autres. Mais quoi qu'il en soit, le professeur Surunen était heureusement venu de Finlande pour combler par sa présence ce vide intellectuel, et on ne pouvait que s'en réjouir.

Il y avait parmi les dames présentes une femme nettement plus jeune que les autres, et d'une grande beauté. Malgré son âge, elle semblait unanimement respectée. Tom Haslemore murmura à l'oreille de Surunen qu'il s'agissait de la maîtresse du président Ernesto de Pelegrini en personne, Mlle Maria-Elena del Prado. En tendant sa main à baiser au conférencier, elle déclara :

« Mon ami le président vous envoie ses amitiés et espère que vous vous plaisez à Santa Riaza. »

Surunen songea que s'il lui avouait que c'était lui qui avait crié les pires insultes sur la place du palais présidentiel et, à la suite du tremblement de terre, tué cinq crapules appartenant à une bande de tortionnaires paramilitaires, la belle maîtresse du chef de l'État ne lui fourrerait sans doute pas sa jolie mimine sous le nez. Mais il tint sa langue, effleura la main de ses lèvres, et déclara avec un sourire en coin :

« Dites à Son Excellence que j'ai été très bien traité au Macabraguay. Mes travaux universitaires ont pris un bon départ. »

Après la conférence, Surunen et Haslemore s'attardèrent dans le salon afin de se rincer le gosier avec les boissons restantes. Le reporter débordait d'enthousiasme : « Je n'aurais jamais cru que tu réussirais à rendre aussi folles de toi toutes les richardes de la ville! Tu es un vrai phénomène, tu pourrais faire une belle carrière de prédicateur évangéliste chez nous aux États-Unis. Si j'étais plus jeune et plus croyant, j'irais convertir le monde avec toi. On fonderait notre propre secte, tu prêcherais pendant que je distribuerais des hosties et que j'écouterais les gens se confesser. Les fondamentalistes protestants crèveraient de jalousie...»

Le lendemain matin, un petit Indien d'une dizaine d'années vêtu d'un uniforme de groom rouge apporta au professeur Surunen, dans sa chambre, une invitation imprimée en lettres d'or. Il était convié à une réception à la villa de Juanita, la fille du ministre de l'Intérieur, Enrico Martinez, qui se trouvait à un quart d'heure de route environ du centre de Santa Riaza, vers le nord-ouest, au bord de l'océan Pacifique. Il était attendu à dix-huit heures. Le carton sentait le jasmin.

Le soir venu, Surunen remit le beau costume blanc confectionné par Maria Matamoros, qu'il avait donné à repasser, et se rendit en taxi à l'adresse indiquée. La réception se tenait dans une villa balnéaire crépie de blanc qu'entourait un vaste jardin tropical ceint d'un mur de pierre de deux mètres de haut. Sur son faîte, des culs de bouteille brisés avaient été coulés dans le béton pour empêcher toute intrusion.

La majeure partie des invités étaient déjà là. De petits groupes de tables parsemaient une grande pelouse. De délicieux amuse-gueule et de grands vins y étaient servis. Au pied de la terrasse de la villa, deux cuisiniers aux cheveux frisés coiffés d'une toque transpiraient en faisant griller un jeune bœuf entier. L'un d'eux tournait la broche sur laquelle la carcasse avait été enfilée, tandis que l'autre, à l'aide d'un large pinceau, la badigeonnait d'huile aromatisée d'épices. Une appétissante odeur flottait autour d'eux, se mêlant aux parfums des femmes et aux agréables senteurs des fleurs du jardin.

Le professeur Surunen avait là l'occasion idéale de faire la connaissance de membres de la classe dirigeante du Macabraguay. On le présenta aux commandants en chef de l'armée de terre et de la marine de guerre, au directeur de l'administration pénitentiaire et au chef de la police secrète, qui l'entraîna à part et lui chuchota :

« On m'a rapporté que vous étiez ami avec Tom Haslemore. Je voudrais vous mettre en garde contre cet individu. C'est un alcoolique et on le soupçonne d'être atteint du sida. Mais s'il vous plaît, gardez ces informations pour vous. »

Surunen serra également la main du ministre de l'Intérieur en personne, ainsi que de l'ambassadeur des États-Unis. On attendait aussi des industriels, des aristocrates et de grands propriétaires terriens. Il y avait même parmi les invités l'archevêque Daniel Montecinos, un petit vieillard au crâne chauve en soutane violette qui arpentait la pelouse d'un pas traînant, un melliflu sourire inquiet sur le visage et à la main un verre à vin largement évasé dans lequel il prenait de temps à autre une gorgée, tel un oisillon.

Les conversations roulaient sur les récents tremblements de terre. Le ministre de l'Intérieur estimait que cent ou deux cents personnes, peut-être, avaient trouvé la mort.

«Les États-Unis nous ont promis une aide économique spéciale à la suite du séisme. J'ai appris qu'elle serait de cinq millions de dollars. Ce n'est vraiment pas beaucoup, en tout cas comparé à l'aide militaire qu'ils nous accordent, qui équivaut au même montant par semaine. Avec cinq millions, on pourra peut-être restaurer quelques bâtiments du centre de la capitale, mais c'est tout», se plaignit Martinez. L'hôtesse de la soirée, une vieille fille osseuse d'une quarantaine d'années, lui posa la main sur le bras et déclara :

«Allons, papa, ne soyons pas ingrats. Et puis si on démolit un ou deux pâtés de maisons du centre, les pauvres récupéreront beaucoup de vieilles briques. On m'a dit qu'à Paloma, au moins une centaine de cabanes s'étaient écroulées.»

Le général de Barleta, commandant en chef de l'armée de terre, se mêla à la conversation : «Excellent! J'ai toujours été d'avis qu'il fallait raser cet immonde bidonville. Je ne comprends pas ce qui y attire les gens. Ils feraient mieux de rester à la campagne ou d'habiter dans le centre comme tout bon citoyen.

— Ils n'ont peut-être pas les moyens de se loger dans le centre», supputa la femme d'un grand propriétaire terrien. Mais son mari n'était pas de cet avis :

«Foutaises. Ils s'entassent simplement là pour se la couler douce. Je peux vous jurer qu'ils ne cherchent même pas d'emploi. Ils traînent dans la rue, ils boivent, et Dieu sait quoi d'autre. Seuls les inadaptés sociaux sont attirés par des endroits pareils. Sur mes terres, j'aurais besoin de cent péons, mais si vous croyez que c'est facile d'obtenir de ces gueux qu'ils fassent un travail honnête! Et puis quoi encore! La semaine dernière, six de mes ouvriers ont pris la poudre d'escampette. Ils ont juste quitté les champs, comme ça, sans prévenir. Ils sont encore dans la nature. Ça ne m'étonnerait pas qu'ils soient partis se tourner les pouces à Paloma.»

L'ambassadeur des États-Unis, Charles A. Rightman, déclara qu'il avait lu des d'études américaines sur le phénomène des bidonvilles. Elles montraient clairement que les classes sociales inférieures se regroupaient volontiers pour vivre en communauté.

«Le bidonville donne un sentiment de sécurité à ses habitants, mais quand on s'enrichit, le besoin de sécurité diminue et donc, dès que l'un d'eux gagne un peu d'argent, il a tendance à déménager.»

Le chef de la police secrète, le colonel Jesús Colindres, apporta de l'eau au moulin de l'ambassadeur :

«La sécurité, c'est effectivement ce qu'ils cherchent, je vous l'accorde. Je connais Paloma, messieurs. Je reçois tous les jours des rapports secrets sur cette zone. C'est un refuge pour les criminels et les communistes. On y trouve des milliers de personnes qui se cachent de la police. Mais comment les extirper de cette fourmilière? Il faudrait écraser ce tas de fumier puant sous les roues d'une colonne de blindés, pour s'en débarrasser.»

Une des dames demanda à Surunen si la Grèce antique avait jamais connu d'aussi déplaisants problèmes de bidonville.

Il répondit qu'en Grèce la classe sociale la plus basse était constituée d'esclaves. Mais ceux-ci étaient autorisés à vivre à proximité de leurs maîtres, et il n'avait donc pas pu se former dans l'Antiquité de bidonvilles habités par des esclaves.

«Il n'y avait sûrement pas non plus de communistes comme chez nous», fit remarquer l'amirale Rufelia de Catalana.

Surunen confirma qu'il n'y avait pas de communistes dans la Grèce antique. Cette idéologie était née en Europe à la fin du XIXᵉ siècle, au moment de l'industrialisation.

«J'aurais tellement aimé vivre en Grèce, dans l'Antiquité, quand la civilisation hellénique était à son apogée», soupira Mme de Catalana.

À ce stade, les dames décidèrent que l'on avait assez parlé politique. Elles frappèrent dans leurs mains et annoncèrent que le moment était venu de porter un toast en l'honneur du professeur théorique Viljo Surunen.

Après cet hommage, on aborda le sujet de la

recherche scientifique, puis de l'université de Santa Riaza. De l'avis unanime des haut gradés de l'armée, il fallait aussi la raser. C'était, comme le bidonville de Paloma, un nid de communistes. Dommage qu'elle ne se soit pas écroulée sous l'effet des récents tremblements de terre.

«Nous devrions cesser de la financer, déclara l'amiral de Catalana. Un établissement d'enseignement supérieur technique suffirait largement, dans notre pays; les ingénieurs n'ont jamais été la source de tracas politiques. On pourrait limiter l'étude des sciences humaines au second degré. Et les militaires pourraient tous être formés dans les académies des États-Unis, comme jusqu'ici.»

Monseigneur Montecinos estima que l'on pouvait en effet fermer l'université, à condition de ne pas toucher à l'organisation des études théologiques, dont l'Église catholique macabraguayenne assumait bien sûr la responsabilité.

«On a arrêté quatre communistes dans ton école monastique, en janvier dernier, fit remarquer le colonel Jesús Colindres. L'aurais-tu oublié? Ces misérables couraient de messe en messe avec *Le Capital* de Marx sous leur robe de bure.» L'archevêque rougit violemment et s'éloigna sur la pelouse, vexé, vers le buffet à vins. La colonelle Soledad de Colindres admonesta son mari:

«Jesús chéri, tu ne devrais pas toujours accabler ce pauvre archevêque de reproches. Il est si sensible, tu pourrais le laisser tranquille.»

Le colonel grommela qu'il faudrait peut-être

administrer à l'archevêque le même remède qu'à son prédécesseur, qui avait été assassiné. La remarque amusa le commandant en chef de l'armée de terre.

«Allons, cher ami. Si nous tuons un archevêque par an, que va-t-on dire à l'étranger? Le pape était furieux, la dernière fois.»

Le ministre de l'Intérieur, Enrique Martinez, résuma la pensée des personnes présentes :

«Gouverner un pays comme le Macabraguay est une tâche extrêmement difficile. Les hommes d'État européens ne comprennent rien aux défis auxquels nous sommes quotidiennement confrontés. Chez eux, il n'y a pas de guérilleros qui excitent le peuple et le montent contre le gouvernement. Pas de bidonvilles, non plus. Pas d'Indiens stupides. Dans les universités européennes, la jeunesse assiste aux cours et ne fait pas de politique. Et avez-vous jamais entendu parler d'une seule Église, en Europe, dont l'archevêque aurait si bien incité la population à la sédition qu'on aurait été obligé de le tuer? Il faut vraiment avoir des capacités exceptionnelles pour maintenir la cohésion de ce pays. Professeur Surunen, vous êtes bien placé pour parler du Macabraguay à l'Europe démocratique. Racontez-leur, avec vos propres mots, quelle est la situation. C'est la chienlit, ici, mais nous ne nous laisserons pas faire.»

Surunen adressa un sourire mielleux au ministre de l'Intérieur.

La nuit était tombée sur la garden-party de

l'élite macabraguayenne. Sur la pelouse, des serveurs en smoking blanc passaient d'une table à l'autre avec des plateaux chargés de boissons. Monseigneur Montecinos, qui avait le hoquet, tenta de le faire passer en buvant d'un trait un grand verre de vin. Il s'endormit dans le patio au pied d'une statue de la déesse grecque Diane.

La carcasse de bœuf était cuite à point. Les invités l'attaquèrent à l'aide de grandes machettes. Les hommes et les femmes qui s'en coupaient des tranches étaient tous si ivres que les malheureux cuisiniers devaient prendre garde de ne pas se faire taillader par les lames qui brillaient dans l'obscurité. Ce fut bientôt le clou de la soirée, un feu d'artifice donné sur la terrasse de la villa. L'amiral Francisci Catalana se mit en tête d'en rajouter : il alla téléphoner au patrouilleur ancré au large de la capitale et lui ordonna de faire tonner douze coups de canon.

«Dans une minute exactement, pour notre plus grande joie, la marine va envoyer une salve en l'honneur de notre hôtesse! Levons nos verres à sa santé», beugla l'amiral.

Peu après, on entendit effectivement au loin une douzaine de coups de canon, tirés vers le ciel étoilé du sombre océan Pacifique par les plus grosses pièces d'artillerie du patrouilleur. La fine fleur de la société rassemblée pour faire la fête poussa des hourras si enthousiastes que monseigneur Montecinos se réveilla, effrayé, au pied de la statue de Diane, pour constater à son heureuse surprise qu'il n'avait plus le hoquet.

15

Le professeur Surunen était à peine remis de la garden-party de la fille du ministre de l'Intérieur qu'il reçut une nouvelle invitation. Le colonel et Mme Jesús Colindres avaient envoyé à l'hôtel Americano une lettre dans laquelle ils le priaient d'honorer de sa présence le modeste dîner qu'ils donnaient en leur demeure.

Surunen envoya son costume blanc au pressing et acheta une nouvelle chemise de soie rose ainsi qu'un nœud papillon assorti.

Le chef de la police secrète habitait dans une grande villa blanche sur la pente ensoleillée d'une montagne, au nord-est de Santa Riaza. La vue, depuis la terrasse, était d'une beauté saisissante : des deux côtés se dressaient des versants déchiquetés, devant, à son pied, s'étendait la capitale et, plus loin, le scintillement bleu de l'océan Pacifique. Bel endroit pour accueillir la haute société macabraguayenne ! On murmurait que le colonel Colindres avait acquis cette forteresse de montagne de douze chambres en vendant de la cocaïne aux États-Unis.

La villa était bien gardée. Un mur solide l'entourait de trois côtés, tandis que du quatrième, le versant abrupt de la montagne constituait une barrière naturelle contre les envieux du monde extérieur. Une meute de rottweilers à l'air féroce, attachés à l'enceinte tous les dix mètres, veillaient à ce qu'aucun mortel ne puisse la franchir sans se faire déchiqueter par leurs larges gueules.

Le professeur Surunen avait apporté un gros magnétophone emprunté à la rédaction de *La Humanidad*. Il fit savoir qu'il souhaitait enregistrer pour ses recherches la langue parlée par l'élite. Il raconta avoir déjà interviewé les habitants du bidonville de Paloma et fait une excursion dans les montagnes pour recueillir le parler des paysans.

Le colonel Jesús Colindres eut un gros rire entendu.

«Exact! On m'a remis plusieurs rapports sur vous, cher professeur. J'ai d'abord été stupéfait, à leur lecture, en me disant que vous ne manquiez pas de culot, pour un espion. Venir capter des secrets politiques avec un magnétophone! Mais après avoir transcrit le contenu de vos cassettes, au quartier général, nous nous sommes rendu compte que vous étiez sérieux.»

Surunen fit semblant d'être surpris. Comment le colonel pouvait-il être au courant de ses recherches?

«Ce n'est pas pour rien que le travail de la

police secrète macabraguayenne est tenu en aussi haute estime, tant ici qu'aux États-Unis. Pardonnez-nous, professeur Surunen, de vous avoir un peu tenu à l'œil. Vous comprendrez sûrement que par les temps qui courent tout État doit se protéger contre les intrusions extérieures. À vrai dire, j'ai bien failli vous faire arrêter. Nos hommes ont parfois la poigne un peu rude, l'expérience aurait été inutilement désagréable.»

Le colonel Colindres assura qu'il faisait maintenant pleinement confiance à son invité et leva son verre à sa santé.

Tous étaient d'avis que les études philologiques apportaient beaucoup à la culture. Elles avaient hélas été jusque-là plutôt incomplètes. On n'interviewait que les pauvres, les paysans et les habitants des bidonvilles, comme si leur usage de la langue était exemplaire. Enregistrer le sociolecte de l'élite était une excellente idée. Le professeur Surunen faisait œuvre utile. Presque toutes les personnes présentes se portèrent volontaires pour répondre à ses questions.

Surunen commença par l'amirale Rufelia de Catalana, qui babilla avec enthousiasme devant le magnétophone pendant une bonne demi-heure. Puis il invita dans la bibliothèque où il avait installé son appareil deux propriétaires terriens, une comtesse et un avocat. Pour finir, ce fut le tour de la colonelle de Colindres.

En début de soirée, les conversations avaient été plutôt civilisées, mais plus les interviewés avaient eu le temps de consommer des boissons fortes, plus leur langage se relâchait. La comtesse, déjà, avait jacassé à tort et à travers en utilisant un vocabulaire de charretier, et, même avec la meilleure volonté du monde, il était difficile de qualifier de distingués les propos de la colonelle de Colindres. Elle s'exprimait à vrai dire dans un sabir certes pittoresque et expressif, mais de la pire espèce. Une fois l'enregistrement terminé, Surunen l'interrogea sur le travail de son mari. Elle lui confia volontiers qu'elle avait souvent vu dans son bureau des minutes de procès falsifiées et de longues listes de personnes à arrêter ou de disparus qui avaient en réalité été assassinés. Elle fit jurer à Surunen de garder ces informations pour lui, car sinon, son mari risquait de l'enfermer au sous-sol de leur maison pour plusieurs jours. D'un autre côté, elle n'avait rien contre ce châtiment. Ils avaient une excellente cave à vins où elle se soûlait volontiers, même sans y être contrainte. Elle y restait parfois assise du matin au soir à califourchon sur un tonneau à se remplir la panse de coûteux vins d'importation.

« Imaginez un peu. Je reste assise là dans le noir à lamper du vin. Tout est silencieux. Dans l'après-midi, ces horribles chiens se mettent à aboyer. Je sais alors que les domestiques sont rentrés chez eux et ont été remplacés par des gardiens de nuit. Ce sont eux qui nourrissent les rottweilers. »

Surunen déclara qu'il aurait aimé enregistrer l'argot des prisonniers. Mme de Colindres pourrait-elle influencer son mari afin qu'il lui accorde l'autorisation de se rendre dans quelques établissements pénitentiaires? L'argot de la prison d'État de La Trivial l'intéressait tout particulièrement.

La colonelle s'approcha en titubant du professeur Surunen. Elle passa ses longs bras autour de son cou et plaqua ses hanches contre ses cuisses.

«Tu es vraiment trop chou. Si on allait dans la cave à vins... juste tous les deux? On s'assoirait dans le noir et on bavarderait... mais c'est impossible, on se demanderait où nous sommes passés. Tant pis. Bien sûr, je vais parler à Jesús pour que tu puisses aller dans cette prison. Mais je vais te donner un bon conseil : emmène quelques soldats comme gardes du corps. Les gardiens et les détenus de La Trivial sont tous de dangereux bandits.»

Le professeur Surunen enregistra encore les propos d'une baronne, mais elle était si soûle qu'elle voulait absolument chanter et, quand elle accepta enfin de parler, elle ne fit que bredouiller des mots sans suite. Il décida de mettre un terme aux enregistrements, rangea le magnétophone dans son sac et sortit sur la terrasse contempler Santa Riaza qui s'étendait à ses pieds. Le crépuscule tombait, les lumières de la ville commençaient à s'allumer, le bleu de l'océan s'assombrissait et le soleil était déjà couché, mais il faisait encore chaud dehors.

Surunen songea que sa vie, à cet instant, était aussi belle qu'il pouvait l'espérer. On le gratifiait du titre de professeur, il était la coqueluche de ces dames, il fréquentait les personnalités les plus riches et les plus influentes du pays. Son élégant costume blanc étincelait dans le bleu du soir. Dans sa bouche s'attardait l'arôme généreux d'un grand vin. Il s'en réjouissait de tout cœur, quand soudain le désagréable sentiment qu'il n'avait pas le droit de profiter de cette vie mensongère le saisit.

Comme on s'habituait facilement au luxe et à la gloire! Les malheureux détenus de la prison de La Trivial semblaient maintenant si loin, tout comme le misérable bidonville de Paloma, toute la saleté et la pauvreté. Surunen porta son verre à ses lèvres et but. Il éprouva un frisson, et s'apprêta à jouir de la sensation de bien-être qui allait suivre.

Mais il était plus fort que cela. Il n'était pas homme à se laisser leurrer, ni par les autres ni par lui-même, et il abandonna ses rêves de supériorité pour revenir à la dure réalité. Il était l'invité d'infâmes profiteurs sans scrupule, jamais il ne pourrait se féliciter de l'humiliation d'autrui et jamais le sang des innocents ne laverait ses péchés.

Surunen vida son verre et retourna parmi les colonels éméchés. Mme Soledad de Colindres frappa dans ses mains et demanda un instant de silence.

«J'ai promis au professeur Surunen que nous ferions tous tout notre possible pour favoriser ses recherches universitaires... Je ne me suis pas trop engagée, j'espère?»

L'élite macabraguayenne avinée manifesta par des hurlements son soutien à cette initiative.

« Il a l'intention d'interviewer quelques criminels politiques… Il souhaiterait se rendre à la prison d'État de La Trivial avec son magnétophone. Mon cher mari, colonel Morales, j'espère que vous permettrez à notre ami d'aller à La Coruña, ou je ne sais où. »

Le colonel Jesús Colindres grogna, contrarié. Que diable un chercheur finlandais irait-il faire dans une prison d'État macabraguayenne ? On savait bien quel genre d'histoires il recueillerait là-bas. Ces misérables mentaient comme des arracheurs de dents à la moindre occasion.

Surunen exposa les fondements de sa démarche scientifique. Afin que son étude dialectologique soit exhaustive, il devait aussi enregistrer le parler des prisonniers. S'il ne pouvait pas recueillir l'argot des plus basses castes de la société, le contraste avec les interviews qu'il avait réalisées dans cette villa ne ressortirait pas assez. Le colonel Colindres, en homme cultivé, le comprenait sûrement.

Le colonel Morales s'empressa de déclarer qu'en tant que directeur de l'administration pénitentiaire il pouvait sur-le-champ accorder au professeur Surunen un laissez-passer pour La Trivial, à condition qu'il s'abstienne d'aborder des questions touchant à la politique ou à la justice. Il se targua d'être un grand ami de la philologie et des dialectes et d'être favorable à toute étude culturelle menée pour le bien du Macabraguay.

Le chef de la police secrète ne put que s'incliner. Il indiqua cependant qu'il ferait escorter le professeur par quelques-uns de ses hommes afin de veiller à ce qu'il n'y ait aucun incident. Son épouse en profita pour lui reprocher son caractère soupçonneux :

«Tu n'as donc pas confiance en notre ami, Jesús chéri? C'est extrêmement blessant de faire accompagner un universitaire aussi éminent par tes hommes de main, si tu veux mon avis.»

La querelle fut tranchée par le commandant en chef de la marine macabraguayenne, Francisci Catalana :

«Ne nous chamaillons pas pour des broutilles. Si ça vous convient, je mettrai à la disposition du professeur Surunen quatre officiers mariniers. Ce devrait être suffisant. Nous avons aussi de nouveaux véhicules tout-terrain dont notre ami pourra profiter.»

L'affaire fut ainsi réglée. Surunen avait des gardes du corps, les laissez-passer nécessaires et même une voiture; il ne lui en fallait pas plus pour libérer Ramón López de La Trivial. La question ayant trouvé une réponse satisfaisante, la femme du ministre de l'Intérieur, Pilar Martinez, prit la parole. Elle rappela au professeur Surunen sa promesse de donner à son cuisinier des recettes de cuisine helléniques.

«Nous voulons toutes connaître les secrets culinaires de l'Antiquité», renchérirent les autres dames présentes, enthousiasmées par l'idée de goûter des mets historiques, à l'instar des dieux grecs de l'époque athénienne.

Surunen se trouva pris au dépourvu. Il ne connaissait aucun plat grec, ni ancien ni moderne. Il retourna toutefois rapidement la situation à son avantage. Il se rappelait la recette finlandaise de la «sauce au lard» et décida de la faire passer pour un chef-d'œuvre de la gastronomie grecque. Ses hôtes appelèrent leur cuisinier afin qu'il prenne note de ses instructions. Les autres invités protestèrent qu'il fallait attendre pour les divulguer qu'ils convoquent aussi leurs propres cuisiniers. Ils se ruèrent sur leurs téléphones. Cela donna à Surunen le temps de traduire la recette par écrit en espagnol. Il l'intitula «Sauce au lard du dieu de la Guerre Arès».

Quand les chefs de cuisine de la haute société macabraguayenne furent enfin rassemblés, une bonne demi-heure plus tard, sur la pelouse de la villa de montagne du colonel Jesús Colindres, le professeur Surunen pu leur livrer la recette de la sauce au lard du dieu de la Guerre. Ils la notèrent :

> 1 oignon
> 300 grammes de travers de porc
> ½ cornichon malossol
> 1 cuiller à soupe de farine
> 3 décilitres d'eau
> 1 cuiller à café de sel
> 1 pincée de poivre blanc

Le commandant en chef de l'armée de terre déclara que c'était l'occasion rêvée de voir qui avait le meilleur chef. Il proposa d'organiser les premiers jeux olympiques gastronomiques modernes.

Le directeur de l'usine nationale de construction d'automobiles et de tracteurs annonça qu'il offrirait au gagnant du concours, au nom de son entreprise, une moto flambant neuve assemblée au Macabraguay.

Le colonel Colindres suggéra que l'on envoie le perdant éplucher des patates douces pendant une semaine à la prison locale de Santa Riaza. Le commandant en chef de l'armée de terre sortit son pistolet de sa poche et tira deux coups en l'air. À ce signal, les chefs partirent en courant et disparurent dans les cuisines avec quelques serveurs. On apporta bientôt un porcelet dodu que l'on traîna derrière la villa. Un hurlement à glacer le sang retentit presque aussitôt, signe que le cochon avait terminé sa vie entre les griffes de six chefs cuisiniers. Ces derniers l'échaudèrent en un temps record. Les serveurs installèrent dehors une grande table de banquet et y dressèrent le couvert. De la cuisine flotta bientôt vers la pelouse une délicieuse odeur de sauce au lard. Les colonels, en la humant, demandèrent si les Grecs de l'Antiquité préparaient vraiment cette appétissante recette en l'honneur du dieu de la Guerre Arès. Surunen jura que c'était bien ce qui se faisait au pays des Hellènes au temps des dieux.

Les invités constatèrent bientôt à l'unanimité le caractère exceptionnel de la recette de Surunen. La sauce au lard disparut à toute vitesse dans leurs estomacs de goinfres fin soûls. À l'issue d'une virulente controverse, on proclama meilleur cuisinier le chef de l'ambassadeur des États-Unis, dont les joues rosirent de bonheur quand on lui annonça qu'il pourrait aller chercher sa moto dès le lendemain matin dans les entrepôts de l'usine de tracteurs.

Le vainqueur avait été récompensé, mais qui était le perdant? Il s'ensuivit une polémique encore plus vigoureuse. Personne ne voulait concéder avoir embauché un incapable. Afin de désigner le malheureux, on regoûta au mets favori du dieu de la Guerre, on racla les assiettes presque vides et on lécha les restes de sauce. Enfin la colonelle Laura Antonia de Morales annonça qu'elle admettait la défaite de son chef. La décision fut accueillie avec satisfaction par tous les autres participants au concours. Le perdant désigné prit ses jambes à son cou et tenta de fuir, car il n'avait aucune envie de subir la punition annoncée, l'épluchage de patates douces pendant une semaine dans une prison fétide. Mais les serveurs tenaient les concurrents à l'œil et l'on rattrapa vite le cuisinier des Morales. On alla chercher des menottes à l'intérieur de la villa, on les lui passa et on le conduisit à la cave pour y attendre le lendemain matin et le début de sa sanction. Quand on l'eut emmené, sa patronne soupira :

« C'est bien fait pour Jaime. Vous ne pouvez pas imaginer comme il est borné, parfois. Il est parfaitement capable de bien cuisiner, mais il est lent et paresseux. Ça lui fera beaucoup de bien d'exercer ses talents en prison. »

Après la sauce au lard, les membres de la haute société de Santa Riaza se mirent à sniffer de la cocaïne. Le copieux repas, les abondantes boissons et la drogue eurent bientôt raison d'eux. L'un après l'autre, ils tombèrent endormis ici et là, dans des fauteuils en osier, sur la pelouse, sur le marbre blanc de la terrasse. Les serveurs les portèrent à l'intérieur de la villa ou dans les voitures qui les attendaient de l'autre côté du mur d'enceinte. Bientôt le silence descendit sur le jardin, seuls les rottweilers affamés continuaient de monter la garde, faisant cliqueter leurs chaînes.

16

Le lendemain matin, le professeur Surunen fut réveillé par la sonnerie du téléphone. Un capitaine de corvette de l'état-major de la marine macabraguayenne l'informa qu'un détachement de quatre fusiliers était à sa disposition. Il voulait savoir où il souhaitait se rendre et combien de temps durerait le déplacement, afin que ses hommes puissent s'équiper en conséquence.

Surunen déclara qu'il avait l'intention d'aller dans les montagnes. L'expédition ne durerait pas plus de dix jours. Puis il demanda quand les hommes seraient prêts à être placés sous ses ordres.

«Tout de suite, si nécessaire, monsieur le professeur, répondit le capitaine de corvette.

— Dans ce cas, mettez-les à ma disposition cet après-midi à seize heures. Qu'ils viennent ici à l'hôtel avec leur véhicule.»

Les préparatifs de voyage de Surunen furent vite expédiés. Il lui suffisait de faire sa valise et son sac à dos. Il plia son beau costume blanc en songeant que la prochaine fois qu'il le porterait, il danserait à son mariage avec la maîtresse de musique Anneli Immonen. À moins qu'il ne perde la vie dans les montagnes, ces prochains jours. On verrait bien.

Surunen avala un petit déjeuner rapide et se rendit en taxi au bureau du télégraphe. L'Europe restait injoignable par téléphone, et il envoya donc un télégramme à Anneli Immonen. Il y annonçait qu'il partait pour quelques jours à la campagne et reprendrait contact dans une semaine ou deux.

Puis il alla saluer monseigneur Moises Bustamonte, qui lui rendit par la même occasion le passeport qu'il conservait sous sa soutane d'évêque. En souvenir de leurs agréables rencontres, Surunen lui fit cadeau de sa bague de diplômé de l'université de Helsinki. L'évêque déclara qu'il placerait ce précieux objet parmi les antiques reliques de saints de la chapelle du couvent.

Puis Surunen se fit conduire à la rédaction de *La Humanidad*, où il rendit le magnétophone à son propriétaire. De là, il poursuivit sa route vers l'université de Santa Riaza afin de faire ses adieux au professeur Cárdenas. Encore une fois, ils s'assirent sur un banc de jardin isolé où il était possible de bavarder en toute tranquillité.

Aux yeux de Cárdenas, Surunen avait accompli un exploit inimaginable en réussissant à se faire attribuer un détachement de quatre hommes et un véhicule, ainsi qu'un laissez-passer en bonne et due forme pour une visite à la prison.

«Avec des relations, tout semble possible, ici, expliqua le philologue. On me prend pour un professeur d'université, ceci explique peut-être cela.»

À la fin de l'entretien, Cárdenas déclara :

«Nous ne nous reverrons sans doute jamais, mais malgré tout je suis heureux, car ton départ apportera peut-être la liberté à Ramón. Je souhaite de tout cœur que tu réussisses dans ta téméraire entreprise.»

Il donna à Surunen quelques cartes d'état-major de la zone frontalière entre le Macabraguay et le Honduras. Il les avait photocopiées dans les archives de la faculté de géographie, car on n'en trouvait pas en librairie.

Pour finir, Surunen alla dire au revoir à la famille de Ramón López. Consuelo le serra dans ses bras, les larmes aux yeux, et le remercia pour tout ce qu'il avait fait pour son mari. Il lui laissa mille truanderos pour ses dépenses courantes. Il pensait pouvoir se passer de cet argent, car il avait à sa disposition un véhicule et des victuailles fournies par la marine. En partant, il donna à Consuelo le nom du sonneur de cloches de La Coruña, au cas où l'évasion se solderait par un échec et que la prison se trouve pour cette raison interdite aux familles. Le vieil Idigoras pourrait, même dans ce cas, communiquer avec La Trivial.

Une fois sa tournée d'adieux terminée, Surunen déjeuna à l'hôtel. Alors qu'il buvait son café, il vit arriver le reporter Tom Haslemore, qui était réveillé et venait prendre son premier verre de la journée. L'Américain avala d'un trait un double rhum, puis demanda à Surunen :

«Tu as l'air en pleine forme. Tu pars de nouveau en voyage?» Le philologue lui expliqua qu'il se rendait dans les montagnes. Il avait obtenu un détachement de la marine pour assurer sa sécurité.

«Je dois aller à La Trivial pour enregistrer l'argot des prisons.

—Tu es incroyable. Si on me donnait quatre matafs comme gardes du corps, je leur ordonnerais sur-le-champ de me conduire au village de vacances de la marine sur la côte. J'y passerais la semaine à me balancer dans un hamac pendant qu'ils me serviraient des boissons fraîches. Quelle heure du matin est-il, au fait?

— Il sera bientôt quinze heures cinquante-cinq.

— Zut, c'est déjà bientôt le soir… Je dois tout de suite reprendre un double rhum pour me mettre en train avant que l'obscurité ne tombe.»

Tandis que Haslemore buvait son deuxième verre, un gros véhicule tout-terrain s'arrêta en grondant devant l'hôtel. Il en sauta sur le trottoir quatre soldats en uniforme de la marine. Fusils d'assaut pointés, ils allèrent droit au comptoir de réception, où le maître principal qui commandait le détachement demanda en hurlant au concierge dans quelle chambre se trouvait Son Excellence le professeur Surunen. L'employé, bien que d'abord un peu effrayé par ces manières brutales, leur indiqua ensuite le restaurant et la table où le philologue terminait son café. Les fusiliers entrèrent d'un pas martial et se présentèrent au rapport d'une forte voix guerrière. Puis chacun d'eux donna son nom et son grade. Le groupe était commandé par le maître principal Roberto Gomez, un militaire de carrière de l'âge de Surunen. Le quartier-maître de 2ᵉ classe Efraim García avait dix ans de moins que lui et les matelots Jorge Bueno et Mario Soto, tous deux engagés volontaires, une vingtaine d'années. C'étaient donc tous des professionnels, comme le montrait leur comportement sans nuances.

Surunen leur ordonna de porter ses bagages dans le camion. Puis il régla sa note et dit au revoir au reporter.

«Tom, ç'a été un vrai plaisir de faire ta connaissance. Il se peut que je reste parti une semaine ou deux, mais on reboira un rhum ensemble quand on se reverra. Prends soin de toi, et si jamais tu viens en Finlande, passe me voir.»

Haslemore se leva et lui tendit la main.

«Je t'embrasserais bien, mais j'ai le sida. Bon voyage, en tout cas, et fais gaffe de ne pas te faire couper la tête dans les montagnes.»

Muni de cet encourageant viatique, le philologue Viljo Surunen monta dans le tout-terrain et donna l'ordre de prendre la route de La Coruña. Le lourd véhicule démarra dans un grondement sourd, son pot d'échappement cracha un nuage de fumée bleue, et il s'engagea à travers le grouillement de la ville, laissant derrière lui l'hôtel Americano et, sur le trottoir, Haslemore, déjà ivre, qui agitait la main.

Cette fois, il n'y avait pas à craindre les barrages routiers. Les soldats ne contrôlent pas les véhicules militaires. Le camion grimpait dans la montagne, soulevant haut dans les airs un épais nuage de poussière. En arrivant à la Panaméricaine, Surunen et son escorte s'arrêtèrent à la station-service boire des bières fraîches, puis repartirent. Les fusiliers marins étaient peu loquaces, et le philologue n'éprouvait pas le besoin de faire plus ample connaissance avec eux. L'essentiel était qu'ils obéissent au doigt et à l'œil à ses moindres désirs. Il se sentait haut placé, influent. Il avait tout pouvoir sur ces quatre hommes au visage fermé et pouvait les utiliser à sa guise. Tout avait été arrangé grâce à ses relations.

L'importance que pouvaient avoir les rapports entre les gens était proprement incroyable, songea-t-il. S'ils étaient bons et qu'on les entretenait avec des personnes ayant le bras long, cela vous donnait du pouvoir, une supériorité tout à fait concrète sur le commun des mortels. Mais s'ils étaient mauvais, cela pouvait, au bout du compte, signifier la mort. Avoir des relations exécrables avec des gens pauvres n'était pas dangereux, ça n'entraînait que des chicanes, mais ne pas s'entendre avec un colonel de la junte au pouvoir pouvait vous coûter la vie. Être dans les petits papiers du même homme faisait de vous un puissant. Ainsi allait la vie dans l'univers des relations. Un système plutôt pourri, auquel personne ne pouvait trouver de justification, mais sur lequel reposait toute la marche du monde.

Au crépuscule, ils traversèrent le village incendié d'El Fanatismo. Des travaux de reconstruction semblaient en cours. Les femmes portaient des briques dans leurs jupes et les hommes bricolaient des charpentes. En voyant le camion militaire passer à toute allure, ils détournèrent les yeux.

Surunen aurait aimé ordonner aux fusiliers marins de s'arrêter et de leur prêter main-forte, mais il était conscient que c'était impossible. Les villageois ne croiraient pas à ses bonnes intentions et les soldats ne comprendraient pas d'être soudain employés à rebâtir leurs habitations.

Surunen soupira et donna l'ordre d'accélérer.

Il faisait presque nuit quand ils arrivèrent à La Coruña. Le philologue déclara au maître principal que lui et ses hommes pouvaient profiter de l'occasion pour se restaurer, il irait pendant ce temps voir un vieil ami à lui. Les fusiliers se garèrent sur la place centrale et grimpèrent tous à l'arrière du camion, où ils entreprirent d'ouvrir des conserves de l'armée. Ils mangèrent à même les boîtes, sans en réchauffer le contenu ni prendre la peine de mettre le couvert. Ils devaient être affamés.

Surunen demanda à des gens qui traînaient sur la place s'ils savaient où habitait le sonneur de cloches Estebán Idigoras. Il éveilla d'abord la méfiance, sans doute parce qu'il était arrivé en ville à bord d'un véhicule militaire. Quelqu'un désigna cependant de mauvaise grâce une ruelle et lui indiqua que le vieux habitait là, dans la sixième maison à gauche. Celle-ci était modeste, avec des murs d'argile chaulés. Un chien efflanqué bâillait dans le jardin.

Le sonneur était un petit homme mal peigné d'une cinquantaine d'années. Surunen le salua, lui dit qu'il connaissait Ramón López et assura être «un ami».

Le vieux se montra soupçonneux, mais quand son interlocuteur s'avéra savoir une ou deux choses sensibles sur ses activités, il finit par se convaincre qu'il avait affaire à quelqu'un de confiance.

Surunen expliqua qu'il était informé de ses contacts avec La Trivial. Il ajouta qu'il s'y rendait avec des soldats mais que ceux-ci n'étaient pas au courant de ses véritables intentions, et il lui demanda son aide.

«Il se peut que j'aie bientôt besoin d'un guide. Pourriez-vous m'accompagner dans les prochains jours, vous qui connaissez ces montagnes et ces vallées, si je réussis à faire évader quelques détenus de La Trivial?»

Le vieux se fit plus aimable. Il prépara du café et raconta avoir lui-même croupi trois ans dans cette prison, il y avait déjà longtemps. En son absence, sa femme avait été assassinée… et maintenant sa fille fréquentait un des gardiens. Un bon garçon, en soi, malgré son métier.

«Prenez donc du café. À moins que vous

préfériez un verre de pulque, après votre long voyage? Je veux bien vous servir de guide, personne ne surveille mes allées et venues dans cette ville. Mais je ne crois pas que vous réussirez à faire sortir qui que ce soit en vie de La Trivial.»

Surunen assura avoir un plan qu'il comptait mettre à exécution. Il entendait profiter du prestige dont il jouissait maintenant au Macabraguay. Il but la tasse de café proposée par le vieux et retourna sur la place. Il était content de savoir qu'il avait à La Coruña un guide local au courant de ses projets secrets, en cas de besoin.

Les fusiliers marins avaient fini leurs conserves de poisson et, à l'arrière du camion, léchaient leurs lèvres huileuses d'un air satisfait. Il leur ordonna de se préparer à reprendre le chemin de la prison d'État de La Trivial. Avant le départ, il fit un saut dans l'hôtel décrépi de la place pour saluer la jeune fille qui, lors de son précédent séjour, avait enduit de pommade son dos contusionné. Elle n'était pas là, mais le vieillard assis derrière le comptoir de la réception promit de lui donner la tablette de chocolat qu'il avait acheté pour elle un peu plus tôt à Santa Riaza.

Surunen et ses hommes n'arrivèrent à La Trivial que vers dix heures du soir. Les gardes, à la grille, examinèrent son laissez-passer sans trop rien y comprendre. Ils appelèrent par téléphone l'intérieur de la prison. On vit bientôt apparaître le commandant par intérim que le philologue, à sa précédente visite, avait dû soudoyer avec des conserves américaines. Il avait l'air en pleine forme, mais n'était pas un poil de meilleure humeur que la dernière fois. Il se mit à aboyer contre les fusiliers marins comme les militaires des forces terrestres en ont l'habitude quand ils ont l'occasion de s'en prendre à des hommes d'autres armes.

Surunen s'en mêla. Il demanda au sous-lieutenant de jeter un coup d'œil à l'autorisation signée par le colonel Oscar Morales, directeur de l'administration pénitentiaire du Macabraguay, et par le chef de la police secrète, Jesús Colindres. Les braillements de l'officier se turent comme si on lui avait tranché la gorge. Il se fit aussi suave qu'une pâtisserie à la pâte d'amande, salua militairement et ordonna aux gardes d'ouvrir immédiatement en grand le portail de l'établissement. Le détachement de Surunen entra, moteur grondant, dans la prison d'État de La Trivial. Le philologue se demanda un instant s'il ressortirait en aussi grande pompe de sa gueule avide.

On hébergea Surunen dans la maison du gardien-chef, qui alla s'installer dans la caserne de ses subordonnés pour toute la durée de son séjour à La Trivial. Le commandant par intérim de la prison, le sous-lieutenant Juan-Antonio Rodriguez, envoya un jeune ordonnance apporter au visiteur des draps propres et une serviette ainsi que des sandwiches chauds pour son dîner, accompagnés d'une bouteille d'un assez bon vin rouge.

Surunen dormit à poings fermés jusqu'à ce qu'au lever du jour un distant roulement de

201

tambour le réveille. Il se leva en s'étirant pares-
seusement. Puis il jeta un coup d'œil par la
fenêtre pour voir d'où venait le bruit.

Au loin, en bordure du cimetière qui s'étendait de l'autre côté de l'enceinte de la prison, il
aperçut une jeep et un groupe de personnes, au
pied de deux gibets. Il plissa les yeux pour mieux
voir. À l'une des potences pendait un corps. Il se
balançait encore. Et l'on était en train d'accrocher à l'autre un homme encore vivant.

Surunen se rua dehors et donna l'alerte.
Des cloches se mirent en branle, un garde aux
nerfs fragiles tira quelques coups de feu en l'air.
D'autres se précipitèrent, ensommeillés, afin de
savoir pourquoi un civil faisait un tel raffut dans
la cour de la prison.

«Vous ne voyez pas, bande d'idiots, qu'on pend
des gens, là-bas», leur hurla Surunen.

Les hommes le regardèrent, ahuris. Évidemment qu'on pendait des gens à cette heure matinale. Quand donc aurait-il fallu le faire si ce
n'était aux aurores?

Sur ces entrefaites, la jeep du cimetière revint
en trombe dans la cour. Le sous-lieutenant
Rodriguez en descendit et s'enquit de la cause
de la fusillade. Les gardes pointèrent du doigt le
professeur Surunen, qui, de son côté, exigea la
suspension de l'exécution.

Le sous-lieutenant fronça les sourcils. Il assura
que les hommes que l'on devait exécuter avaient
été condamnés à mort la veille par un tribunal
militaire officiel. On avait d'ailleurs eu le temps

d'en pendre un et l'autre l'aurait aussi été si d'inquiétants coups de feu n'avaient pas retenti du côté de la prison.

Surunen émit un ultimatum en faveur du condamné à mort encore en vie, invoquant ses amis haut placés à Santa Riaza.

D'après le sous-lieutenant Rodriguez, il n'était pas équitable de ne pendre que l'un des condamnés. En plus, celui qui avait été exécuté était un criminel de moindre envergure.

«Celui qui est encore vivant est bien pire que celui qui se balance déjà au bout d'une corde.»

Surunen menaça de téléphoner au colonel Morales si le sous-lieutenant ne lui obéissait pas.

Celui-ci essuya la sueur de son front. Il était furieux, mais tenta malgré tout de sourire.

«Très bien. Qu'il reste en vie, si ça peut vous faire plaisir.»

Surunen le remercia et retourna dans ses quartiers, où l'ordonnance lui apporta pour son petit déjeuner du café noir et d'appétissants sandwiches au poulet. Alors qu'il allait croquer dans l'un, le son familier du tambour résonna à nouveau du côté du cimetière. Il se rua à la fenêtre, juste à temps pour constater qu'il y avait maintenant un deuxième homme pendu aux gibets dressés en bordure du cimetière. Le corps tressauta un moment, puis resta à se balancer doucement au bout de la corde. Surunen le regarda, déprimé. Il n'avait plus faim. Il s'habilla et partit à la recherche du sous-lieutenant Rodriguez. Il le croisa presque aussitôt, venant dans sa direction, accompagné de deux soldats qui lui expliquaient quelque chose avec force gestes.

« Ces imbéciles ont aussi pendu l'autre pendant que je prenais mon petit déjeuner », expliqua-t-il.

Les hommes se défendirent :

« Mon lieutenant, comme on ne vous voyait pas revenir, on s'est dit qu'on allait en finir. On a cru que vous n'aviez pas l'intention de perdre encore votre temps pour lui. »

Le commandant par intérim hurla d'un ton théâtral :

« Vous ne comprenez pas, bougres d'ânes, que je n'ai pas quitté le cimetière par pur plaisir ! Vous auriez dû attendre que je revienne avant de pendre l'autre misérable. Ce monsieur menace maintenant de me dénoncer au colonel Morales, à cause de vos initiatives. Crétins ! Vous mérite-riez qu'on vous pende. »

Les soldats, déconcertés, baissèrent les yeux. Ils avaient agi exactement comme chaque matin d'exécution. Pourquoi donc tout ce foin pour deux macchabées, qui plus est condamnés à mort ?

« Disparaissez », aboya le sous-lieutenant, et il tourna lui aussi les talons.

Le maître principal Gomez se présenta à son tour dans la cour. Son détachement était prêt pour sa mission du jour, protéger le professeur Surunen.

17

Escorté par quatre fusiliers marins, Surunen alla inspecter les locaux de la prison d'État du Macabraguay. Lors de sa précédente visite, il n'avait vu qu'une triste salle d'interrogatoire, cette fois il avait l'autorisation de se déplacer librement dans tous les recoins du camp de détention.

La Trivial n'était pas considérée pour rien comme l'un des plus sinistres établissements pénitentiaires du pays. Les baraquements étaient longs et bas, vétustes, construits en argile et en briques de récupération, sans aucun chauffage alors que les hivers et les nuits étaient souvent glacials dans les montagnes. Les bâtiments, prévus pour environ deux cents prisonniers, n'étaient chacun pourvus que d'une demi-douzaine de toilettes rustiques, faites d'un simple trou, dont une partie étaient bouchées. Dans toute la zone, il n'y avait que trois douches, et aucune ne fonctionnait. Les détenus tentaient de rester propres en se frottant le corps avec le peu d'eau que la rosée déposait dans les gouttières des toits de tôle. Les jours de canicule, ils en étaient aussi réduits à la boire.

L'étroit réfectoire de la prison profitait d'une vue sur les tas d'ordures de la cuisine et le fumier des latrines, ainsi que des odeurs qui allaient avec. Les prisonniers s'y entassaient en trois services successifs, mais, même ainsi, il n'y avait pas assez de places assises pour tous autour des tables. La nourriture manquait souvent, surtout pour les derniers arrivés. On ne servait qu'un repas chaud par jour. C'était en général une maigre soupe où nageaient des grains de maïs nauséabonds ou des haricots pourris. Il n'y avait que très rarement, une ou deux fois par mois, de la viande ou du poisson. Les détenus avaient la possibilité d'acheter des produits alimentaires aux gardiens, mais ils étaient hors de prix et bien peu en avaient les moyens. Tout le monde savait que ces victuailles provenaient des réserves de la prison dans lesquelles les revendeurs piochaient pour arrondir leurs fins de mois.

Surunen interrogea plusieurs prisonniers. Il apprit que Ramón López, gravement malade, se trouvait dans le bâtiment numéro trois. Il s'y rendit avec son détachement de soldats. Le baraquement était divisé en dix cellules de taille égale, dans l'une desquelles Ramón était enfermé avec cinq autres hommes, tous grabataires. Leurs compagnons en meilleure santé se promenaient dans la cour. Ramón expliqua qu'il était le seul à être encore à peu près conscient.

«C'est un mouroir, ici. Il y a deux jours, l'un de nous a succombé à la faim. Hier soir, deux ont été condamnés à mort parce qu'ils avaient volé dans la salle de garde un morceau de savon et quelques cigarettes. Ces malheureux ont paraît-il été pendus ce matin.

— J'ai assisté de loin à leur exécution, confirma Surunen, mais je n'ai pas eu le temps d'intervenir.» Puis il ordonna aux fusiliers marins de les laisser seuls afin de ne pas perturber ses recherches dialectologiques. Ils purent bavarder en paix, car les autres malades de la cellule n'avaient plus d'intérêt pour les affaires terrestres.

Surunen exposa son projet d'évasion. Il était simple : ils sortiraient par la grande porte dans un véhicule tout-terrain, escortés par quatre fusiliers marins, et feraient un crochet par La Coruña pour embarquer un sonneur de cloches local, le vieil Idigoras, qui avait promis de leur servir de guide. Ils iraient aussi loin que possible avec le camion militaire. Puis ils continueraient à pied à travers les montagnes jusqu'au Honduras.

«Tu oublies que je ne peux pas marcher. Mes reins sont si atteints que j'arrive à peine à faire mes besoins. Le plus sage serait que tu me laisses ici et que tu emmènes quelqu'un de moins malade. Prends par exemple Rigoberto Fernandes, c'est un jeune médecin qui aurait encore beaucoup à faire dans ce monde.»

Surunen rappela à Ramón qu'il était quand même venu de Finlande exprès pour lui. Et il laisserait maintenant son protégé croupir en prison, alors que tout était sur le point de s'arranger? Pas question.

«On te portera de l'autre côté de la montagne, l'effort ne devrait pas être insurmontable. Comme tu as pu le constater, je suis accompagné de quatre solides fusiliers marins. Mais nous pourrions effectivement emmener par la même occasion quelques prisonniers valides, il y en a quand même un certain nombre.»

Ramón doutait que le commandant du camp laisse sortir aussi facilement le véhicule tout-terrain de la prison. Il y aurait des échanges de coups de feu, et le détachement de la marine ne collaborerait sûrement pas à une évasion.

«Il nous faut trouver un prétexte pour sortir sans fusillade, décréta Surunen. Mais je ne partirai pas d'ici sans toi, crois-moi.»

Le maître principal Gomez passa la tête dans la sinistre cellule. Il demanda si tout allait bien. Surunen lui ordonna de trouver dans la cour un prisonnier du nom de Rigoberto Fernandes.

«Appelez le numéro 312, il a les cheveux bruns, tout le monde le connaît, et amenez-le ici. Dites qu'il s'agit d'une étude philologique.»

Peu de temps après, Gomez revint avec le docteur Rigoberto Fernandes. C'était un homme de l'âge de Surunen, maigre, barbu, au regard farouche et au maintien plutôt fier. Quand le maître principal se fut retiré, le philologue lui dévoila son plan d'évasion. Le médecin se déclara prêt à y participer, sur-le-champ s'il le fallait. Si ça ne dépendait que de lui, il trouverait au besoin la force de traîner seul son ami à travers les montagnes vers la liberté. Mais Ramón et lui connaissaient aussi parmi les prisonniers trois péons en qui on pouvait avoir confiance; c'étaient des Indiens, simples et pauvres, originaires de la zone frontalière. Ils étaient incarcérés depuis un an à La Trivial, soupçonnés d'entretenir des contacts avec l'étranger. Le plus vieux s'appelait Primero, le deuxième Segundo et le plus jeune Tercero. Nom de famille Bueno. Ce qui pouvait se traduire par Premier, Deuxième et Troisième Bon. Ils avaient toute leur vie travaillé dur dans les champs de maïs et auraient la force de porter la frêle carcasse osseuse de Ramón jusqu'au bout du monde s'il le fallait.

On envoya Gomez chercher les frères indiens. Quand ces paysans taciturnes apprirent de quoi il retournait, ils ne surent d'abord qu'en penser. Une fois que le docteur Fernandes leur eut expliqué que si tout se passait bien ils seraient libres et pourraient s'installer au Honduras, près de la frontière, ils se regardèrent d'un air éloquent et hochèrent la tête. Le plus âgé, Primero, déclara :

«On est partant, alors, pour sûr.»

Rigoberto demanda :

«Est-ce que nous avons des vivres, un guide, un véhicule, des armes, des cartes?

— Tout est en ordre», assura Surunen. Il ne restait plus qu'à trouver une bonne raison de sortir de la prison, monter en voiture et s'en aller.

«Je crois que j'ai un prétexte parfait. Impossible d'enregistrer l'argot des prisonniers dans un environnement aussi bruyant et plein d'échos. Il y a tout le temps des portes qui claquent, des gardiens qui hurlent et des malades qui gémissent. Je vais tout de suite aller en parler au commandant. Préparez-vous, pendant ce temps, il se peut que nous partions très vite. N'emportez rien qui puisse laisser penser que vous avez des projets d'évasion.

— Nous ne possédons rien. Nous n'avons que les guenilles que nous avons sur le dos, et Ramón l'oreiller confectionné par sa femme et cette civière sur laquelle on le porte aux latrines, déclara Rigoberto Fernandes.

— C'est aussi bien. Restez groupés, le départ risque de se faire sans préavis. Et n'en parlez plus entre vous.»

Surunen, escorté par ses fusiliers, se rendit dans le bureau du commandant. Il se montra déterminé et exigeant :

«Je ne peux pas faire correctement mon travail scientifique dans la zone pénitentiaire. Enregistrer est impossible, le bruit de fond est beaucoup trop fort, il couvre les voix. J'ai besoin d'un endroit plus silencieux pour pouvoir me concentrer sur mes recherches.

— Je ne trouve pas qu'il y ait tant de vacarme que ça, ici, tenta de protester le sous-lieutenant Rodriguez. Vous ne pensez quand même pas que je vais vous dégoter une église, ou un vrai studio, dans ce coin perdu ? Il y a forcément en prison des portes qui claquent et de la ferraille qui cliquette... Vous m'avez l'air d'avoir une vision assez naïve de la vie carcérale.»

Surunen ne céda pas.

«Je voudrais emmener quelques prisonniers en voiture à l'extérieur de la prison, par exemple sur le terrain qui se trouve derrière le cimetière. C'est un endroit silencieux où il n'y a pas de bruits parasites, à moins que vous ne vous mettiez de nouveau à pendre des gens.

— Arrêtez un peu, avec l'incident de ce matin... je peux vous dire une chose, c'est qu'il est hors de question de laisser des détenus sortir d'ici sans surveillance. Vous seriez capable de laisser échapper cette racaille.»

Surunen désigna du doigt les fusiliers marins, campés debout l'arme pointée.

«J'ai quatre soldats de métier parfaitement capables de veiller à ce qu'aucun prisonnier ne puisse s'évader.»

Le sous-lieutenant jaugea du regard les forces militaires du professeur Surunen.

«Des marins... et d'ailleurs, où avez-vous pêché ce détachement?» Le maître principal Gomez fusilla si bien le commandant du regard qu'il détourna les yeux.

«Mon lieutenant. C'est l'amiral Catalana en personne qui nous a confié cette mission», clama-t-il d'une voix forte. Ce fut suffisant.

«Très bien... mais je décline toute responsabilité dans cette affaire.»

Surunen déclara qu'il avait déjà rassemblé quelques péons intéressants et deux autres prisonniers qu'il voulait immédiatement commencer à interviewer. Il ordonna aux fusiliers marins d'aller chercher la voiture et d'y faire monter les détenus sélectionnés. Quand ils furent partis accomplir leur mission, Surunen alluma son magnétophone et réalisa une brève interview du sous-lieutenant Rodriguez. Il expliqua que son langage l'intéressait d'un point de vue scientifique. L'enregistrement serait par la suite analysé par ordinateur à l'université de Helsinki.

«Parlez naturellement, ce n'est pas le ton sur lequel vous donnez des ordres qui m'intéresse ici.

— Mais je ne sais pas m'exprimer autrement», se plaignit le commandant par intérim. L'échantillon de discours resta bref car le maître principal Gomez vint bientôt annoncer que le véhicule était prêt, avec à son bord les détenus destinés à alimenter la recherche dialectologique. Surunen les rejoignit et le gros tout-terrain franchit sans que personne l'en empêche les grilles de la prison. Le commandant, l'air désemparé, le salua militairement au passage. Surunen répondit en agitant aimablement la main.

Le matelot Mario Soto conduisit le véhicule derrière le cimetière, sur la colline pelée où se dressaient encore les gibets utilisés le matin même, avec à leur pied deux tombes fraîchement refermées. De la prison, les observateurs purent le voir s'arrêter à l'ombre des potences. Les prisonniers sautèrent de l'arrière du camion. Les fusiliers marins se postèrent derrière eux, en sentinelle, et le professeur Surunen installa son magnétophone. L'évasion avait commencé, sortir de la prison avait été facile, mais l'on se trouvait encore dans la zone d'influence de La Trivial.

Toute la journée, Surunen travailla sans hâte à son étude au pied des gibets. Il interviewa les prisonniers tandis que les fusiliers marins préparaient à manger et lézardaient au soleil. Ils trouvaient les méthodes des forces terrestres passablement détestables, avec leurs prisons et leurs cimetières. Dans la marine, s'il fallait absolument, pour une raison ou une autre, exécuter un matelot, la chose se faisait proprement : on jetait avec panache l'intéressé par-dessus bord avec des poids en plomb aux pieds. Puis l'officier de quart lisait en mémoire du mort un verset choisi de la Bible. Ici, en revanche, les condamnés étaient pendus et enterrés comme des chiens. Pour le reste, cette mission dans les montagnes était plutôt plaisante. L'été était caniculaire, mais ici, en altitude, la chaleur n'était pas aussi pénible que dans leur caserne navale à Santa Riaza. C'était reposant d'être allongé là dans l'herbe, un brin de paille à la bouche, le fusil d'assaut négligemment posé à ses pieds.

Les marins se demandaient si le professeur aurait terminé ses recherches avant quinze jours. Leur navire devait alors appareiller pour une visite au Chili. Le maître principal, qui avait été d'un précédent voyage à Valparaíso, raconta que les prostituées locales étaient deux fois moins chères que celles de leur port d'attache. Avec ses indemnités de la semaine, il avait pu s'en offrir trois ou quatre.

Plus généralement, les fusiliers étaient unanimement d'avis que servir dans la marine était bien plus glorieux et prestigieux qu'exercer le pénible et dangereux métier de soldat de l'armée de terre. Pas besoin de ramper le fusil à la main dans la poussière des camps d'entraînement ni de se battre, les dents serrées, contre de perfides guérilleros. Les péquenots des forces paramilitaires s'occupaient des arrestations jusque dans la ville de Santa Riaza. Et si l'on envoyait parfois des hommes d'élite de la marine dans les montagnes, c'était pour des missions spéciales de haut niveau universitaire international.

Sur ces entrefaites, un étrange civil au regard perçant se présenta à La Trivial. Le chef de la police secrète, le colonel Jesús Colindres, avait enfin récupéré des suites de la garden-party et de la sauce au lard. L'esprit encore embrumé par la gueule de bois, il s'était demandé s'il était vraiment sage d'avoir envoyé l'universitaire finlandais dans la prison d'État du Macabraguay sous la seule surveillance de quatre engagés de la marine. Et si c'était malgré tout un espion? Pour quelle raison, en fin de compte, le professeur Surunen tenait-il à s'introduire dans ce lointain établissement pénitentiaire, prétendument pour enregistrer de l'argot? Il aurait aussi bien pu recueillir plus près des échantillons de parlers vulgaires, un scientifique aussi éminent n'avait pas besoin pour cela d'aller avec un détachement militaire jusqu'à La Coruña.

Tracassé, le colonel avait téléphoné à Osvaldo Herrera, un fonctionnaire de la police secrète d'une cinquantaine d'années, à la compétence reconnue, et lui avait ordonné de se rendre au plus vite à La Trivial. Il lui avait expliqué en détail ce qu'il attendait de lui et qui il devait tenir à l'œil, et lui avait attribué une moto avec side-car, un pistolet militaire, des menottes, du poison et les pleins pouvoirs.

Le chevronné limier était arrivé à destination. Il avait lavé la poussière de la route de son visage, s'était présenté au commandant, sans pour autant lui révéler le motif réel de sa visite, et il se promenait maintenant parmi les prisonniers, les yeux brûlant d'une flamme ardente tels ceux d'un jésuite. Sa mine cruelle et intransigeante effrayait tous ceux vers qui il se tournait, détenus ou gardiens. On se serait cru dans un nid de corbeaux où un vautour se serait invité.

Dans l'après-midi, Surunen descendit la colline du cimetière pour aller voir ce qui se passait à la prison. Il se rendit dans le bureau du commandant, où il apprit qu'un membre de la police secrète était arrivé de Santa Riaza pour inspecter le camp de détention. Le sous-lieutenant Rodriguez semblait nerveux. Il ne savait pas ce qui amenait l'enquêteur. Il devinait malgré tout que ce ne devait pas être une mission de routine.

Surunen remercia le commandant pour la compréhension dont il avait fait preuve. Il ajouta que son travail scientifique progressait à merveille. L'argot des prisonniers était vraiment intéressant, dans son extrême grossièreté. Pour finir, il déclara qu'il comptait interviewer les prisonniers jusqu'à la tombée du soir, le sous-lieutenant n'avait pas à s'inquiéter pour eux. Ils avaient été nourris aux frais de la marine, tout était parfaitement en ordre. Il promit de les ramener à la prison vers vingt-deux heures. À titre de preuve de la nature exceptionnelle du matériau qu'il avait recueilli, Surunen fit écouter au commandant des extraits d'un enregistrement où l'on entendait les frères indiens grommeler à leur façon dans leur dialecte paysan.

«Éteignez immédiatement cet engin, les croassements de ces canailles me cassent déjà bien assez les oreilles comme ça», gémit-il. Il était pressé d'aller observer les agissements d'Osvaldo Herrera, la présence envahissante de Surunen l'exaspérait. Celui-ci coupa le magnétophone et pria le sous-lieutenant de transmettre ses salutations au représentant des services secrets. Il émit aussi le vœu que son dîner lui soit servi dans ses quartiers tout de suite après vingt-deux heures. Cela fait, il retourna sur la colline des pendus, où l'on ne savait rien du nouveau danger incarné par l'enquêteur au teint blafard. Surunen en parla à Ramón et Rigoberto. Il fut décidé de tenter l'évasion le soir même, dès la tombée de la nuit.

Le philologue annonça d'un ton officiel à son escorte militaire qu'il y avait un changement dans son projet de recherche. Il avait obtenu du sous-lieutenant Rodriguez l'autorisation de poursuivre les enregistrements dans le village natal de Primero et de ses frères, qui se trouvait quelque part de l'autre côté de La Coruña. Son étude exigeait absolument qu'il entende les parents et amis des trois Indiens. Les fusiliers marins devaient les accompagner car ils disposaient d'un véhicule et étaient armés. Ils devaient veiller à ce que les prisonniers ne s'évadent pas, ils en étaient responsables devant le commandant de La Trivial. Surunen demanda s'il y avait assez de vivres dans le camion pour tout le groupe.

«Il nous reste des conserves et des haricots pour au moins une semaine, si ça ne tient qu'à cela, nous pouvons partir sur-le-champ», répondit le maître principal Gomez. Surunen déclara qu'il voulait travailler encore une paire d'heures, tant qu'il faisait jour. On ferait route jusqu'au village dans la nuit et on poursuivrait les enregistrements dès l'aube. Les fusiliers marins pourraient dormir au village toute la matinée.

Pendant encore deux heures, Surunen interviewa Ramón et Rigoberto. Il craignait à chaque instant que l'enquêteur Osvaldo Herrera ne déboule sur la colline aux pendus pour espionner ses faits et gestes. À toutes fins utiles, il échafauda plusieurs plans qui avaient tous pour inconvénient, du point de vue du fouineur, qu'il se ferait tuer.

Mais personne ne vint les déranger. Enfin la nuit tomba sur le sinistre cimetière. Surunen donna l'ordre de prendre le départ. Les fusiliers marins portèrent la civière de Ramón dans le camion. Les prisonniers grimpèrent à l'arrière et le matelot Soto prit le volant.

«N'allumez que les veilleuses, ça économisera la batterie», lui conseilla Surunen. Le lourd véhicule s'ébranla et, évitant la prison, prit la direction de la route de La Coruña. Quand on y fut, le matelot Soto demanda au professeur Surunen s'il l'autorisait à appuyer un peu plus franchement sur le champignon. Il avait envie de voir ce que le camion avait sous le capot.

«Allez-y de bon cœur, mais tâchez de ne pas finir dans le fossé.» Quelques minutes plus tard, on entrait dans la ville de La Coruña, où Surunen indiqua au matelot le chemin de la maison du sonneur de cloches. Le chien de ce dernier éclata en aboiements furieux en voyant le camion tout-terrain s'arrêter à la porte. Il tenta de mordre le quartier-maître de 2e classe à la jambe, mais se calma quand le vieil Idigoras le rabroua. Il avait sans doute du mal à comprendre ce qui se passait. D'habitude, son maître n'appréciait guère les véhicules militaires, mais cette fois il y monta de son plein gré.

Sous la conduite du sonneur de cloches, on sortit de la ville par une petite route étroite qui montait toujours plus haut dans la montagne en direction du nord-est. Après avoir traversé deux misérables villages, elle se fit de plus en plus mauvaise et finit par se réduire à un simple chemin. Il fallut abandonner le camion dans un bosquet.

Surunen ordonna aux fusiliers marins de prendre leurs armes et des vivres pour quelques jours. Rigoberto et les frères indiens se relaieraient pour porter la civière de Ramón López. Le vieil Idigoras prit la tête de la caravane, éclairant de temps à autre l'obscurité du faisceau de sa torche électrique.

On ne fit halte que vers deux heures du matin. Les militaires et les Indiens dressèrent le camp. On prépara du café en bavardant à voix basse. La pleine lune brillait dans le ciel. Jamais, s'avouèrent les fusiliers marins entre eux, ils n'avaient été aussi loin dans la montagne. Ils ramassèrent du bois sec pour alimenter le feu, tout en regardant l'obscurité avec des yeux effrayés. Ils sursautaient chaque fois que l'on entendait dans la nuit des cris d'animaux inconnus.

Primero Bueno leur assura qu'il n'y avait rien à craindre. Ils pouvaient dormir tranquilles. On atteindrait le village dans la matinée.

«Nous n'avons pas sommeil», soupira le quartier-maître de 2e classe García. Les autres renchérirent. «Nous ne sommes pas habitués à ce genre de vie, nous sommes plutôt des hommes de l'océan.»

Les fusiliers marins étaient méfiants et apeurés. Ils avaient décidé de rester éveillés et de monter la garde toute la nuit, se sentant responsables non seulement du professeur Surunen vis-à-vis de l'amiral, mais aussi des cinq prisonniers vis-à-vis du commandant de La Trivial. Ils ne comprenaient pas très bien comment ils avaient pu se laisser entraîner dans cette maudite montagne perdue. Ils auraient aimé rentrer chez eux, dans la sécurité de leur chambrée à la caserne navale.

18

Le vieil Idigoras et les fusiliers marins ensommeillés préparaient ensemble du café quand le professeur Surunen se réveilla. Il se sentait un peu raide, après la marche de la nuit, de même que Rigoberto Fernandes et les autres membres du groupe. Seuls les trois frères indiens étaient habitués à ce genre de vie. Ils brûlaient d'envie de reprendre le chemin de leurs montagnes natales de la zone frontalière du Nord-Est. Le café fort réveilla tout le monde et la caravane repartit, revigorée, à l'assaut des pentes. La progression était lente, car le matériel et la civière de Ramón pesaient sur les épaules des marcheurs.

Vers midi, ils arrivèrent à l'entrée du col qui franchissait la plus haute chaîne de montagnes. Le bienveillant sonneur de cloches de La Coruña, le vieil Idigoras, déclara que sa tâche s'arrêtait là. Les frères indiens sauraient guider la caravane sur le reste du trajet, on n'avait plus besoin de lui. Surunen lui proposa de l'argent, mais il refusa. Il assura vivre de peu, et il ne voulait pas être payé pour un travail qui n'en était pas un, mais plutôt une contribution à une bonne cause.

Les fusiliers marins regardèrent avec envie la silhouette agile d'Idigoras disparaître dans la végétation sauvage de la montagne. On voyait qu'ils auraient préféré retourner à leur camion tout-terrain, au lieu de poursuivre leur pénible chemin dans une région hostile et inhabitée.

Pendant toute la chaude journée, le groupe marcha avec détermination vers le nord-est sous la conduite des frères indiens. On ne fit que quelques rares pauses. Le soir, on dressa le camp dans une vallée au fond de laquelle babillait un minuscule ruisseau aux eaux claires. Les fusiliers marins posèrent la civière de Ramón López sur sa rive et se laissèrent tomber soulagés sur le sol. Ils n'avaient même plus la force de faire à manger et Surunen ordonna donc aux prisonniers indiens de préparer un repas chaud avec leurs vivres. Le docteur Rigoberto Fernandes examina Ramón et constata que le fatigant trajet, ballotté sur son brancard, l'avait beaucoup affaibli.

Les fusiliers marins demandèrent au professeur Surunen qu'il savait à quelle distance on était du village où l'on allait enregistrer le dialecte des Indiens. Ils commençaient à trouver louche ce crapahutage insensé. On ne leur avait rien dit d'une telle randonnée en montagne à l'état-major de la marine. Tout cela était-il bien légal ?

Surunen tranquillisa les militaires fatigués. Il leur assura que l'on atteindrait dès le lendemain matin le village et qu'ils pourraient s'y reposer tout leur soûl pendant qu'il poursuivrait son projet de recherche en suspens.

« J'ai comme l'impression qu'on est en train de se faire entuber, grommela le maître principal Gomez.

— Et dans les grandes largeurs, renchérit le quartier-maître de 2ᵉ classe García.

— On a beau être de bonne volonté, à force, on commence à en avoir ras-le-cul », murmurèrent les matelots Bueno et Soto en tripotant leurs fusils d'assaut.

Peut-être ces menaçants bougonnements se seraient-ils poursuivis et auraient-ils pris des formes plus radicales si une troupe d'agiles animaux velus de la taille d'un porcelet n'avaient pas, non loin du camp, remonté le cours du ruisseau en se pourchassant. Quand ils virent les effrayantes créatures rassemblées là, ils se figèrent, indécis, pour observer leurs agissements. Ils n'avaient sans doute jamais auparavant vu d'hommes, dans ces montagnes perdues.

« Ce sont des coatis, expliqua Primero Bueno, le plus âgé des frères indiens.

— Il y en a au moins vingt, compta Segundo en quelques fractions de seconde.

— C'est un présage favorable », assura le plus jeune, Tercero.

Les coatis étaient franchement drôles. C'était dû au masque blanc qu'ils semblaient avoir sur le visage : leur nez et leurs pommettes étaient couverts d'un pelage clair, alors que le reste de leur corps était brun. Ils grimpaient dans les arbres et les buissons et jetaient au sol des branches mortes et des pommes de pin sèches. Ils visaient les hommes, et, chaque fois qu'un projectile tombait près du feu de camp, ils poussaient des cris stridents.

Les fusiliers marins n'arrivaient pas à croire que de tels animaux puissent exister. Le quartier-maître de 2ᵉ classe García régla son fusil d'assaut en mode simple tir et en mit un en joue. Avant que Surunen ait le temps de le lui interdire, il tira en direction du joyeux coati, mais le rata. Au fracas de la détonation, toute la troupe prit peur et s'enfuit. De loin, à la lisière de la forêt, ils protestèrent haut et fort contre l'incident. Pour finir, ils disparurent en grognant. Surunen lança un regard noir au quartier-maître. Celui-ci comprit qu'il ne fallait pas forcément faire feu sur tout ce qui bougeait et verrouilla le cran de sûreté de son arme. Il marmonna malgré tout pour sa défense :

«Même les coatis se foutent de nous, nom de Dieu!»

Ramón López, qui avait courageusement supporté sans se plaindre les nombreuses fatigues de la journée, se fit entendre d'une faible voix. Il se redressa sur sa civière et, à demi assis, regarda le sommet des montagnes dont les pics enneigés se dressaient au sud-ouest. Derrière elles, il y avait Santa Riaza et sa famille, Consuelo et les enfants. Et aussi l'université de Santa Riaza et tout ce qui avait fait partie de son existence jusqu'en 1979, quand on l'avait illégalement arrêté et privé de sa vie d'homme libre.

« Si je devais ne jamais retourner vivant à Santa Riaza, dites à mes enfants et à Consuelo que j'ai finalement recouvré la liberté. Inutile de rien dire d'autre, mais ça, oui. »

Puis Ramón demanda qu'on l'aide à se lever. Il voulait marcher un peu. Il ne s'était pas senti en aussi bonne forme depuis des mois.

Rigoberto Fernandes lui recommanda de ne pas trop se fatiguer. Ramón demanda à Surunen de le soutenir, il n'avait pas encore la force de se tenir seul debout.

« Je voudrais monter sur cette colline. Est-ce que tu auras la force de m'y conduire ? » demanda Ramón d'une voix lasse.

Une demi-heure plus tard, ils atteignirent le sommet. Ramón s'appuya sur Surunen et regarda dans toutes les directions. Il ne dit rien, mais le philologue vit qu'après toutes ses épreuves, il était ému aux larmes par ces libres horizons.

Après être resté un long moment debout au haut de la colline, Ramón murmura à voix basse :

« C'est le plus beau moment de ma vie. »

Le retour leur prit une heure entière. Quand Ramón et Surunen atteignirent enfin le camp, les fusiliers marins s'étaient endormis. Après une nuit sans sommeil, la journée de marche au cours de laquelle ils avaient franchi les montagnes en portant le matériel et le brancard de Ramón avait eu raison de leurs forces. Ils dormaient à poings fermés comme des enfants fatigués de jouer. Les frères indiens et Rigoberto Fernandes leur avaient pris leurs armes et examinaient avec intérêt les redoutables fusils d'assaut. Primero montra à ses jeunes frères comment s'en servir. Il demanda à Surunen l'autorisation de tirer quelques coups, juste pour voir, dans une boîte de conserve vide, mais celui-ci refusa. Il fallait laisser les fusiliers marins dormir tout leur soûl. Les pauvres garçons avaient besoin de repos.

Rigoberto aurait volontiers tué les militaires dans leur sommeil, mais Surunen le lui interdit formellement.

«Ce ne sont pas ces hommes qui t'ont arrêté. Leur mort n'améliorerait pas d'un pouce la situation du Macabraguay. Et ce serait ingrat de s'en prendre à leur vie, ils ont docilement porté jusqu'ici les vivres et le matériel, en plus de la civière de Ramón.

— Tu es trop sensible», commenta le médecin. Surunen organisa des tours de garde pour la nuit et demanda qu'on le prévienne si les fusiliers marins se réveillaient et se mettaient à faire du grabuge. Il ne fallait faire feu qu'à la toute dernière extrémité.

Surunen se pencha sur la civière de Ramón et le recouvrit d'une couverture en prévision du froid nocturne. Le malheureux semblait dormir et il ne voulut pas le réveiller pour lui souhaiter bonne nuit. Dans son cœur, il pria pour qu'il supporte la fatigante descente du haut des montagnes vers le Honduras.

Bercé par un léger souffle de vent, Surunen

dériva lui aussi dans un sommeil paisible. Au loin, dans les collines, les coatis fatigués grognaient. Ce fut le dernier bruit qu'il entendit avant de s'endormir.

Au matin, il fut tiré de ses rêves par une vive querelle. Les fusiliers marins s'étaient réveillés et avaient constaté qu'on les avait dépouillés pendant la nuit de leurs armes. Ils trouvaient ce traitement déloyal. Ils craignaient qu'on ne les tue et en appelaient au professeur afin qu'il règle cette affaire.

Surunen leur expliqua que c'était ce qui était prévu depuis le début. Il était lui-même du côté des prisonniers. Il était en fait venu spécialement au Macabraguay pour les faire évader, et avant tout pour libérer Ramón López, dont il était le parrain.

Rigoberto Fernandes menaça les fusiliers marins de les tuer s'ils n'obéissaient pas au nouveau commandement. Le pouvoir avait changé de mains dans le camp, point barre. N'est-ce pas Ramón? N'avons-nous pas assez longtemps souffert dans les salles de torture des prisons?

Son camarade ne répondit pas. Rigoberto s'approcha de sa civière pour le réveiller.

«Debout là-dedans, Ramón, c'est le matin. Nous devons poursuivre notre route.»

Soudain le médecin s'accroupit auprès du malade, écouta sa respiration, lui prit le pouls. Puis il se releva, le visage crayeux.

«Ramón est mort.»

Les frères indiens fondirent en larmes. Leur

camarade était-il vraiment mort? Comment était-ce possible, la veille encore il se promenait...

Le cœur de Surunen se serra. Était-ce donc ainsi que cela devait finir? Son long voyage s'était-il tristement terminé, au dernier moment, par la mort de son protégé? Hélas oui, Ramón s'était éteint pendant la nuit. Il en éprouvait une profonde amertume, mais ce n'était pas le moment de s'y complaire. Il fallait décider de la marche à suivre.

«Nous ne l'avons pas tué, en tout cas, nous avons dormi toute la nuit», jurèrent avec force les fusiliers marins. Ils regardaient terrorisés Rigoberto et son fusil d'assaut. La mort du prisonnier malade pouvait aussi signer la leur. On n'avait plus besoin d'eux pour coltiner le brancard. À quoi pouvaient-ils encore être utiles? Ils supplièrent le professeur Surunen de leur laisser la vie sauve. Ils n'avaient rien à se reprocher, ils n'avaient pas fait de mal aux détenus. Ils voulaient retrouver leur caserne et leur navire.

Surunen les rassura. Ils pouvaient retourner à la civilisation, maintenant que leur aide n'était plus requise pour porter la civière. Les autres poursuivraient leur route dès que le corps de Ramón López aurait été enterré.

Les frères indiens et les fusiliers marins creusèrent une tombe dans la pierraille. Cela leur prit près de deux heures, car ils n'avaient pas de pelles. Quand la fosse fut enfin suffisamment profonde, on y descendit le corps de Ramón López, sur sa civière, et on le recouvrit d'une couverture.

Surunen prononça un bref discours dans lequel il évoqua la liberté qu'il avait finalement retrouvée. Puis on referma la tombe et l'on fit rouler sur elle quelques grosses pierres, pour marquer son emplacement. Tercero Bueno grava avec une baïonnette, sur le côté du plus gros bloc, le nom de Ramón et la date de sa mort. Comme il ne savait pas écrire, Surunen lui dessina un modèle sur le sable, à côté de la sépulture. Tercero grava aussi une petite croix, déclarant que cela pouvait toujours être utile, même si Ramón était athée, selon Rigoberto.

« Ça ne peut pas faire de mal. On ne sait jamais », expliqua l'Indien, les larmes aux yeux, en regardant le signe qu'il avait dessiné dans la pierre.

Après l'enterrement de Ramón López, on démonta le camp et on distribua aux fusiliers marins des rations de vivres pour deux jours. Surunen déchira sa carte d'état-major en deux et leur donna la moitié qui représentait le côté macabraguayen des montagnes, ainsi qu'une boussole qu'il tira des profondeurs de son sac à dos. Sauraient-ils retrouver leur camion à l'aide de cet instrument ? Les hommes répliquèrent que déterminer une position faisait partie des premières choses qu'on leur avait apprises, même s'ils n'avaient encore jamais navigué en utilisant une carte terrestre. Les cartes marines leur étaient plus familières.

Surunen leur serra la main. Il déclara :

« Et voilà. Inutile de faire de grands discours.

Nous partons vers le nord-est, vous retournez à votre camion. Si vous y arrivez sans vous perdre, allez directement à Santa Riaza et présentez-vous au rapport dans votre unité. Dites juste que vous avez accompli votre mission. Si on vous interroge sur moi, racontez que je suis resté dans les montagnes pour enregistrer des dialectes indiens. Si vous tenez à la vie, oubliez tout le reste.

— Comment allons-nous expliquer que nous n'ayons plus d'armes? demandèrent d'un air malheureux les fusiliers marins.

— Quoi que vous fassiez, n'avouez pas la vérité. Volez-en quelque part de nouvelles. Ou achetez-en au marché noir. Voilà de l'argent.»

En silence, les militaires prirent le chemin du retour. Par moments, ils s'arrêtaient pour regarder derrière eux. L'un d'entre eux fit un signe de main navré au professeur Surunen. Leur petite troupe ne savait pas très bien ce qui les attendait. Ils finirent par se mettre lentement en marche vers le sud-ouest. Ils n'étaient pas d'humeur joyeuse. Tout en cheminant, ils priaient la Vierge Marie pour qu'elle leur épargne d'être traduits devant un tribunal militaire. Peut-être la mère de Dieu les sauverait-elle réellement, s'ils l'imploraient avec assez de ferveur? Ils interrompirent leur triste progression, s'agenouillèrent, joignirent les mains et levèrent un regard suppliant vers le ciel bleu des montagnes du Macabraguay. Quand ils reprirent leur route, leur pas était un tout petit peu plus léger. Les matelots pensaient que l'on pouvait avoir confiance en la Sainte Vierge, mais le maître principal n'en était pas si sûr.

Le reste du groupe repartit de son côté. Les frères indiens et Rigoberto portaient les vivres laissés par les fusiliers marins et la valise de Surunen, qui marchait chargé de son sac à dos. Leur avancée était maintenant plus rapide, car après la mort de Ramón, il n'y avait plus à coltiner son brancard. Ils suivirent le ruisseau qui courait vers le nord-est. Les frères indiens déclarèrent que l'on se trouvait sans doute déjà du côté du Honduras — on avait franchi la ligne de partage des eaux que suivait la frontière. La tombe de Ramón était maintenant loin, dans la partie la plus haute des montagnes, là où les tribus indiennes enterraient traditionnellement leurs chefs les plus vénérés.

Dans l'après-midi, l'on fit une pause. Le petit ruisselet babillant avait grossi, atteignant presque la taille d'une rivière, et roulait ses flots grondants au fond d'une vallée encaissée. Les voyageurs fatigués se lavèrent le visage dans son onde fraîche et claire. Surunen longea le ruisseau vers l'aval, jusqu'à un endroit où il s'élargissait, formant un bassin plus calme. Il se débarrassa de tous ses vêtements et alla s'y baigner. L'eau qui s'écoulait des montagnes du Macabraguay était délicieusement froide. Surunen nagea longtemps, laissant le courant porter son corps fatigué, se délassant et profitant de l'instant. Une troupe de remuants coatis jacassait gaiement sur la berge. Si seulement les hommes pouvaient vivre dans la même innocence que ces animaux joueurs qui ne faisaient de mal à personne, songea-t-il en souriant. Si l'humanité succombait un jour à une guerre nucléaire, il espérait qu'au moins les coatis survivraient et, après la catastrophe, prendraient en main l'avenir de la planète. Le monde serait alors un vrai paradis.

En sortant enfin du ruisseau, Surunen constata qu'on lui avait volé ses vêtements. Après avoir cherché un moment, il vit deux coatis occupés à déchirer consciencieusement son jean, tenant chacun dans sa gueule une de ses jambes. On entendit la toile craquer, et le philologue se retrouva sans pantalon. Les animaux avaient dispersé ses vêtements sur la rive. Il en pendait çà et là des lambeaux, dans les arbres et les buissons, et le reste était en passe de subir le même sort. Un coati mâle au ventre rebondi tentait sans vergogne d'enfiler son T-shirt résille, mais, n'arrivant pas à passer ses pattes dans les manches, il piqua une telle colère qu'il le mit en pièces et jeta d'un geste vindicatif les morceaux à la tête de Surunen. Fâché avec les coatis, ce dernier retourna au camp nu comme un ver. Quelques-uns d'entre eux le suivirent en criant des insultes.

Le philologue fut obligé d'ouvrir sa valise et d'enfiler le costume trois pièces blanc que la couturière du bidonville Maria Matamoros lui avait confectionné. Il dut aussi changer de sous-vêtements. Il mit sa chemise en soie rose, mais ne jugea pas utile de l'agrémenter d'un nœud papillon. Les frères indiens n'avaient jamais vu d'aussi beaux atours. À partir de cet instant, ils se comportèrent envers Surunen comme envers un roi, le vouvoyant et lui donnant du «Votre Altesse». Sa magnifique tenue fut loin d'impressionner autant le médecin communiste Rigoberto Fernandes, qui marmonna qu'un costume trois pièces blanc dénotait le fort désir de paraître de son propriétaire et la valeur exagérée qu'il accordait aux apparences. Le philologue coupa court à ses critiques en lui faisant remarquer que sans ce costume trois pièces il moisirait encore dans la prison d'État de La Trivial. Mieux valait baisser d'un ton s'il ne voulait pas que son libérateur perde patience et lui écrase le nez dans le sable de la berge du ruisseau.

Deux heures plus tard, à la tombée du soir, un hélicoptère militaire solitaire apparut dans le ciel. Les Indiens et Rigoberto se jetèrent immédiatement à terre, devinant que l'appareil appartenait à l'armée de l'air macabraguayenne. Leurs vêtements de prisonniers se fondaient dans le paysage et ils purent facilement se dissimuler dans les buissons bordant le cours d'eau. Ce n'était pas le cas de Surunen. Sa tenue brillait tel un fanal sur la rive du torrent de montagne. L'hélicoptère aux couleurs de l'aviation macabraguayenne se plaça juste au-dessus de lui et se maintint en vol stationnaire à une cinquantaine de mètres du sol. Les pilotes et les soldats qu'il transportait observèrent l'étrange randonneur en costume blanc. Aucun coup de feu ne claqua. Surunen songea qu'il lui aurait été impossible de s'en sortir vivant si l'équipage de l'appareil avait décidé de le tuer.

Il jeta son sac à dos par terre, prêt à se mettre à courir en zigzag pour sauver sa peau s'il commençait à pleuvoir des balles. Le nostalgique souvenir de la maîtresse de musique Anneli Immonen lui traversa fugacement l'esprit. S'il se sortait vivant de ce traquenard mortel, il l'épouserait et ne s'en irait plus jamais nulle part.

L'évasion organisée par le professeur Surunen avait déclenché un branle-bas de combat général au Macabraguay. L'enquêteur de la police secrète Osvaldo Herrera avait sonné le tocsin la nuit même où le camion tout-terrain avait pris le large. On avait organisé de vastes recherches auxquelles avaient participé de nombreuses unités de l'armée de l'air et de l'armée de terre. On avait publié dans les journaux des photos des prisonniers en fuite. Le professeur Surunen avait été déclaré persona non grata et on avait ordonné qu'il soit arrêté et traduit devant un tribunal militaire. Le chef de la police secrète, le colonel Jesús Colindres en personne, s'était aussitôt rendu à La Trivial pour diriger la chasse à l'homme, qui était cependant restée totalement vaine. On n'avait même pas retrouvé les quatre fusiliers marins censés servir de gardes du corps à l'universitaire scélérat, et on n'avait pas non plus de nouvelles de leur véhicule.

La destinataire des prières des marins, la Vierge Marie, les avait bien sûr aidés dans toute la mesure de son possible. Mais en voyant que toute la région était plongée dans le chaos à cause de l'évasion des prisonniers et des recherches, ils avaient décidé de quitter le pays, eux et leur camion. Ils étaient conscients que s'ils pointaient le bout de leur nez à la caserne navale ils risquaient de se faire tuer, et ils avaient donc, en s'en remettant les yeux fermés à la Sainte Mère de Dieu, filé par la Panaméricaine jusqu'à la frontière du Salvador. Ils n'avaient eu aucun mal à la franchir et à se mettre ainsi à l'abri. Ils avaient vendu le véhicule tout-terrain et acheté de nouveaux vêtements avec la coquette somme qu'ils en avaient tirée, puis étaient partis chacun de son côté. Ils avaient maintenant tous plus d'argent qu'il n'en avait jamais eu, et l'on n'entendit plus jamais parler d'eux.

Enfin, après plusieurs jours de traque, le colonel Colindres reçut un message radio au QG des opérations à La Trivial. C'était un hélicoptère des groupes de recherche qui appelait depuis la zone frontalière entre le Macabraguay et le Honduras pour l'informer qu'on avait repéré dans une vallée sauvage un homme que l'on soupçonnait d'être un fugitif. Colindres empoigna l'écouteur radio, ivre de vengeance, et demanda de quel genre de fugitif il s'agissait.

«Eh bien, c'est un homme, attifé d'un costume blanc. Demandons l'autorisation de l'abattre. Nous sommes à une vingtaine de miles du côté du Honduras, mais est-ce que c'est bien grave?

— Ce n'est donc qu'un homme seul? Est-ce que vous avez vu d'autres évadés?

— Non, personne d'autre, mon colonel. Est-ce qu'on abat celui-là, à tout hasard ?

— Merde ! Vous ne pouvez pas commettre des actes de guerre sur le territoire d'un État étranger, bande de nazes ! Descendez plus bas et essayez d'en savoir plus. Dites-moi à quoi ressemble ce type, je déciderai ce qu'il faut en faire. »

Un instant plus tard, l'hélicoptère descendit aussi bas qu'il le pouvait compte tenu des versants abrupts de la vallée et des arbres qui poussaient au bord du ruisseau. L'air brassé par ses pales projeta un nuage de sable et de poussière au visage de Surunen.

Il se prépara à mourir. Il se tourna lentement vers le vent des rotors et posa un regard calme et froid sur la hideuse machine à tuer. Il tenta de prendre un air sarcastique, et y parvint sans difficulté.

« Mon colonel, c'est un monsieur bien habillé… on ne dirait pas un prisonnier évadé, tout compte fait. Il porte un costume blanc, comme les gros bonnets dans les films… avec un gilet et une chemise qui a l'air d'être en soie.

— Il cherche à s'enfuir, ou quoi ?

— Pas du tout, il nous regarde tout à fait tranquillement. Mais on ne peut pas se poser ici, il y a un ruisseau et la vallée est trop encaissée. Qu'est-ce qu'on fait, mon colonel, on abat ce beau monsieur et on revient de notre côté de la frontière ?

—Vous n'allez pas tuer cet homme, nom de Dieu ! Ça peut être n'importe quel riche Hondurien. Vous ne comprenez pas, bande d'idiots, qu'on vous a envoyés dans les montagnes chercher cinq évadés de La Trivial, ils portent des vêtements de prisonniers et le professeur est en tenue de randonnée. Comment croyez-vous qu'ils aient pu aller chez le tailleur? Reprenez immédiatement de l'altitude et revenez au Macabraguay avant de déclencher une guerre. C'est compris? J'écoute!

— Donc on ne le tue pas?

— Non, et rentrez tout de suite à la maison, terminé!»

L'hélicoptère prit lentement de l'altitude, fit demi-tour en continuant de s'élever et disparut bientôt derrière les montagnes. Surunen essuya la sueur de son front et s'assit à l'ombre d'un buisson. Il décida que le reste du trajet se ferait de nuit. Son costume neuf était trop voyant dans ce paysage. Quand Rigoberto et les frères indiens sortirent de leurs propres buissons, chacun se trouva une cavité rocheuse suffisamment grande pour y attendre le crépuscule. Bientôt le soleil se coucha, l'obscurité se fit et ils purent reprendre leur marche, avançant à tâtons et trébuchant sans cesse, car le vieil Idigoras avait emporté sa torche électrique.

Trois jours plus tard, le costume du professeur Surunen n'était plus ni aussi bien repassé ni d'un blanc aussi immaculé que quand il l'avait revêtu pour la première fois, mais cela ne diminuait en rien le respect que lui manifestaient les frères indiens. Le groupe atteignit enfin le premier village de la zone frontalière où ces derniers avaient de lointains cousins. Ils décidèrent d'y rester. Surunen leur fit cadeau de son sac à dos et de sa machette. Les adieux furent brefs et sobres, les trois frères promirent de ne pas oublier leur bienfaiteur et de prendre soin de la tombe de Ramón. Quand Surunen leur donna par-dessus le marché cent dollars afin qu'ils puissent acheter en commun un petit lopin de terre, ils joignirent les mains et levèrent vers le ciel des yeux pleins de larmes. Leurs lèvres tressaillirent tandis qu'un remerciement muet montait de leurs trois cœurs éprouvés vers les hauteurs divines.

On remit au policier du village hondurien les quatre fusils d'assaut des fusiliers marins. Il les accepta avec reconnaissance, car ainsi la localité pourrait mieux que jamais se défendre contre les incursions des Macabraguayens. Il ne possédait jusque-là que deux fusils à pompe rouillés, et son arsenal se trouvait donc considérablement renforcé. Il délivra à Surunen et à Rigoberto Fernandes des laissez-passer provisoires et des bons de transport afin qu'ils puissent rejoindre la capitale. Ils firent le voyage à bord d'un autocar local brinquebalant. Le trajet durait plus de vingt-quatre heures et ils durent en chemin passer la nuit dans un gros bourg campagnard. Quand ils arrivèrent enfin à Tegucigalpa, Surunen et Fernandes étaient si fatigués qu'ils trouvèrent à peine la force d'aller se présenter à la police. Au commissariat central, on s'étonna de leur tenue. L'un portait des vêtements de prisonnier, l'autre un costume de soirée extrêmement bien coupé, bien que salement fripé.

Ils furent traités avec égards. Fernandes demanda l'asile politique, Surunen présenta son passeport. Ils purent se loger librement à l'hôtel en attendant la décision des autorités sur la demande du médecin, dont l'acceptation paraissait certaine.

Une fois installés, les deux hommes prirent un bain, puis firent un bon repas et achetèrent le journal du jour. Il ne s'était rien passé de particulier dans le monde, si ce n'est qu'au Macabraguay l'état d'urgence avait été prolongé d'un mois en raison d'évasions très médiatisées. Un terroriste communiste du nom de Rigoberto Fernandes avait été condamné par contumace à trente ans de prison à régime sévère, et les trois détenus indiens qui l'avaient accompagné dans sa cavale avaient écopé de peines de quinze ans. Le principal accusé, un dangereux criminel du nom de Ramón López, avait été condamné à mort par contumace et une récompense de dix mille truanderos avait été promise pour sa capture. Un professeur finno-grec mêlé aux projets d'évasion de la bande avait été déclaré indésirable sur le territoire macabraguayen et déchu de son titre universitaire. Le chef de la police secrète, le colonel Jesús Colindres, avait été révoqué et nommé commandant de la prison d'État de La Trivial. Son prédécesseur par intérim, le sous-lieutenant Rodriguez, avait été muté au cimetière.

II

VACHARDOSLAVIE

Quiconque ne pense pas comme
le système le veut est fou.

(Maxime des pays de l'Est)

19

Accueillante république du Honduras! Les autorités accordèrent l'asile politique au docteur Rigoberto Fernandes, et l'autorisèrent peu après à quitter le territoire. Le philologue Viljo Surunen, de son côté, lui acheta de nouveaux vêtements et lui donna de l'argent pour ses dépenses courantes. Il s'offrit aussi un costume neuf, car le chef-d'œuvre de Maria Matamoros avait trop souffert pour pouvoir être raccommodé. Puis il compta la somme qui lui restait et constata à sa grande joie qu'il avait largement de quoi payer son voyage de retour. La vie était moins chère en Amérique centrale qu'en Finlande, et par conséquent le niveau de vie d'un Finlandais plus élevé.

Surunen prit des billets d'avion pour Moscou, via Mexico, pour lui-même et pour Rigoberto Fernandes, qui voulait l'accompagner dans la ville la plus socialiste du monde. Il n'avait ni famille ni amis au Honduras, et encore moins au Mexique, et pouvait donc aussi bien bâtir son avenir à l'autre bout de la planète. L'essentiel était qu'il puisse le faire en toute liberté.

Les préparatifs de voyage prirent quelques jours. Dans l'intervalle, Surunen eut le temps d'entrer en relation avec les milieux catholiques de Tegucigalpa. Il se rendit au bureau local de l'aide internationale de l'Église, où des religieuses recrutées pour leur connaissance des langues étrangères travaillaient, penchées sur des machines à écrire, à répartir dans les différents pays d'Amérique latine les céréales données par les Américains. Quand il se présenta au secrétariat, une vieille religieuse aux cheveux blancs leva les yeux vers lui et s'exclama : «Voilà l'homme qu'il nous faut pour apporter une aide médicale d'urgence aux régions du Macabraguay touchées par le tremblement de terre!» Elle l'avait pris pour un volontaire européen venu s'enquérir de son affectation. Surunen répliqua qu'il n'était pas question pour lui de retourner au Macabraguay. D'ailleurs le séisme avait été de faible amplitude, les dégâts étaient loin d'être aussi importants qu'on le pensait au Honduras.

«Que venez-vous faire ici, alors?» lui demanda sèchement la religieuse. Il s'expliqua. Il avait fait à Santa Riaza la connaissance de monseigneur Bustamonte, à qui il devait faire parvenir un message. Un ecclésiastique pourrait-il servir d'intermédiaire? Les Églises du Honduras et du Macabraguay coopéraient, croyait-il savoir.

«Pourquoi ne prenez-vous pas vous-même contact avec monseigneur l'évêque?» demanda la religieuse. Surunen expliqua que c'était impossible. Il était persona non grata au Macabraguay, tout contact personnel risquait de valoir des ennuis à Bustamonte.

«Je reviens tout juste du Macabraguay. J'ai dû y tuer plusieurs personnes, c'est pourquoi je me méfie un peu.

— Ça change tout», déclara la religieuse, et elle envoya Surunen voir un vieux prêtre qui devait partir dans quelques semaines pour le Macabraguay. Il lui fit part de son message. Il fallait dire à monseigneur Bustamonte que l'évasion de La Trivial avait réussi, il avait libéré cinq prisonniers. Mais son protégé, Ramón López, avait malheureusement été emporté par la maladie au cours de leur fuite. Il avait été inhumé dans la montagne, là où les Indiens avaient coutume d'enterrer leurs chefs depuis des milliers d'années, et il fallait prier monseigneur Bustamonte d'apprendre la triste nouvelle de sa mort à sa veuve, dans le bidonville de Paloma. C'était tout.

Le prêtre promit de transmettre le message. Il déclara qu'il avait un grand respect pour monseigneur Bustamonte et que si ce dernier connaissait Surunen, peu importait que celui-ci ait aidé des prisonniers politiques à s'évader.

Le philologue téléphona ensuite au reporter Tom Haslemore à l'hôtel Americano. Curieusement, la liaison dans le sens Honduras-Macabraguay fonctionnait, contrairement à l'inverse. Haslemore se plaignit d'avoir la gueule de bois, comme d'habitude. Puis il raconta à

Surunen que ses exploits avaient provoqué un énorme scandale au Macabraguay. Les colonels bouillonnaient de rage. On le cherchait dans tout le pays. Les quatre fusiliers marins supposés lui servir de gardes du corps manquaient aussi à l'appel.

«Et ces belles dames de la haute société se cachent depuis ton départ. La vie mondaine est au point mort. On murmure que leurs maris les ont mises aux arrêts domiciliaires pour éviter qu'elles ne te remplacent par un autre escroc. J'ai l'impression qu'on ne va pas organiser de fêtes de sitôt, ici. Personne ne se vante plus trop de sa connaissance de la culture hellénique.

— C'est dommage, mais la civilisation grecque s'en remettra», déclara Surunen, et il raccrocha.

Deux jours plus tard, le docteur Fernandes et lui montèrent à bord d'un avion à destination de Mexico. De là, ils prirent un vol pour La Havane, puis un appareil soviétique à large fuselage d'Aeroflot qui les emmena de l'autre côté de l'Atlantique, à Moscou. Cinq grosses Russes en uniforme s'affairaient dans l'avion, le visage fermé, distribuant aux passagers des bonbons trop sucrés. Rigoberto, qui était assis côté couloir, exprima son admiration pour ces hôtesses de l'air socialistes. Tout leur être, selon lui, respirait la justice sociale. Si elles avaient dû voler à bord d'appareils de la Pan Am, sous le joug capitaliste, philosopha-t-il, elles auraient été maigres et osseuses comme toutes leurs consœurs américaines. Mais ces heureuses femmes avaient une éducation socialiste égalitaire et une saine vision du monde et étaient donc énergiques et bien en chair.

Surunen fit remarquer qu'elles n'avaient pas l'air très avenant :

«Je les trouve plutôt revêches, comme celle-là, derrière le rideau, qui fume cigarette sur cigarette.

— Leur mine n'est pas le signe d'un caractère acariâtre, mais d'une détermination révolutionnaire. Ces femmes sont des citoyennes d'élite qui ont la force d'âme de résister aux vaines tentations de la civilisation occidentale. La jeunesse socialiste doit se montrer intransigeante dans ce monde pourri par l'impérialisme», proclama Rigoberto Fernandes.

Selon lui, tant les hôtesses que l'appareil d'Aeroflot étaient sans pareil. L'industrie aéronautique russe était non seulement insurpassable, mais aussi attentive au bien-être de l'humanité. Le bruit des moteurs de l'avion était plus harmonieux que celui de leurs équivalents occidentaux, et il consommait sûrement moitié moins de carburant que les jets américains. À l'Ouest, on gaspillait en règle générale les ressources énergétiques limitées de la planète comme si elles étaient inépuisables. Surunen ne se montrant pas très convaincu de la sobriété en kérosène des appareils russes, Rigoberto lui demanda étonné :

«Tu n'es donc pas communiste? Pourquoi m'as-tu libéré de La Trivial, alors?

— Je t'ai emmené pour de simples raisons

humanitaires universelles», répondit le philologue. Il expliqua qu'à ses yeux on n'avait pas le droit de détenir des gens en prison à cause de leurs opinions politiques, quelle que soit la cause qu'ils défendaient. On n'avait pas non plus le droit de les torturer, ni de les tuer, en quelques circonstances que ce soit. Il ajouta que les trois frères indiens n'étaient sans doute pas communistes non plus, mais qu'il les avait malgré tout aussi fait évader, parce qu'ils étaient incarcérés sans procès, sur la foi de simples soupçons.

Rigoberto réfléchit aux paroles de Surunen. Pour finir, il déclara :

«Tu es vraiment extraordinaire. Tu libères un communiste alors que tu n'en es pas un. Je n'ai jamais vu ça de ma vie.

— Eh bien tu as là de quoi méditer pour le restant du voyage», grommela le philologue.

L'aéroport de Vnoukovo, à Moscou, arracha des cris d'admiration au médecin : il fit l'éloge de l'architecture de l'aérogare et du comportement direct des Russes qui s'y pressaient. Il ne voyait partout que sens de l'organisation, joie de vivre, travail et activités tournées vers l'avenir. Il accueillit les questions des autorités de l'immigration comme des souhaits de bienvenue et remplit avec le plus grand bonheur les formulaires de visa. Il fit la queue sans protester dans les bureaux de différentes administrations, s'émerveillant des papiers qui s'accumulaient entre ses mains et déchiffrant les textes en cyrillique des tampons avec l'air de se retenir de les embrasser. Il signa les yeux fermés tous les documents qu'on lui tendit, la mine aussi béate que s'il avait encaissé le gros lot d'un million de truanderos du loto sportif de l'État macabraguayen.

Dans l'hôtel recommandé par les autorités, Rigoberto prit à peine le temps de se laver tellement il était pressé de voir Moscou, capitale mondiale, selon lui, du prolétariat, de l'art et de la médecine.

Le lendemain, Surunen l'emmena visiter l'exposition des réalisations des peuples de l'URSS. Là, le médecin révolutionnaire faillit éclater de fierté en constatant le niveau de développement atteint par le gigantesque État soviétique. Ils passèrent quatre heures dans l'immense parc des expositions. Ils firent le tour de tous les pavillons, tandis que Rigoberto s'extasiait sans retenue sur chaque objet présenté. Son enchantement atteignit son comble dans le pavillon du Cosmos, face à la capsule spatiale sur le flanc de laquelle scintillait une étoile rouge, emblème de la révolution. Le médecin acheta aussi, par poignées, différents insignes ornés de drapeaux rouges, de faucilles, de marteaux, de gerbes de blé, d'enclumes, d'engrenages, d'étoiles rouges et surtout de bustes de Marx et de Lénine.

Quand ils furent enfin de retour à leur hôtel, Surunen décida de téléphoner à son ami l'expert en pingouins Serguëi Lebkov, qu'il voulait présenter à Rigoberto. Il pourrait par la même occasion remercier Mavra Lebkova pour la fête

grandiose qu'elle avait organisée lors de son précédent séjour.

«Surunen! Tu es à Moscou? Tu dois tout de
suite passer nous voir, histoire de bavarder et de
boire un coup!»

Sergueï Lebkov invita aussi le docteur Fernandes. Plus il y aurait de monde, mieux ce
serait, assura-t-il. Mavra se montrait de nouveau
irascible. L'expert en pingouins les pria de venir
le soir même. Il promit de s'occuper des boissons
et de la nourriture. Mais s'ils avaient de la vodka,
ils pouvaient l'apporter. Il était devenu difficile
de s'en procurer à Moscou, surtout en grandes
quantités. Les prix étaient astronomiques et les
queues plus longues qu'avant-guerre en temps
de pénurie devant la boulangerie industrielle de
Khabarovsk.

Quand les invités se présentèrent chez les
Lebkov, dans la soirée, Surunen constata avec
tristesse que les relations entre Sergueï et Mavra
s'étaient effectivement détériorées depuis leur
dernière rencontre. La raison lui en apparut bientôt. L'expert en pingouins l'entraîna jusqu'au lit
et lui montra le superbe aigle royal perché à sa
tête, le regard fixe, les ailes fièrement déployées,
mais parfaitement immobile.

«Regarde, Surunen, ce que Mavra lui a fait»,
dit-il, l'air grave.

Le philologue comprit immédiatement que
le rapace qu'il avait vu si plein de vie avant son
voyage au Macabraguay était mort comme un

caillou. Il avait été empaillé et placé là comme sur un piédestal.

«Toutes mes condoléances, déclara-t-il.

— Mavra l'a tué exprès, se plaignit Serguëï.

— Ce n'est pas possible !

— Elle lui a fait avaler une quantité invraisemblable de blinis, il en mangeait autant qu'elle. Et ce n'est pas tout, elle a bourré ce pauvre oiseau de chou fermenté, de lepiochkis, de crème aigre... bref, de tellement de solides nourritures russes que son estomac ne l'a pas supporté et qu'il en est mort. Mavra a grossi, l'aigle a rendu l'âme. Nous nous sommes beaucoup querellés à ce sujet. Elle l'a fait empailler par un taxidermiste, mais comment un aigle mort pourrait-il en remplacer un vivant ! »

Serguëï Lebkov avait été si profondément affecté par la mort du rapace qu'il avait fait une nouvelle demande de mutation à l'étranger. On ne voulait plus de lui à La Haye, mais il avait fini par obtenir un bon poste au bureau balkanique du CAEM, le Conseil d'assistance économique mutuelle, qui se trouvait à Slavogrod, capitale de la Vachardoslavie. Il y travaillerait comme chercheur au département d'études sur l'exploitation économique du gibier à plumes. Il devait entrer en fonction dans deux jours et s'apprêtait à prendre le train le lendemain soir.

«Tant que ce gentil rapace était en vie, les choses se passaient relativement bien entre Mavra et moi. Il me tenait compagnie. Il était propre et ne me faisait jamais aucun reproche. Mais après sa mort, j'ai décidé de partir à l'étranger, n'importe où, mais loin d'ici.»

Quand ils rejoignirent le reste de la compagnie dans la cuisine, Sergueï proposa au docteur Rigoberto Fernandes, qui était un communiste pur et dur et un homme libre, sans attaches familiales, de venir avec lui en Vachardoslavie. Il insista :

«Tu ne devrais pas rester à Moscou, camarade. Ici, la concurrence est féroce, il y a plus de médecins qu'on ne le croit dans cette ville. En Vachardoslavie, en revanche, on a besoin de bons communistes dans ton genre. Accompagne-moi. Et toi aussi, Surunen, pourquoi ne te joindrais-tu pas à nous ?»

L'idée d'un voyage en Vachardoslavie était tentante. Le pays se trouvait en Europe de l'Est — comme le philologue se rappelait l'avoir appris à l'école — et était entouré par la Tchécoslovaquie au nord, l'URSS au nord-est, la Hongrie à l'est et au sud et l'Autriche à l'ouest. Il avait une population de seize millions d'habitants. Le paysage se caractérisait par une vaste steppe parsemée de montagnes et traversée par quelques grands fleuves. Dans les veines des Vachardoslaves coulait une part de sang turc. D'après Sergueï, ils étaient débonnaires, bien que prompts à réagir aux provocations. Ils parlaient le vachard et étaient de religion orthodoxe. Lors des derniers soubresauts de la Seconde Guerre mondiale, le pays avait été libéré par l'Armée rouge et il faisait depuis partie du bloc de l'Est. Il était non seulement membre du CAEM, mais aussi du pacte de Varsovie. L'expert en pingouins vanta avec enthousiasme les possibilités qui s'offraient en Vachardoslavie à un jeune et compétent médecin communiste endurci par la prison.

Surunen téléphona en Finlande à Anneli Immonen et lui expliqua qu'il était à Moscou, mais partait dès le lendemain en Vachardoslavie. Ramón López était hélas décédé, mais pour le reste son voyage au Macabraguay avait été un succès, car il avait libéré quatre autres prisonniers. Il était encore en compagnie de l'un d'eux, un impétueux médecin communiste qui se préparait à partir en Vachardoslavie avec un expert russe en pingouins. C'était l'occasion rêvée de rafraîchir sa pratique du vachard, et il comptait se joindre à eux pour quelques jours.

Anneli Immonen se déclara désolée de la mort de Ramón, mais heureuse pour les quatre autres évadés. Elle fit promettre à Surunen de ne pas s'attirer d'ennuis en Vachardoslavie et envoya d'ardents baisers téléphoniques de Helsinki à Moscou.

Mavra versa de la vodka dans les verres et ronchonna :

«Vous les jeunes, vous pouvez voyager comme vous voulez, mais Sergueï! Il est déjà vieux, et pourtant toujours en vadrouille. Des années à La Haye, bon sang! et à peine une lettre de temps en temps. Et le voilà qui part en Vachardoslavie soi-disant s'occuper de gibier. Je ne comprends pas. Comme s'il n'y avait pas assez de lièvres en Russie!»

Plus la soirée avançait, plus l'ambiance était gaie. Même Mavra s'adoucit, à la fin, et promit de venir voir un jour son mari à Slavogrod, après tout on y parlait aussi russe. Ce n'est que tard dans la nuit que Surunen et Fernandes regagnèrent leur hôtel en taxi. Au matin, Sergueï leur apporta les billets qu'il était allé prendre pour eux à la gare et, le soir même, ils se retrouvèrent tous dans le train, filant à travers les plaines ukrainiennes noyées dans le crépuscule, en route vers l'héroïque démocratie socialiste ouvrière de Vachardoslavie.

20

Le rapide de Moscou arriva dans la nuit à la frontière entre l'URSS et la Vachardoslavie. Des douaniers, des policiers et des gardes-frontières vachardoslaves à l'œil sévère montèrent dans les wagons et entreprirent de fouiller les bagages des passagers et de leur demander les motifs de leur venue dans le pays. Tous durent remplir des formulaires de visa et s'expliquer sur les buts de leur voyage. Le train resta immobilisé à la frontière près de deux heures. Sergueï Lebkov et ses compagnons se tirèrent des formalités douanières en un rien de temps, car l'expert en pingouins présenta aux policiers son passeport diplomatique et attesta que le philologue Viljo Surunen et le docteur Rigoberto Fernandes faisaient partie de sa suite. L'officier porta sa main à sa casquette et claqua des talons. Il esquissa un sourire confraternel et fila contrôler les autres passagers.

Quand le train s'ébranla enfin, Sergueï sortit de sa valise une bouteille de vodka et offrit une tournée à ses camarades. On pouvait bien boire un peu, fit-il valoir, maintenant que l'on était en Vachardoslavie. Ce n'était pas comme dans la mère patrie qu'ils laissaient derrière eux, où la longue tradition des beuveries ferroviaires avait été interrompue sans pitié dès l'accession au pouvoir de Gorbatchev. Excellente initiative de santé publique, en soi, mais dont peu des vieux ivrognes de l'immense terre russe comprenaient pleinement l'intérêt.

Le rapide de Moscou arriva le lendemain matin à la gare de l'Est de Slavogrod, la capitale de la Vachardoslavie. Les voyageurs se séparèrent. Sergueï laissa son adresse à Surunen, ainsi que celles de l'ambassade d'URSS et du bureau balkanique du CAEM, et lui recommanda de le contacter au plus vite si Rigoberto ou lui, ou les deux, avaient besoin de son aide. Il promit de recommander le médecin pour l'attribution d'une des bourses de recherche que le gouvernement soviétique distribuait dans des pays amis tels que la Vachardoslavie. Il ajouta qu'ils devaient en tout premier lieu se présenter à la police de Slavogrod afin d'obtenir pour le docteur Fernandes une autorisation de séjour provisoire. Une fois celle-ci en poche, il lui faudrait aller au ministère des Affaires étrangères, où on lui indiquerait la marche administrative à suivre. Sergueï monta dans un taxi et disparut en agitant la main dans le trafic de la capitale.

«Les étrangers sont soigneusement tenus à l'œil, ici, fit remarquer Surunen tandis qu'il patientait avec Rigoberto au commissariat central pour se présenter aux autorités, qui savaient déjà qu'un Finlandais et un Macabraguayen étaient entrés dans le pays.

— L'ordre est une bonne chose. Surtout dans les pays socialistes, il faut tenir les listes à jour, pour que les dissidents ne puissent pas faire la révolution», déclara Rigoberto, et il donna docilement à la police tous les renseignements qu'on lui demandait.

Du commissariat, les deux hommes se rendirent au ministère des Affaires étrangères, qui se trouvait dans le centre administratif de la ville, dans un immeuble massif de cinq étages construit aux alentours des années 1950. Le service de l'immigration où Rigoberto devait se faire enregistrer se trouvait au dernier étage. Comme il ne parlait pas un mot de vachard, Surunen lui servit d'interprète. Quand les fonctionnaires constatèrent qu'il se débrouillait parfaitement dans leur langue, ils voulurent savoir où il l'avait apprise et ce qu'il faisait dans le pays. Il fallut plus d'une heure avant que l'on croie à ses explications et que l'on passe à l'affaire qui les amenait, l'avenir du médecin macabraguayen Rigoberto Fernandes.

Celui-ci fut de nouveau invité à signer une foule de documents. On le prit en photo et on préleva ses empreintes digitales. Il dut détailler son arbre généalogique depuis l'époque de Christophe Colomb. Le soir tombait, mais les zélés fonctionnaires continuaient de remplir des papiers et d'interroger Rigoberto. Il était déjà minuit quand on lui remit enfin une carte d'identité provisoire et un formulaire à compléter pour solliciter un rendez-vous auprès du service du ministère de la Santé chargé des affaires concernant les étrangers afin d'y déposer une demande de permis de travail. Épuisés, Surunen et Fernandes quittèrent le bureau.

Le lendemain matin, le philologue alla changer de l'argent à la banque nationale de Vachardoslavie. La monnaie locale était le mahoussov, qui se divisait en cent kepouicks. Un dollar valait deux mahoussovs. Surunen put comparer le niveau de vie local à celui de la Finlande. Dans les magasins, un kilo de viande de porc coûtait seize mahoussovs et cinquante kepouicks, soit environ cinquante marks finlandais, un costume pour homme quatre cent quatre-vingts mahoussovs, un dîner dans un restaurant correct trois mahoussovs et cinquante kepouicks vin compris (soit dix marks seulement, prix incroyablement bas d'un point de vue finlandais!) et une petite voiture de fabrication russe quarante mille mahoussovs. Le prix élevé des automobiles expliquait qu'il n'y ait pas d'embouteillages à Slavogrod, même dans les artères principales, alors que la capitale comptait quand même un million deux cent mille habitants.

Surunen donna fraternellement mille mahoussovs à Rigoberto pour ses dépenses les plus urgentes. Celui-ci promit de le rembourser dès qu'il obtiendrait un poste de médecin et gagnerait ses propres deniers. Il n'était cependant pas certain que l'on soit autorisé, en Vachardoslavie, à envoyer de l'argent dans des pays capitalistes tels que la Finlande.

«Ne t'en fais pas pour ça, j'ai un travail relativement bien payé, chez moi», déclara généreusement Surunen. Aider Rigoberto à prendre un bon départ dans son nouveau pays lui semblait de son devoir, il n'y avait pas à mégoter là-dessus. Le malheureux avait bien assez souffert de persécutions politiques au Macabraguay, il fallait maintenant l'encourager et le soutenir par tous les moyens.

Le médecin fit tinter ses nouvelles pièces de monnaie dans sa paume, les regarda et vanta leur qualité :

«Cette monnaie a l'air de bien meilleur aloi que les truanderos et les escorniflores macabraguayens… jolies pièces, vraiment! J'ai l'impression que je vais me plaire dans ce pays. Regarde cette ville, Surunen, Slavogrod n'est-elle pas bien plus belle que ne l'a jamais été Santa Riaza? Ce n'est pas chez nous qu'on aurait percé des rues aussi larges et droites. Et il y a partout des cheminées d'usine d'où une épaisse fumée monte vers le ciel… On voit que les gens ont du travail et gagnent leur vie. C'est un État bien gouverné où il fait bon vivre. Même les femmes sont plus belles qu'au Macabraguay.»

Surunen dut admettre que les principales artères de Slavogrod étaient droites et larges. Elles étaient même en de nombreux endroits divisées en six voies. Certaines étaient plantées d'arbres. De gros immeubles de cinq étages se dressaient sur des kilomètres des deux côtés des rues. Il était difficile de savoir s'ils avaient été construits dans les années 1920 ou plus tard, aucun trait particulier ne permettait de les distinguer les uns des autres. Pour Rigoberto, c'était le signe du triomphe de l'économie planifiée centralisée, même s'il devait bien avouer que le résultat avait quelque chose d'un peu monotone.

Surunen aussi trouvait les femmes belles et séduisantes. Elles étaient vêtues de jupes de couleurs vives et se promenaient toutes en sandales à talons hauts. Peu d'entre elles portaient des collants, car c'était l'été et il faisait chaud. Il remarqua qu'elles avaient du poil aux jambes, des mollets charnus et des cuisses pleines de vigueur cachée. Il songea un instant au corps nu de la maîtresse de musique Anneli Immonen. Puis il se rappela le remède de cheval de Poulsen et dirigea son regard vers d'autres horizons.

Les hommes étaient bruns, avec de gros sourcils noirs, une mâchoire carrée et une nuque épaisse comme un tuyau en béton. Ils étaient petits et râblés, peu souriants, et appréciaient les blousons de cuir noir brillants. Surunen songea qu'il valait sans doute mieux éviter de jouer à la lutte avec eux.

Le ministère de la Santé se trouvait non loin de celui des Affaires étrangères et lui ressemblait, extérieurement. Surunen et Fernandes furent accueillis avec bienveillance, mais le médecin dut de nouveau remplir de nombreux formulaires.

Un peu fatigué par l'inflation de paperasse, il souffla à son camarade :

«J'ai dû signer au moins une centaine de documents. Quand est-ce que ce sera fini? Il doit y avoir dans ce pays des milliers de kilomètres de rayonnages d'archives, si on en exige autant de chaque citoyen.

— Le système paraît en effet assez bureaucratique», concéda Surunen, mais Rigoberto mitigea aussitôt ses propos :

«J'exagère peut-être. Il est normal qu'on ôte leurs illusions aux étrangers, et un flot de paperasses est un moyen indolore d'y arriver. Un État socialiste doit bien sûr se protéger contre les provocateurs extérieurs, on peut très bien me soupçonner d'être un espion, par exemple.

— Oui, qui sait», acquiesça Surunen.

Rigoberto lui lança un regard de travers.

Le bureau du ministère vachardoslave de la Santé chargé du personnel médical étranger, qui avait le pouvoir d'apporter son soutien ou d'exprimer son opposition aux demandes de permis de travail, se montra favorable à celle du docteur Fernandes. Ses antécédents avaient été soigneusement épluchés et l'on pouvait donc lui délivrer une autorisation provisoire lui permettant de prendre contact avec le secrétariat général du centre hospitalier universitaire de Slavogrod, où l'on traiterait sans délai son dossier.

«D'habitude, l'examen des demandes émanant d'étrangers tels que vous peut durer jusqu'à six mois, mais nous avons reçu un appel téléphonique de l'ambassade d'URSS nous indiquant que vous aviez été recommandé par un citoyen soviétique travaillant au bureau balkanique du CAEM. Un dénommé Serguéï Lebkov. Où avez-vous fait sa connaissance?»

Rigoberto dut expliquer dans quelles circonstances il avait rencontré l'expert en pingouins. Un procès-verbal fut dressé, détaillant ses relations avec Serguéï ainsi qu'avec son acariâtre épouse Mavra Lebkova. Rien ne fut oublié, ni leur union chancelante, ni l'aigle royal empaillé mort à Moscou d'une indigestion de blinis et perché depuis à la tête de leur tumultueux lit conjugal.

Après avoir signé ses déclarations, Rigoberto put enfin quitter le bureau. Il avait l'air épuisé et soupira qu'il aurait bien bu un peu de bière ou de vin, il avait la gorge sèche après tout ce qu'il avait enduré.

Les deux hommes trouvèrent une bruyante taverne où l'on servait du vin tiré de tonneaux et du chou fermenté, ainsi que de la slivovitz, l'eau-de-vie de prune locale, pour les amateurs de boissons fortes. Des serveurs aux sourcils broussailleux versaient dans les verres de généreux crus d'un rouge profond. Ils portaient des vestes blanches si maculées d'éclaboussures et de restes de nourriture qu'ils ressemblaient plus à des employés d'abattoir qu'à des garçons de café. Les mets qu'ils posaient sans ménagement sur les tables étaient gras et, du moins au goût des affamés, raisonnablement savoureux. Pour l'addition, pas de papier, les serveurs notaient à la craie le prix du repas et des boissons sur le plateau en pierre des tables et, quand ils avaient empoché leurs mahoussovs et leurs kepouicks, nettoyaient d'un revers de manche leurs calculs, les miettes de nourriture et les taches de vin. L'atmosphère des caves voûtées de la taverne était typiquement slave. Dans un coin, un orchestre tzigane jouait de mélancoliques mélodies de style russe. Rigoberto Fernandes était presque ému aux larmes. Il qualifia le vin de divin. Il serra plusieurs fois Surunen dans ses bras, le remerciant de l'avoir sauvé, par pure noblesse d'âme, de la prison d'État de La Trivial où il croupissait et de lui avoir permis de profiter maintenant en homme libre des meilleurs produits de la vigne d'un pays socialiste.

Au fil de la soirée, quelques soiffards locaux vinrent s'attabler aux côtés de Surunen et de Rigoberto, curieux de savoir de quel coin du monde ils venaient et quelle était la langue qu'ils parlaient.

«De Finlande et du Macabraguay, ça alors… Nous connaissons les Finlandais Mannerheim et Kekkonen, mais qui est le président du Macabraguay?»

Rigoberto Fernandes cracha le nom haï du général Ernesto de Pelegrini.

«Si ça ne tenait qu'à moi, j'accrocherais sur-le-champ ce monstre à un perchoir de perroquet», grogna-t-il. Surunen expliqua aux Vachardoslaves ce qu'était le *pau de arara* que le pouvoir macabraguayen avait coutume d'utiliser pour torturer les prisonniers politiques en les pendant à une barre par les pieds et les mains.

Rigoberto raconta son histoire. Il était progressiste depuis sa prime jeunesse. Il avait été membre d'une organisation clandestine de gauche puis d'un groupe d'étudiants socialistes. Il avait participé à des manifestations et avait fini par être arrêté et torturé par la police secrète comme des milliers de Macabraguayens dans son cas. Au bout du compte, il avait pu s'évader avec l'aide de Surunen de la tristement célèbre prison de La Trivial et était maintenant là, enfin libre dans une société juste, prêt à contribuer à l'édification du socialisme dans le monde.

« Alors comme ça, on torture cruellement les prisonniers politiques, chez vous, s'étonnèrent les Vachardoslaves. Chez nous, les dissidents sont traités avec beaucoup plus d'humanité. On les envoie dans des camps de redressement, on ne les pend pas à des perchoirs. »

On but à la liberté de Rigoberto. Puis un Vachardoslave déclara : « Je ne la ramènerais quand même pas trop sur la liberté dans ce pays. Si on a le malheur de ne pas être du même avis que le gouvernement et le parti, on risque gros. Mais c'est sans doute comme ça partout dans le monde ». Il fixa tristement son verre de vin.

Un de ses compagnons jeta un coup d'œil à la ronde pour vérifier qu'on n'écoutait pas leur tablée, puis expliqua à voix basse :

« Nous sommes tous en principe partisans du système en place, ça va de soi… mais imagine, camarade docteur, que tu aies malgré tout envie de critiquer un peu quelque chose. Eh bien c'est rigoureusement interdit. Pas moyen.»

Rigoberto fit remarquer qu'il fallait vraiment être idiot pour critiquer un système qui était à tous égards parfaitement équitable. Il fallait distinguer la critique constructive du dénigrement infondé. Ce dernier représentait un danger pour la société, c'était de la propagande contre-révolutionnaire, qui plus est stupide, et il était naturel que l'on tente de remettre dans le droit chemin ceux qui s'en rendaient coupables. Les camps de redressement étaient selon lui une excellente idée. Ils offraient aux esprits égarés une chance de corriger le cours dévoyé de leur pensée et de participer de nouveau à la construction de la société.

«Tu as travaillé dans le bâtiment, pour parler tout le temps de construction? Je suis maçon-ferrailleur», se réjouit le Vachardoslave, qui tendit la main à Rigoberto et déclara se prénommer Jiri. Ses camarades se présentèrent eux aussi : Ladec, boucher, Voitzek, instituteur, et Vaška, conducteur de trolleybus.

«Je parlais de construction morale, à vrai dire… ou politique… mais pourquoi pas, également, de construction de bâtiments et de ferraillage. On a aussi besoin de maisons dans ce monde.

— Oui, on en a besoin», acquiescèrent-ils tous.

Rigoberto décrivit la situation politique du Macabraguay. Le pays tout entier était tenu en laisse, économiquement et militairement, par les États-Unis. La population n'avait aucun droit démocratique, les élections n'étaient qu'un cirque, le peuple était exploité, soumis à l'arbitraire des classes dirigeantes. Quatre-vingt-dix pour cent du revenu national passait dans les beuveries de la haute société. Seuls les riches étaient éduqués, les pauvres vivaient sous la coupe d'une police corrompue, et personne, nulle part, ne pouvait jamais se sentir en sécurité. Les arrestations de masse étaient courantes et se terminaient souvent par des tortures et d'ignobles tueries.

« Nous n'avons quand même pas ce genre de choses ici, assurèrent les Vachardoslaves.

— Au Macabraguay, il suffit de participer à une manifestation tout à fait ordinaire pour se faire arrêter et torturer par des paramilitaires sans foi ni loi, confirma Surunen.

— Ici, en Vachardoslavie, l'organisation des manifestations obéit à une tout autre logique. C'est toujours le gouvernement qui en est l'instigateur. Les principales ont lieu le Premier Mai et à l'anniversaire de la révolution d'Octobre, à l'automne. Tous les ouvriers désignés doivent y prendre part. Si le comité des manifestations du chantier t'a choisi pour porter la banderole de ta section au défilé du Premier Mai, gare à tes fesses si tu vas boire une bière au lieu de brailler avec les autres au nom de la paix et de la liberté. Tu es mal barré, j'en sais quelque chose », témoigna Jiri.

Voitzek renchérit :

«Si on manque une manifestation à laquelle on a été sommé de participer, on se retrouve tout de suite sur la liste noire. On écope d'un mauvais point, et ceux qui en cumulent trois peuvent être envoyés en tant que dissidents en camp de redressement. La durée d'internement est de six mois, si c'est la première fois et que vous vous conduisez bien.

— Ensuite, on est sous surveillance renforcée pendant deux ans. Et on ne peut plus jamais être membre du parti», précisa Ladec, le boucher.

Rigoberto regarda Jiri d'un air étonné.

«Comment as-tu pu ne pas participer au défilé du Premier Mai? Tu n'as pas honte?»

Jiri eut l'air embarrassé. Il but une gorgée de vin et expliqua que c'était en fait par erreur. Il avait pas mal picolé pendant toute la semaine du Premier Mai et s'était réveillé avec une affreuse gueule de bois dans le lit d'une gonzesse de la Ligue de la jeunesse communiste. Il était persuadé que le défilé n'était que le lendemain. En plus, il avait égaré le soir précédent la banderole que le chantier lui avait confiée et ne se rappelait plus ce qu'il y avait d'écrit dessus. Il n'avait pas le temps d'en peindre une nouvelle. Et de toute façon, s'il avait eu l'audace de se présenter à la manifestation avec la gueule de bois et une banderole de sa fabrication, ça aurait tout de suite attiré l'attention du surveillant du défilé mandaté par le comité des manifestations du chantier, qui aurait noté le slogan de son invention, puis l'aurait mentionné dans son rapport. La question aurait été portée à l'ordre du jour de la réunion de suivi du Premier Mai. Il avait eu vent de cas dans lesquels les coupables d'atteintes à l'esprit du défilé avaient écopé de deux, voire trois mauvais points. Au bout du chemin, c'était le camp de redressement qui l'attendait.

«Du coup, avoua Jiri, j'ai dit à la nana : file acheter un peu de vin et de porc grillé, on va passer le Premier Mai ici, inutile d'aller montrer notre nez là-bas.

— Tu as bien fait», approuvèrent ses camarades.

21

Deux jours plus tard, le docteur Rigoberto Fernandes reçut à l'hôtel Russija un coup de téléphone l'informant qu'il devait se présenter au centre hospitalier universitaire de Slavo-grod. On lui attribuerait un logement dans la résidence du personnel de l'établissement. Les joues rosies par la joie, il rassembla ses maigres bagages et quitta l'hôtel. Il invita Surunen à lui rendre visite dès qu'il aurait eu le temps de s'installer à l'hôpital.

Le philologue resta seul au Russija. Il déménagea dans une chambre plus petite, inutile de payer pour une double maintenant que son camarade avait son propre logement.

Surunen profita de ses loisirs pour acheter dans une librairie un manuel répertoriant les verbes irréguliers vachards. C'était une brochure austère d'une quarantaine de pages en compagnie de laquelle le temps passait vite. Il la feuilleta et nota qu'il y avait en vachard neuf manières différentes de prononcer le *s*. Il était le plus souvent

269

sifflant, mais pouvait aussi être sourd, sonore, chuintant, sibilant, etc.

Tard dans la soirée, Rigoberto téléphona. Il avait bu un peu de vin et donna joyeusement de ses nouvelles. On lui avait assigné une excellente chambre dans la résidence du centre hospitalier. On pouvait y faire la cuisine et, pour un homme seul, elle était assez spacieuse. Il avait pour voisine une charmante infirmière, Milja, dont il avait eu le temps de faire la connaissance. Ils avaient commencé à nouer des relations et elle lui avait prêté des rideaux à fleurs pour l'unique fenêtre de sa chambre.

«Est-ce que tu pourrais appeler Sergueï et l'inviter à venir demain soir chez moi? Je vais donner une petite fête, Milja a promis d'être là et de préparer quelque chose à manger.»

Le lendemain, les trois amis se retrouvèrent chez Rigoberto. Milja, qui était aussi présente, couvrait le docteur latino-américain de regards énamourés. La timide et raisonnable infirmière vachardoslave avait apparemment été vite conquise par ses yeux noirs et son charme exotique.

«Allons, camarades, buvons un peu!»

Rigoberto leva son verre. Il avait acheté du vin blanc, avec lequel il servit des tchoukhnis, des petits pâtés traditionnels vachardoslaves qui ressemblaient un peu à des pirojkis caréliens, sauf qu'ils n'étaient pas ovales mais ronds et garnis de viande d'agneau et non de riz. Milja les avait confectionnés à l'heure du déjeuner dans la cuisine du personnel de l'hôpital. Rigoberto proclama que ses tchoukhnis étaient les meilleurs du monde.

Surunen déclara que leur goût lui rappelait la Finlande, et en profita pour donner quelques précisions sur la tradition des pirojkis caréliens, que les Russes appelaient des kalitkis.

Sergueï fit remarquer que les tchoukhnis ne pouvaient que plaire aux Finlandais, puisqu'ils en étaient eux-mêmes.

« En Russie, nous qualifions souvent ironiquement les Finlandais de tchoukhnis », expliqua-t-il à Milja et Rigoberto.

Surunen répliqua :

« De notre côté, pour plaisanter, nous traitons les Russes de Popov. »

On noya ces piques dans le vin de Rigoberto.

Ce dernier leur proposa de visiter l'hôpital. Pourquoi pas. Milja alla prendre dans le vestiaire de la résidence des blouses blanches pour chacun des membres du groupe. Rigoberto exhiba fièrement un badge en carton jaune sur lequel figuraient sa photo et deux tampons. Il expliqua que c'était une carte de membre du personnel médical qui lui permettait de circuler dans tous les services de l'hôpital.

« On me fait suffisamment confiance pour me l'avoir donnée dès mon premier jour de travail ! Imaginez, quel chemin depuis la prison ! »

Milja expliqua qu'on ne délivrait normalement pas de badge jaune avant la fin d'une période d'essai de deux mois. Jusque-là, les nouveaux

271

venus devaient en utiliser un rouge, sans photo, avec juste leur nom et quelques tampons, et devaient signer le registre tenu par le permanencier chaque fois qu'ils entraient ou sortaient de l'hôpital.

Les visiteurs en blouse blanche traversèrent le parc. En chemin, Milja leur apprit que l'établissement comptait mille deux cents lits et que toutes les spécialités médicales les plus importantes y étaient représentées. Elle-même travaillait dans le service d'orthopédie, où elle espérait que Rigoberto serait aussi embauché à l'automne. On y avait besoin de médecins compétents.

« Je vais briguer dès que possible la nationalité vachardoslave », s'enthousiasma Rigoberto. Quand Surunen lui demanda s'il avait déjà oublié son pays natal, il jura :

« Dès que la vie au Macabraguay sera plus humaine, j'y retournerai. Mais comme tu le sais, je n'ai aucune liberté d'action là-bas. On me pendrait, alors qu'ici je peux guérir des malades. »

D'après Milja, il y avait en Vachardoslavie beaucoup d'ouvriers qui avaient besoin de soins médicaux. Leurs maladies professionnelles leur avaient été léguées par l'ancienne économie d'exploitation capitaliste. De nombreux maux affligeaient le prolétariat jusqu'à la troisième, voire la quatrième génération.

Le permanencier de l'hôpital nota dans son registre les noms des visiteurs. À l'endroit de Sergueï Lebkov, il sursauta. L'établissement recevait en effet rarement la visite de personnes aussi haut placées qu'un diplomate russe travaillant au bureau balkanique du CAEM. L'employé se leva et serra la main du camarade Lebkov en lui souhaitant la bienvenue en ce lieu représentatif de la médecine vachardoslave.

L'hôpital était vraiment immense. Le grand bâtiment de sept étages construit dans les années soixante fonctionnait de manière autonome, tel un petit État. Milja expliqua qu'il possédait sa propre station génératrice, sa centrale thermique, sa blanchisserie et sa morgue, où l'on entreposait les victimes d'erreurs médicales.

Dans les étages couraient de longs couloirs monotones au sol brillant de cire que les infirmières de garde arpentaient d'un pas pressé, vêtues de coiffes et de blouses blanches. Dans chaque service, Lebkov et ses compagnons furent accueillis par un médecin ou par une infirmière en chef, qui leur en décrivit les activités. L'expert en pingouins était visiblement ravi du respect qu'on lui manifestait. Il posait beaucoup de questions superflues laissant penser qu'il n'avait pas une image très nette du fonctionnement du corps humain.

On fit visiter au groupe de nombreux services de médecine interne, la maternité et sa pouponnière où des nouveau-nés vachardoslaves aux cheveux frisés poussaient avec vigueur leurs premiers cris, les cliniques oto-rhino-laryngologique, ophtalmologique, dermatologique-vénéréologique et allergologique, les services de chirurgie et l'unité de soins intensifs où l'on apercevait, de la porte, une salle plongée dans la pénombre. Quelques Vachardoslaves malchanceux y luttaient contre la mort, enveloppés dans un entrelacs de tuyaux et d'électrodes. Le médecin qui présenta l'unité aux visiteurs travaillait en fait dans le service des transplantations, mais assurait aussi là quelques soirées de garde par mois. L'été, il y avait en effet en Vachardoslavie beaucoup de graves accidents de la route dont les victimes étaient amenées en réanimation. Quelques-uns des plus sérieusement blessés décédaient parfois opportunément et l'on pouvait prélever sur leur corps des organes en bon état pouvant servir à d'autres.

«Nous avons réalisé cette année six greffes du foie, huit du cœur et deux ou trois du pancréas. Nous avons actuellement des projets de transplantation rénale et pulmonaire. Dans l'avenir, nous tenterons aussi des greffes du cerveau. Il y a cependant un risque : le corps du receveur pourrait ne plus savoir qui il est si son nouveau cerveau gardait le souvenir de son corps précédent et ne s'habituait pas à sa nouvelle apparence. La Commission de l'identité du Parti communiste vachardoslave réfléchit à la question et nous passerons à l'action dès qu'il aura achevé la rédaction de son rapport. Nous avons sur liste d'attente plusieurs patients qui souhaitent une greffe du cerveau.»

Surunen demanda s'il était possible de rencontrer un patient greffé.

«Malheureusement, ils sont tous décédés, à ce jour. Je ne comprends pas bien ce qui les tue…

une réaction de rejet ou autre chose… quoi qu'il en soit, nous avons actuellement assez de savoir-faire et de capacités dans le domaine des transplantations pour en réaliser au besoin deux fois par semaine. Et c'est bien l'essentiel, acquérir une formation et de l'expérience, puis les mettre en pratique. Accessoirement, nous visons bien sûr aussi à garder les patients en vie», expliqua le transplanteur d'organes en extrayant de la cire verdâtre de son oreille et en souriant de toutes ses dents jaunes.

Pour finir, les visiteurs furent conduits à la clinique psychiatrique, qui se trouvait à l'écart du bâtiment principal de l'hôpital, dans un parc entouré de hauts murs, derrière la centrale thermique et la morgue. Le docteur Kardzali, qui dirigeait le service, se trouvait par hasard sur place — ou y avait été appelé d'urgence. Il se tenait sur le perron, se tordant nerveusement les mains, le visage figé en un rictus de bienvenue, et, quand le groupe le rejoignit, il serra longuement la main de chacun, sans oublier, à la mode slave, de claquer de gros baisers sur les joues de Sergueï.

Au-dessus de la porte de l'établissement était fixé un panneau sur lequel on pouvait lire : *Vous qui entrez ici, abandonnez tout espoir.*

«Ne faites pas attention au slogan, nous faisons parfois preuve d'un humour un peu particulier, dans le milieu psychiatrique… Entrez, je vais vous expliquer comment nous soignons nos concitoyens à l'esprit dérangé.»

Surunen n'avait aucune expérience des asiles psychiatriques, si ce n'est qu'il avait dû une fois conduire son beau-frère à l'hôpital Hesperia, à Helsinki, à la suite d'une crise combinée de delirium tremens et de jalousie qui lui avait valu par la suite d'être traité pour schizophrénie dans ce même établissement. Les soins avaient été efficaces dans la mesure où son delirium tremens avait été guéri, grâce à des méthodes encourageant la sobriété. Mais sa jalousie avait pris des dimensions paranoïdes quand il s'était mis à réfléchir à longueur de journée à ce que sa jolie femme pouvait faire pendant qu'il était en traitement à l'hôpital.

Dans le service psychiatrique du centre hospitalier universitaire de Slavogrod, le philologue put vraiment voir pour la première fois à quoi ressemblaient des fous et comment on les soignait.

Les patients se promenaient d'un pas traînant, bavardaient entre eux d'une voix éteinte, empilaient des cubes, jouaient aux échecs ou restaient allongés sur leur lit, tandis que la radio centrale déversait une douce musique d'ambiance à laquelle se mêlaient des frottements de pantoufles. Ils étaient habillés en civil et semblaient entretenir des relations de confiance avec le personnel soignant. Personne n'élevait la voix. Ces malades mentaux semblaient plus calmes que les gens prétendument normaux que l'on croisait dans la rue.

« Est-ce que vous avez des unités fermées ? » demanda Serguéï Lebkov. Il ajouta savoir que dans les hôpitaux psychiatriques russes il y avait des salles spéciales où l'on gardait sous clef les fous dangereux.

«Nous en avons bien sûr aussi, camarade Lebkov. Si vous le permettez, je vais mobiliser deux infirmiers pour nous accompagner et vous présenter nos camarades les plus agités», déclara le docteur Kardzali. Deux robustes gaillards qui avaient plus l'air de lutteurs de sumo que d'empathiques soignants de l'âme les rejoignirent bientôt. Le groupe s'engagea dans un couloir obscur au bout duquel se dressait une solide porte en acier. Quand les visiteurs l'atteignirent, un bourdonnement d'interphone se fit entendre et le battant s'ouvrit avec une lenteur fantomatique. Dès qu'ils furent entrés, la lourde porte claqua derrière eux.

Contrairement aux patients précédents, ceux du service fermé paraissaient complètement fous. Ils s'agitaient, criaient et couraient en tout sens, faisant un vacarme infernal. Dans un coin de la salle, quelques-uns se castagnaient, ailleurs quelqu'un hurlait à pleins poumons sur son triste sort. Les plus déments étaient attachés par de larges sangles en cuir à des lits en tubes d'acier sur lesquels certains gisaient totalement inertes tandis que d'autres se débattaient de toutes leurs forces, plus pitoyables les uns que les autres.

Quand un patient tentait de s'approcher de Sergueï Lebkov et de ses compagnons, les vigoureux infirmiers qui les précédaient lui tordaient les bras dans le dos, faisant craquer ses articulations, et, si le malheureux n'obtempérait pas tout de suite, ils le frappaient à coups de poing au creux de l'estomac, si bien que même les plus fous finissaient par comprendre que ce n'était pas le moment de chercher à faire la connaissance des visiteurs.

«Ce sont des pauvres d'esprit, déclara le docteur Kardzali, l'air un peu honteux. Il faut bien avouer qu'ils ne constituent pas vraiment la crème de notre société. Mais au nom de l'humanisme socialiste, nous les gardons en vie.»

Alors qu'ils retournaient vers la sortie, Surunen remarqua un bout de couloir qui s'écartait vers la gauche, et au fond une porte munie de barreaux, avec un écriteau : UNITÉ SPÉCIALE. Il demanda à Kardzali quel genre de patients étaient enfermés là.

«Eh bien… il s'agit en fait d'une unité secrète. Les personnes extérieures n'y sont pas admises, et d'ailleurs il n'y a pas grand monde, là-dedans.»

La curiosité de Sergueï Lebkov s'éveilla aussitôt. Secrète? Qu'avait donc l'hôpital à cacher? Lui et ses amis ne pouvaient-ils pas jeter un coup d'œil derrière cette mystérieuse porte à barreaux?

«Je ne vois pas pourquoi je ne vous montrerais pas qui on y détient. Mais ne soyez pas étonnés, les patients qui sont soignés là ne sont pas déments au sens médical du terme, mais plutôt fous d'un point de vue politique.»

La porte s'ouvrit, laissant entrer les visiteurs dans l'unité spéciale secrète. Le spectacle qu'ils découvrirent était affligeant : dans une grande salle d'hôpital au décor spartiate une dizaine d'hommes en tenue de prisonnier étaient étendus, apathiques, sur des lits en tubes d'acier, ou marchaient sans espoir de long en large tels des animaux en cage. Dans un coin, par terre, gisaient quelques livres usés à force d'avoir été lus. Au milieu de la pièce se dressait une table rouillée sur le plateau en tôle de laquelle traînaient des restes de repas, miettes de pain et bouillie de millet froide. Les fenêtres étaient protégées par des barreaux derrière lesquels des vitres en verre dépoli blindé laissaient passer une pâle lumière du jour mais empêchaient de voir en détail la physionomie du monde extérieur.

Kardzali présenta les résidents de l'unité spéciale :

«Et voilà… ces camarades n'en sont pas, en fait. Ce sont des dissidents forcenés, des récalcitrants obstinés, tous irrécupérables.

— Ce sont des prisonniers politiques? s'enquit Surunen.

— Nous ne les désignons pas par ce terme déplaisant. Ils s'opposent par pure stupidité à un juste système. Ce sont des réfractaires endurcis que même les camps de redressement n'ont pas pu rééduquer. Je ne sais pas trop ce qu'on pourrait en faire, rien n'a de prise sur eux.

— Mais vous essayez quand même de les soigner, j'espère, intervint Sergueï Lebkov.

— Nous avons recours à la médication forcée, révéla le docteur Kardzali. Cela nous semble malgré tout une manière plus charitable de les traiter que de les condamner à la pendaison ou au peloton d'exécution. Je ne sais pas... mais je tiens à souligner que tous les services de notre grand hôpital agissent le plus humainement possible compte tenu des circonstances et des particularités de la patientèle.

— Bien sûr», acquiesça le philologue Viljo Surunen.

22

Surunen aurait voulu demander aux pitoyables occupants de l'unité spéciale s'ils étaient, selon eux, des prisonniers politiques, si on les gardait de force dans ce sinistre endroit et ce qui les avait menés à leur situation actuelle. Le docteur Kardzali lui interdit cependant strictement de leur adresser la parole. Il expliqua qu'ils avaient reçu leur dose quotidienne de médicaments, qu'ils n'étaient pas dans leur état normal et qu'il ne fallait pas perturber sans raison leur tranquillité d'esprit. Mais il connaissait parfaitement chacun des patients de cette salle et pouvait expliquer aux visiteurs qui ils étaient.

« Par exemple ce type maigre, là-bas sur ce lit, qui fait semblant de lire un livre, s'appelle Sladko. Matricule n° 436. Il s'est rendu coupable il y a une dizaine d'années de provocation politique, ce qui lui a valu une condamnation à cinq ans de prison. Mais c'est un type particulièrement borné et son séjour derrière les barreaux ne lui a rien appris. À sa sortie, on a été obligé de l'enfermer dans un camp de redressement. Deux fois de suite. On l'a libéré il y a deux ans, mais c'était une erreur. Il a aussitôt fomenté plusieurs émeutes locales, il discourait sur les droits de l'homme et la démocratie et a réussi à entraîner un certain nombre de naïfs dans ses délires. On a finalement été obligé de l'arrêter et de l'envoyer à l'hôpital. Ici, il a subi des examens complets à l'issue desquels il a été classé parmi les dissidents incurables. Nous lui administrons un traitement efficace, mais il est rusé et n'arrête pas de recracher ses cachets. La médication forcée a l'inconvénient de faire des saletés.»

Sladko écoutait ces explications d'un air renfrogné. Après avoir jeté un coup d'œil à Surunen, il signifia son mépris pour tout le groupe en levant la jambe au-dessus de son lit comme un chien pissant sur un réverbère. Puis il se replongea dans son livre.

Un vieillard aux joues pendantes, en apparence inoffensif, faisait une réussite sur la table en tôle. Surunen le désigna et demanda au chef de service pour quel péché on le soignait.

«Ah! Papa Flasza, c'est un cas à part. Il a eu soixante-dix ans le mois dernier. Et cela fait soixante ans qu'il sème le désordre dans la société. On peut dire qu'il n'a rien fait de constructif de toute sa longue vie. Il a rejoint les rangs des nazis dès les années trente, a combattu à leurs côtés pendant la Seconde Guerre mondiale et, la paix revenue, est resté fasciste dans l'âme. C'est un voleur et un menteur incorrigible

qui a toujours eu une dent contre tout ce qui ressemble de près ou de loin au socialisme organisé.
Selon lui, la société devrait être libre, les voleurs
devraient avoir le droit de dérober les biens des
bons citoyens… Il ne respecte même pas l'institution du mariage. C'est un joueur invétéré, un
parieur et un maître-chanteur. Son apparence
est trompeuse, qui croirait qu'un petit vieux à
l'air si débonnaire peut être pire, en réalité, que
le diable en personne? Papa Flasza a fréquenté
d'innombrables établissements éducatifs, colo-
nies de redressement et prisons, jusqu'à ce qu'on
le place ici, à notre grand dam. Heureusement, il
commence à ressentir les effets de l'âge et nous
arrivons plus ou moins à le gérer. Mais hélas,
il est physiquement en très bonne santé. Nous
allons devoir supporter sa nature criminelle pendant encore des années avant qu'il daigne enfin
nous laisser en paix pour l'éternité.»

Papa Flasza termina sa réussite, un sourire victorieux aux lèvres. Il se leva, s'inclina devant Kardzali et déclara d'un ton qui se voulait solennel :

«Chère délégation socialiste. Je suis désolé
de ne pas pouvoir vous accueillir dans un cadre
plus confortable. Ce n'est pas uniquement de ma
faute, le principal responsable de ce local est le
Parti communiste vachardoslave, et plus précisément son Comité de rééducation psychiatrique
dirigé par le docteur Kardzali, qui courbe en ce
moment même l'échine devant vous. Il aurait le
pouvoir de me laisser sortir d'ici, mais ne le fait
pas, parce qu'il a décidé de me garder ici jusqu'à

ce que je meure et qu'on m'enterre là-bas dans l'arrière-cour comme un chien errant. Je ne nie pas être un bandit. En revanche, je n'ai jamais été fasciste. Je suis pickpocket, mais vous êtes un bien plus grand voleur, cher camarade Kardzali. Où avez-vous pris, par exemple, cette coûteuse montre de fabrication étrangère?»

Papa Flasza avait adroitement subtilisé la belle montre que le chef de service portait au poignet. Il la brandit sous les yeux des visiteurs.

«Comment vous êtes-vous procuré assez de devises occidentales pour acheter cet objet hors de prix? Pour autant que je sache, vous êtes payé en mahoussovs, pas en francs suisses.»

Kardzali arracha sa précieuse Rolex de la main du pickpocket et la fourra dans sa poche. Les musculeux infirmiers n'attendaient qu'un signe de lui pour corriger l'impudent vieillard, mais le docteur était si vexé de l'incident qu'il se contenta d'arborer un sourire forcé, laissant Papa échapper à toutes représailles. Se protégeant la tête des mains, ce dernier recula jusqu'au mur et, de là, adressa ouvertement des grimaces au chef de service.

«Un legs de mon grand-père, cette montre... Elle date du début du siècle, mais elle marche encore, curieusement», marmonna le docteur Kardzali. Se tournant vers Papa Flasza, il poursuivit d'un ton plus ferme :

«Comme vous pouvez le constater, nous avons ici des éléments pourris jusqu'à la moelle. Voilà le genre de dissidents avec qui je passe ma vie...

inutile même d'imaginer qu'on puisse tirer un jour quoi que ce soit de bon de ces dégénérés. Regardez celui-là, dans le coin, c'est un vrai crétin, un idiot incurable qui pense que le peuple vachardoslave serait plus heureux s'il croyait à ses enseignements hérétiques.»

Le docteur Kardzali pointa du doigt un homme d'une cinquantaine d'années qui se tenait debout dans un coin, fixant les visiteurs d'un air béat. Sans rien dire, il les bénit de la main.

«Il s'appelle Radel Tsurinov, matricule n° 76. Il se prend pour un pasteur baptiste. A-t-on jamais vu ça! En réalité, il a tout bêtement travaillé comme ascensoriste dans une mine de charbon jusqu'à ce qu'il tombe en religion, il y a une dizaine d'années. Il aurait pu se contenter de rejoindre l'Église orthodoxe, comme le commun des mortels. Mais non, il a fallu qu'il devienne protestant! Il a commencé à rassembler autour de lui d'autres illuminés, dans sa petite ville minière, et a paraît-il même fondé sa propre congrégation, une sorte de communauté baptiste. Il en a bien sûr pris la tête et s'est proclamé pasteur. C'est aussi simple que ça, il suffit d'en avoir le culot! Il avait déjà réussi à rallier plus de cinquante adeptes quand on a eu vent de ses agissements. On a bien sûr arrêté tous ces cinglés et, au bout de deux semaines d'interrogatoires, le rôle de Radel a commencé à se préciser. On les a tous envoyés pour quelques mois dans une colonie de redressement, mais l'illuminé en chef, là, n'a pas compris la leçon. On a été obligé de l'incarcérer dans toute une série de camps et de prisons, mais rien n'y a fait : il a la tête aussi dure qu'une souche de peuplier desséchée, il prétend être le pasteur de plein droit d'une congrégation baptiste. Ou de plusieurs, même, parce que dès qu'il arrive dans un établissement pénitentiaire, il se met à convertir à sa religion des criminels jusque-là normaux. Il paraît qu'ils organisent des cérémonies, la nuit, où ils chantent et se bénissent mutuellement. Dans la journée, ils sont ensuite si fatigués qu'ils ne peuvent plus tenir une pelle. Il faut bien dire que ce Radel est un véritable abcès, un foyer infectieux qui répand autour de lui un bacille sectaire contre-révolutionnaire.»

Tout au long de la visite, on avait essentielle- ment parlé russe et vachard, langues dont Rigo- berto Fernandes ne comprenait pas un mot. Surunen lui avait traduit en espagnol une partie des propos du docteur Kardzali, mais y avait renoncé depuis qu'ils étaient entrés dans l'unité secrète. Il ne voulait pas bouleverser son univers mental de prisonnier politique tout juste évadé de La Trivial en l'obligeant à méditer sur les des- tins misérables engendrés par cet autre système politique.

Le philologue songea que s'il voulait rester fidèle à lui-même, il devait tenter de libérer quelques patients emprisonnés dans ce lieu funeste, comme en contrepartie de l'évasion collective qu'il avait organisée à La Trivial. S'il parvenait à faire discrètement sortir ne serait-ce qu'un malheureux, il pourrait rentrer en Finlande avec le sentiment d'avoir accompli son devoir de manière égalitaire. Mais il ne voulait pas partager ces réflexions avec Rigoberto Fernandes. Ce dernier avait suffisamment souffert, il fallait maintenant lui laisser la possibilité d'exercer en toute tranquillité son métier de médecin.

Était-il d'ailleurs vraiment de son devoir de se mêler du triste sort de tous les prisonniers politiques du monde ? Il avait assez à faire dans son propre pays : on le payait pour faire entrer des langues étrangères dans le crâne obtus d'écoliers finlandais, c'était là sa véritable mission. Le reste, en principe, ne le regardait pas.

Sa conscience n'admettait cependant pas une solution aussi facile. Dans la mesure où il avait libéré des prisonniers politiques d'une dictature capitaliste, il lui paraissait logique et équitable de faire de même dans un pays socialiste s'il constatait de ses propres yeux que l'on y persécutait les gens à cause de leurs opinions. Il ne s'agissait pas de faire l'un ou l'autre, mais l'un et l'autre. Son sens moral lui interdisait de transiger sur la question.

Il expliqua à Rigoberto que l'on accueillait dans cette salle des malades mentaux qui n'avaient aucun espoir de guérison. Et c'était vrai, dans un sens, car le docteur Kardzali déclara pour conclure la visite :

« Pour ce groupe, le diagnostic est malheureusement sans appel. Aucun des dissidents de cette salle n'en sortira jamais. Même s'ils prétendaient avoir finalement retrouvé la raison et se mettaient à chanter les louanges du système socialiste, le personnel soignant ne pourrait pas prendre de telles déclarations au sérieux. Ces hommes sont indécrottables, jamais ils ne pourront s'adapter à une vie en société constructive. Leurs familles et leurs amis ont été informés de la situation et aucun d'eux n'a d'ailleurs reçu de visites depuis plus de deux ans. C'est mieux ainsi, nous préférons ne laisser entrer personne dans cette unité spéciale, pas même les proches des patients.»

Au moment du départ, le pasteur baptiste, qui jusque-là n'avait pas dit un mot, s'avança soudain avec assurance vers Surunen, le bénit, puis recula en hâte. Heureusement pour lui, car les solides infirmiers se tenaient prêts à intervenir.

Dans le couloir de l'hôpital psychiatrique, le philologue constata qu'à l'occasion de la bénédiction express, un petit rouleau de papier avait trouvé le chemin de la poche de côté de sa blouse blanche. Il le laissa où il était, décidé à ne l'examiner que quand il serait seul.

En prenant congé du docteur Kardzali sur le perron de l'établissement, Sergueï Lebkov le félicita.

«Je dois avouer que vous avez un bien bel hôpital. Et si je venais ici me faire soigner les omoplates, à l'automne? Je commence à souffrir de rhumatismes, à mon âge», expliqua-t-il.

Le médecin déclara que le camarade Lebkov était le bienvenu quand il voulait.

«Nous autres Vachardoslaves soignons volontiers les patients russes», assura-t-il, le visage illuminé d'un large sourire.

23

À l'hôtel Russija, Surunen ouvrit avec curiosité le rouleau que le pasteur baptiste Radel Tsurinov avait glissé dans sa poche lors de sa bénédiction express à l'hôpital. Il se composait d'une cinquantaine de feuilles de papier toilette couvertes recto verso d'une petite écriture déterminée. Il était accompagné d'une lettre indiquant que l'auteur était un pasteur baptiste du nom de Radel Tsurinov qui se trouvait illégalement détenu dans un hôpital psychiatrique. On lui avait fait prendre de puissants médicaments provoquant de terribles douleurs. À l'en croire, on administrait aux prisonniers politiques, dans cet établissement, des doses massives d'halopéridol, de chlorpromazine et de trifluopérazine. Lui-même avait reçu des injections de ce dernier produit, qui avait pour effet de faire se tordre de manière ridicule les membres de la victime. Et si cette dernière tentait de marcher, elle ressentait d'atroces douleurs dans les fesses.

Il avait aussi subi des piqûres de sulfazine, un

poison composé d'une solution de soufre à 1 %
mélangée à de l'huile. Sous l'effet de ce produit,
la langue de la victime pendait à l'extérieur de
sa bouche comme celle d'un chien en train de
crever de la rage. Il avait parfois été torturé ainsi
pendant une semaine entière, ne pouvant ni marcher ni manger, et à peine dormir. Ces douleurs
lui étaient infligées dans l'objectif de chasser de
son esprit ses délires baptistes. À l'issue du traitement, le personnel soignant de l'hôpital psychiatrique venait lui demander s'il était toujours
partisan du baptême des adultes ou s'il était
arrivé à la conclusion que ces idées sectaires
encouragées par les impérialistes américains
n'étaient finalement qu'une obsession stupide à
laquelle il valait mieux renoncer, d'autant plus
qu'il pourrait dans ce cas espérer échapper aux
injections et à leurs conséquences. Il était malgré
tout resté ferme dans sa foi, bien qu'il ait souvent
eu l'impression que Jésus l'avait définitivement
abandonné.

Radel indiquait dans sa lettre que les dissidents n'avaient pas le droit de communiquer
avec le monde extérieur. Ils n'étaient autorisés
ni à envoyer du courrier ni à en recevoir. S'ils
devaient être emmenés à l'extérieur de l'hôpital,
c'était menottes aux poignets et en général en
pleine nuit. Leurs familles étaient interdites de
visite. Radel Tsurinov était donc contraint de
faire sortir clandestinement son appel au secours
de l'unité spéciale. Il ne savait pas quand une
autre occasion se présenterait.

Surunen comprenait que Radel ait saisi sa chance lors de leur visite. Quand il avait commencé à poser des questions sur les prisonniers d'opinion politique, le pasteur baptiste en avait profité pour glisser son papier dans sa poche. Il avait pris un risque, mais après tout qu'avait-il à perdre? Si Surunen le dénonçait, il serait bon pour une cure médicamenteuse renforcée. D'après sa lettre, il s'y était habitué, au fil des ans.

Le philologue n'avait pas la moindre intention de livrer le malheureux pasteur aux autorités vachardoslaves. Il se mit au contraire à réfléchir sérieusement à la manière de le tirer de sa sinistre prison.

Il savait certes qu'il se rendrait coupable de plusieurs délits s'il prenait à nouveau la justice entre ses mains et libérait des prisonniers politiques. Mais n'était-ce pas un plus grand crime de torturer des gens dans des unités spéciales d'hôpitaux psychiatriques que de les en faire sortir, même sans autorisation, sans se soucier des lois?

Surunen se refusait à considérer le problème des prisonniers politiques du point de vue des gouvernements en place. Seule sa conscience lui dictait sa conduite. Il écoutait sa voix et obéissait à ses ordres. Et plus il avançait dans sa lecture de la lettre de Radel Tsurinov, plus sa conscience se manifestait bruyamment, lui reprochant non pas d'avoir personnellement nui au malheureux baptiste, mais de ne pas être déjà en train de l'aider.

Surunen décida de prendre les choses en main.

Il y avait dans les papiers de Radel une traduction en vachard des trente premières pages du conte religieux de John Bunyan, *Le Voyage du pèlerin*, qu'il avait effectuée pendant son séjour à l'hôpital psychiatrique. Peut-être avait-il l'intention d'exfiltrer hors de ces murs tout le texte, fragment par fragment, afin qu'il puisse un jour être publié en Vachardoslavie et diffusé parmi les baptistes grâce à leur réseau clandestin. Surunen jugea la traduction plutôt bonne, sachant que son auteur avait été ascensoriste dans une mine avant de trouver la foi. Il avait lu un jour des extraits du livre de Bunyan, publié au XVIIe siècle et considéré comme l'ouvrage chrétien le plus lu dans le monde après la Bible. L'auteur l'avait écrit en prison, où il avait passé en tout douze ans, et il avait donc eu tout le temps de peaufiner son texte. Le pasteur baptiste vachardoslave Radel Tsurinov, qui s'était lancé dans la tâche dangereuse et difficile de le traduire en vachard, avait à son instar du temps devant lui.

Surunen avait toujours considéré les baptistes comme une secte d'illuminés, mais il était malgré tout d'avis que chacun devait avoir le droit de professer dans ce monde la religion de son choix. Il en allait autrement de l'élaboration de doctrines fondées sur l'oppression. Il ne s'agissait plus, alors, de liberté d'opinion mais de pure infamie. Le fascisme était précisément une idéologie de ce type, de même que la sanglante dictature militaire du Macabraguay. Mais dans le cas présent, le pasteur baptiste Radel Tsurinov était sur le point de se faire broyer par les rouages de l'appareil d'État vachardoslave, graissés avec une huile contenant une solution de soufre à 1 %.

Radel avait rédigé en avant-propos de sa traduction un article dans lequel il évoquait l'histoire du baptisme et de son développement en Vachardoslavie. Ses adeptes refusaient de baptiser les enfants, ceux-ci n'étant pas capables de consentement éclairé. Ils ne recevaient ce sacrement qu'à l'âge adulte, et sous une forme plutôt radicale : le converti était entièrement immergé dans l'onde, tête comprise. Les péchés restaient ainsi à flotter à la surface. Rien à voir, donc, avec trois malheureuses gouttes d'eau.

Le baptisme s'était diffusé en Vachardoslavie au XIXᵉ siècle, en provenance de Russie où il était arrivé en même temps que des colons allemands. Dans les années 1870, le foyer du baptisme russe se trouvait à Tbilissi. En 1884, un certain Vassili Pavloff, que Radel Tsurinov célébrait dans son avant-propos comme le maître à penser du baptisme vachardoslave, en avait pris la tête. Au XIXᵉ siècle, une nouvelle branche du mouvement était apparue à Saint-Pétersbourg, sous la conduite d'un dénommé Ivan Prokranov. Dans les années trente, en Russie, ses partisans étaient déjà un quart de million, tandis que le courant le plus ancien, le chtoundisme, comptait environ cent mille adeptes.

Après la Seconde Guerre mondiale, le baptisme avait été interdit en Vachardoslavie, mais avait continué à se pratiquer dans la clandestinité.

Radel Tsurinov s'était converti en 1972. Dans son avant-propos, il indiquait qu'il y avait en Vachardoslavie, d'après des chiffres non officiels, environ six cents baptistes, dont il se considérait comme le père spirituel. Surunen aurait volontiers octroyé à Radel le titre d'archevêque des baptistes vachardoslaves, tant son combat spirituel avait été long.

Surunen décida de s'occuper en priorité de faire sortir le pasteur de l'hôpital psychiatrique. Il lui donnerait ensuite l'un de ses deux passeports, dont il faudrait changer la photo. Ensuite, direction l'Autriche par le train ! Radel pourrait y poursuivre la traduction du *Voyage du pèlerin*, ou, s'il préférait, venir avec lui en Finlande et, de là, aller par exemple en Suède, où l'on accueillait en général à bras ouverts tous ceux qui se targuaient d'avoir fui l'Est.

Mettre ce plan d'évasion en œuvre était déjà plus compliqué. Il devrait s'introduire incognito dans l'hôpital, peut-être déguisé en médecin. Il devrait aussi se procurer des menottes afin de les passer aux poignets du pasteur baptiste pour le conduire hors de l'établissement. Était-ce possible ? Entrer tard le soir dans l'hôpital avec un faux laissez-passer et conduire le pasteur menotté dehors jusque dans une voiture… Il faudrait prévoir une ambulance.

En tout premier lieu, il fallait trouver une paire de menottes, car on ne transférait jamais les patients hors de l'unité spéciale de l'hôpital sans les entraver, d'après la lettre de Radel.

Il est assez rare qu'un touriste ordinaire ait besoin de ce genre d'articles lors d'un voyage à l'étranger. Il ne suffisait pas de claquer des doigts pour en trouver. Il y avait à Slavogrod quelques boutiques de sport bien achalandées qui vendaient des pièges à mâchoires et des belettières, mais pas de menottes. Surunen alla faire un tour dans un grand magasin de jouets, dans l'espoir de mettre la main sur des menottes en plastique. En Finlande, en tout cas, on vendait aux enfants tout un tas d'accessoires pour jouer aux gendarmes et aux voleurs. Il y avait bien en rayon des soldats de plomb et des éperons en bakélite, mais apparemment, dans les pays socialistes, on ne proposait pas de menottes aux bambins. Le philologue sortit déçu de la boutique.

Il s'en remit pour finir à la bureaucratie vachardoslave. Il alla traîner dans des magasins appartenant à l'État où l'on utilisait sans doute des bons de commande officiels. Il était difficile de mettre la main dessus, mais, dans une boulangerie, la chance lui sourit. Une pile de formulaires traînait sur le comptoir. Il en prit un et demanda à la vendeuse à quoi ils servaient. Tout sourire, elle lui expliqua qu'on les utilisait pour commander de la farine à l'Administration des greniers de l'État. Les papiers étaient bleus et comportaient quelques cases qui n'étaient destinées, selon la boulangère, qu'à compliquer le processus. En général, expliqua-t-elle, on ne prenait même pas la peine de remplir les bons de commande, on se contentait de téléphoner au comptable des greniers pour indiquer le nombre de quintaux de telle ou telle farine dont on avait besoin pour les fournées du jour. Une ou deux fois par mois, on remplissait à titre récapitulatif ces maudits formulaires. On y collait quelques tampons ici et là et on les envoyait par la poste à l'Administration des greniers de l'État. C'était une vraie plaie. Mais en faisant porter une ou deux fois par mois du bon pain chaud au comptable, chez lui, la bureaucratie fonctionnait plus ou moins.

Surunen acheta du pain frais qu'il paya en devises occidentales. Au cours de l'opération, il réussit à faucher deux bons de commande sur le comptoir. De retour dans la rue, sa miche sous le bras et ses formulaires dans sa poche de poitrine, il songea, philosophe, que l'homme ne vivait pas que de pain. Il avait aussi besoin de paperasses.

De retour à l'hôtel Russija, il entreprit de remplir un formulaire. Dans la case réservée à l'objet de la commande, au lieu de «farine», il nota «menottes». Puis il indiqua comme demandeur le camp de redressement n° 12, section des délinquants juvéniles, et comme date de livraison, urgent.

Muni du bon de commande ainsi complété, Surunen se rendit au commissariat central, là même où il était allé se présenter avec Rigoberto lors de leur arrivée dans le pays. N'osant cependant pas déposer en personne le document au secrétariat, il embaucha un Vachardoslave qui traînait dans le coin pour le faire à sa place.

Celui-ci accepta de lui rendre ce petit service en échange de deux des coûteux cigares qu'il avait achetés lors de son escale à La Havane.

L'homme revint bientôt et l'informa qu'il pourrait venir chercher la marchandise au commissariat le lendemain matin. Pour l'heure, le secrétariat avait d'autres urgences. Surunen lui demanda de revenir à ce moment-là. L'homme promit d'y être, à condition de recevoir encore quelques-uns de ces excellents cigares.

Au commissariat, le bon de commande bleu falsifié par le philologue suivit la voie administrative normale. L'officier de police qui l'eut en premier entre les mains s'étonna de la quantité de menottes requise. Qui pouvait n'en avoir besoin que d'une paire pour tout un camp de voyous? Le fonctionnaire conclut que l'auteur de la commande s'était trompé. Les erreurs de décimales étaient courantes. Il ajouta deux zéros sur le formulaire, qui eut tout de suite l'air beaucoup plus sérieux. Il y flanqua deux coups de tampons, agrémentés de ses initiales. Puis il transmit le document à l'échelon supérieur. De là, le papier disparut dans le labyrinthe de la bureaucratie, où il ne resta pas sans effet : le soir même, deux hommes quittèrent le commissariat, à bord d'une voiture, afin de faire le tour des seize postes de police de Slavogrod pour y collecter des menottes. Après avoir inventorié tous les stocks, ils réussirent à rassembler au fil de leur longue tournée cent paires de bracelets qu'ils déposèrent au commissariat central.

Au matin, le Vachardoslave payé par Surunen vint prendre des nouvelles des menottes. Elles avaient été emballées dans un grand carton. Il en accusa réception et coltina le colis jusque dans la rue, où son commanditaire l'attendait avec des cigares. Il lui en donna cinq. L'homme en fut si heureux qu'il l'aida à porter les menottes à l'hôtel Russija. Quand il fut reparti de son côté, Surunen ouvrit le carton. Un peu étonné, il compta les bracelets. Il y en avait très exactement cent paires. De quoi voir venir, songea-t-il en les triant sur le lit de sa chambre.

Le bordereau d'expédition portait la signature de l'officier comptable du commissariat central de Slavogrod. Il indiquait que le colis contenait cent paires de menottes, dont trente-cinq paires de modèle junior, le reste étant destiné aux adultes, ou aux délinquants juvéniles dotés de grandes mains.

24

Surunen choisit deux paires de menottes, avec leurs clefs. Il lui en restait quatre-vingt-dix-huit sur les bras. Il devait s'en débarrasser.

Sa première pensée fut de les remballer dans le carton et de l'envoyer par la poste au commissariat central, mais il songea ensuite à ce que l'on en ferait, là-bas. Il ne voulait pas être complice de la livraison à la police d'instruments de coercition. Son but était de libérer des prisonniers, pas de faciliter leur menottage.

D'un autre côté, il ne pouvait pas non plus abandonner le carton de bracelets dans la rue, où il risquait de tomber entre de mauvaises mains. Le mieux aurait été de les jeter dans un lac, mais il n'y en avait pas à Slavogrod. Il se trouvait face à un vrai problème.

Il sortit sur le balcon de sa chambre pour réfléchir à la manière de se débarrasser des quatre-vingt-dix-huit paires de menottes surnuméraires. Son regard tomba sur la bouche d'une descente d'eau pluviale qui aboutissait quatre étages plus bas dans la cour. Une idée lui vint : il pourrait attacher tous les bracelets les uns aux autres et faire descendre dans le tuyau la chaîne ainsi formée. Il calcula qu'elle mesurerait une trentaine de mètres. Pliée en deux, elle y tiendrait à l'aise et serait ainsi parfaitement cachée. Il retourna dans sa chambre et entreprit d'attacher les menottes les unes aux autres. Une heure plus tard, il avait terminé. La chaîne de fer cliquetante glissa avec une facilité étonnante dans la descente d'eau. Il ne restait plus qu'à attacher le premier bracelet à la bouche du tuyau pour régler définitivement le problème. Ou pas tout à fait. Il restait encore quatre-vingt-dix-huit clefs. Chaque paire de menottes avait la sienne, il y en avait deux pleines poignées. Surunen les fourra dans les poches de sa veste et sortit de l'hôtel afin de les faire disparaître.

Il pensait pouvoir s'en débarrasser dans le square le plus proche en les jetant négligemment au pied d'un buisson. En général, dans les pays du Sud et de l'Est, on ne croisait que peu de clochards, mais cette fois l'un de ces malheureux cuvait dans le square où il fit irruption. C'était un vieux Vachardoslave à la barbe frisée et au visage aigri creusé par la slivovitz qui, en proie à une crise d'angoisse existentielle, transpirait à demi allongé sur un banc.

Il mendia quelques kepouicks à l'arrivant afin de pouvoir s'acheter au moins un pot de bière pour soigner le pire de sa cuite.

Surunen lui donna quelques pièces, mais ne

put s'empêcher de grogner qu'il ferait mieux d'utiliser cet argent pour se laver ou se nourrir, plutôt que pour boire de la bière. L'homme protesta qu'on ne le laissait entrer en plein jour dans aucun endroit convenable, ni bains publics, ni restaurant :

«On me claque toujours la porte au nez, j'ai beau frapper, personne ne m'ouvre.»

Surunen sortit de sa poche toutes ses clefs, deux pleines poignées, et les tendit au clochard. Celui-ci ouvrit les mains pour les prendre, mais demanda :

«Que voulez-vous que je fasse avec autant de clefs?

— Vous venez de vous plaindre que personne ne vous ouvrait. Essayez donc avec ça, c'est un bon début.

— Ce n'est pas charitable de se moquer, cher monsieur. Vous oubliez que même un vieil ivrogne est un être sensible.»

Surunen était conscient d'avoir agi sans réfléchir. Il sortit de sa poche un billet d'un mahoussov et le fourra dans la main de l'homme, sur la pile de clefs, puis quitta en hâte le square. Au coin de la rue, il jeta un coup d'œil par-dessus son épaule, mais le Vachardoslave s'était levé et avait disparu. Avait-il jeté la ferraille dans l'allée? Inquiet, le philologue revint sur ses pas, mais il n'y avait pas trace de clefs aux alentours du banc du clochard. Il soupira et retourna à l'hôtel Russija.

Il était maintenant en possession de deux paires

de menottes, mais rien de plus. Il avait encore besoin d'un laissez-passer pour l'hôpital, et il devait, avant toute chose, assurer la sécurité de Rigoberto Fernandes. Si son rôle dans la fuite de Radel venait à se savoir, le médecin, de même peut-être que Sergueï Lebkov, risquait de gros ennuis. Il ne lui semblait pas correct de mêler ses amis à ses projets illégaux. D'ailleurs, quel intérêt y avait-il à libérer un premier prisonnier d'opinion, à le traîner ensuite à l'autre bout du monde dans un second pays, à libérer dans ce dernier un nouveau prisonnier et à faire ainsi que le premier soit jeté en prison pour complicité là où il avait trouvé asile... Échanger ainsi un détenu contre un autre ne ferait pas avancer d'un pouce la cause de l'humanité. Cela ne faisait que déplacer le problème. Rigoberto et Sergueï étaient de bons camarades à qui il ne voulait pas attirer de difficultés à cause de Radel.

Il décida donc d'organiser pour ses amis un grandiose dîner d'adieu au restaurant de l'hôtel Russija. Il réserva une table et les invita, ainsi que Milja.

Avant leur arrivée, il fit ses bagages et paya sa note. Puis il alla trouver le maître d'hôtel afin de lui expliquer qu'il s'agissait d'une ultime fête avant son départ en train pour la Finlande, via l'Autriche. Il fallait décorer la table de fleurs fraîches, car il y aurait parmi les invités une charmante jeune femme.

« C'est ma dernière soirée à Slavogrod, j'espère qu'elle sera réussie. »

Le maître d'hôtel assura à son client qu'il pouvait être tranquille. L'hôtel Russija savait organiser les dîners d'adieu, il en avait une grande expérience depuis déjà le siècle précédent. Au cas où monsieur Surunen n'aurait pas été au courant, l'empereur Frans VI de Vachardoslavie avait donné le sien dans l'établissement, en 1944, quand il avait dû quitter le pays pour échapper à l'Armée rouge. Le chancelier autrichien Kurt Waldheim avait aussi passé une soirée mémorable au Russija en 1945, quand, jeune lieutenant, il était au service des Allemands dans la région. Monsieur Surunen pouvait compter sur la longue tradition de l'hôtel dans ce domaine.

Le philologue fit remarquer que Waldheim ne disait rien de cette fête dans ses mémoires.

«Nous tenons parfois à garder nos meilleurs souvenirs pour nous, n'est-ce pas, monsieur. Pour vivre heureux vivons cachés, dit-on par ici.»

La soirée fut effectivement mémorable, et même un peu débridée, vers la fin. Surunen avait choisi pour ses invités de l'esturgeon au court-bouillon accompagné d'une sauce blanche vachardoslave relevée d'herbes, avec lequel on servit du champagne demi-sec. Des roses rouge vif décoraient la table, et deux serveurs en smoking veillaient à ce que personne ne manque de nourriture ou de boisson. L'orchestre tzigane du restaurant joua toute la soirée des romances mélancoliques, surtout pour la belle infirmière que Rigoberto dévorait des yeux.

«Milja et moi avons l'intention de nous installer ensemble, annonça ce dernier, tout heureux.

— Nous pourrons disposer de tout un deux-pièces, comme ça, confirma la jeune femme.

— Nous fêtons donc aussi ce soir des fiançailles, se réjouit l'expert en pingouins Sergueï Lebkov. Dommage que je n'aie pas pensé à mettre mon habit. À La Haye, nous avions l'habitude de toujours nous réunir en habit lorsque nous prenions de grandes décisions pour le bien des pingouins.

— Tu le porteras pour notre mariage, déclara Rigoberto. Et toi, Surunen, il faudra absolument que tu viennes de Finlande pour l'occasion.»

Le philologue promit d'être présent à la cérémonie et jura que lui aussi porterait l'habit en l'honneur de son ami.

Il songea en même temps que s'il se faisait arrêter en aidant le pasteur baptiste Radel Tsurinov à s'évader, il ne pourrait certainement pas venir se pavaner en habit au mariage. Mais l'essentiel était l'avenir de Rigoberto et de Milja. Les voir s'aimer était un grand bonheur.

«Est-ce que je peux t'appeler mon frère? lui demanda plus tard le médecin.

— Tu peux, cher frère.

— Tous les ouvriers du monde doivent être frères», confirma Sergueï, scellant leur pacte d'amitié.

La soirée avait été une grande réussite, et l'addition ne se montait qu'à soixante-quinze mahoussovs. Tous auraient volontiers continué à faire la fête jusqu'au matin, mais l'emploi du temps de Surunen ne le permettait pas. Après avoir payé, il leva un dernier verre de champagne à la santé de ses amis. Puis ils prirent tous ensemble un taxi pour se rendre à la gare de l'Ouest. Dans un flot d'embrassades, le philologue monta avec ses bagages dans le train, qui s'ébranla sans attendre vers l'Autriche. Le dîner avait été parfait, les amis magnifiques, la nourriture excellente. Il avait maintenant devant lui un voyage… mais pour où? Il aurait été facile de rester assis dans ce wagon et de débarquer au matin à Vienne. De là, il pourrait prendre un avion pour Helsinki et aller droit de l'aéroport chez la maîtresse de musique Anneli Immonen. Avait-il promis quoi que ce soit à Radel Tsurinov concernant sa liberté? Absolument rien. Il s'appuya au dossier de son siège et ferma les yeux. Il était fatigué. Il avait envie d'en griller une.

Il fourra la main dans sa poche pour en sortir son paquet de cigarettes. Au passage, les menottes tintèrent. Il sursauta, ouvrit les yeux et redevint lui-même. Il ne pouvait pas laisser Radel seul, il devait le libérer. Anneli Immonen l'attendrait, sa conscience ne lui permettait pas d'abandonner la mission qu'il s'était fixée. Il descendit du train une demi-heure plus tard à une petite gare du nom de Sergovo. Il faisait déjà nuit, il bruinait. Surunen porta ses bagages jusqu'à une modeste auberge où il trouva de la place et où personne ne lui demanda son passeport. La chambre ne coûtait que cinq mahoussovs et cinquante kepouicks, petit déjeuner et dîner à la table d'hôte compris. Le propriétaire des lieux était joueur d'échecs et buveur de bière. Face à lui, Surunen ne fit pas le poids aux échecs ce soir-là, ni le suivant, mais question bière, en revanche, il sut se montrer à la hauteur. Au total, il passa deux jours et demi à l'auberge avant de juger qu'il était temps de retourner dans la capitale. Il monta, tôt le matin, dans la voiture brinquebalante de l'aubergiste qui s'en allait comme chaque semaine au marché de Slavo-grod. Il y vendait des fruits et des légumes et en rapportait non seulement des mahoussovs, mais aussi quelques bouteilles de vin et des denrées qu'il ne produisait pas lui-même. Ce jour-là, il acheta un cochon vivant qu'il fit tuer à l'abattoir du marché couvert. Surunen, invité à assister à l'opération, trouva là l'occasion parfaite d'ache-ter une blouse blanche en prévision de sa visite à l'hôpital psychiatrique. Les bouchers lui ven-dirent volontiers une blouse propre, au prix de dix mahoussovs. Il plia le vêtement dans son sac, expliquant qu'il collectionnait comme souvenirs de voyage des tabliers de boucher du monde entier. L'aubergiste trouva le passe-temps plutôt insolite. Lui-même avait collectionné toute sa vie les pièces d'échecs, il en avait plus de mille, mais des blouses blanches, voilà qui était nouveau.

« Si j'avais su, je t'aurais vendu le tablier blanc de ma femme, regretta-t-il.

— Je l'achèterai peut-être encore un jour, si je repasse par Sergovo. Salue ta femme de ma part et remercie-la pour ses bons repas », déclara Surunen en prenant congé.

Il se fit conduire à la gare, où il laissa sa valise à la consigne. Puis il s'occupa de se procurer un laissez-passer pour l'hôpital psychiatrique. Il lui restait le deuxième bon de commande officiel de l'État chipé à la boulangerie, qu'il avait maintenant l'intention d'utiliser. Il s'installa au buffet de la gare pour le remplir.

Le formulaire n'était pas vraiment conçu pour l'usage qu'il voulait en faire, mais en le complétant sans s'arrêter à de vains détails, il réussit à lui donner l'aspect d'un document officiel. Dans la case « nature de la commande », il écrivit : laissez-passer d'une journée. À titre de motif, il indiqua « transport médical de patients ». Il remplit dans le même style tout le reste du papier. Rien d'étonnant, vraiment, à ce que la joviale et replète boulangère se soit plainte de la complexité du formulaire. Quand il eut terminé, Surunen relut le document et conclut que personne, à l'hôpital psychiatrique, ne pourrait prétendre qu'il avait été falsifié. Surtout s'il présentait en plus son livret militaire finlandais. Il signa du nom de Rubik Hindirov, rapporteur extraordinaire du ministère de la Santé. Il espérait qu'il n'y avait personne de ce nom dans cette administration. Après l'évasion de Radel, tous les Hindirov feraient à coup sûr l'objet d'une enquête, surtout s'ils travaillaient dans le domaine de la santé publique.

Tout était prêt. Surunen disposait de deux

paires de menottes, d'une blouse blanche de boucher qui ferait office de tenue de psychiatre et d'une demande officielle de laissez-passer jointe à son livret militaire frappé d'un lion héraldique. Il ne lui restait plus qu'à attendre le moment propice pour agir. Il prévoyait de se rendre à l'hôpital après minuit. Il se promena dans la ville à la recherche de lieux où se cacher et, le restant de la journée, tua le temps dans les parcs ombragés de Slavogrod.

Dans le square à côté de l'hôtel Russija, il tomba sur le clochard vachardoslave à qui il avait donné un peu d'argent et près de cent clefs de menottes. L'homme, qui était couché sur le même banc que la fois précédente, le reconnut immédiatement quand il s'approcha.

«Mon bon monsieur, c'est bien vous qui m'avez donné ces clefs?»

Surunen lui demanda ce qu'il en avait fait.

«Je les ai essayées dans quelques serrures, mais elles n'allaient nulle part. Et puis la nuit dernière, j'ai eu de la chance. J'en ai trouvé une qu'elles ouvraient, celle du kiosque à tchoukhnis de la place Slavija. J'ai pu entrer, et il y avait deux caisses pleines de pâtés tout frais. J'en ai tout de suite mangé cinq d'affilée, et j'en ai emporté cinq autres. Je peux maintenant aller dans tous les kiosques à tchoukhnis de la ville avec mes propres clefs. Alors merci beaucoup.

— Où avez-vous mis le reste des clefs?

— Je les ai cachées. Qui sait à quoi elles peuvent encore servir. Il y a le choix.»

Le vieux Vachardoslave tira de sa poche de poitrine un petit pâté emballé dans du papier journal et le tendit à Surunen.

«Prenez, j'en ai plus qu'il ne m'en faut.»

Le pâté était délicieux, bien que froid. Après l'avoir mangé, Surunen souhaita bonne continuation au clochard et quitta le square. Il était tard, le soir tombait. Il prit à pied le chemin du parc du centre hospitalier universitaire, où il resta assis quelques heures, planqué dans d'épais buissons à fumer des cigarettes. Quand minuit sonna, il enfila sa blouse de boucher. Heureusement, elle était d'un blanc immaculé, tout droit sortie de la blanchisserie. Un achat coûteux, mais indispensable pour la liberté de Radel. Puis le philologue traversa le parc jusqu'à la porte principale de la clinique psychiatrique, entra et marcha droit vers le comptoir d'accueil, arborant un air las et irrité comme beaucoup de personnes obligées de travailler de nuit.

Il présenta sa demande de laissez-passer et son livret militaire au permanencier, qui s'étonna un peu de ce dernier document. Surunen lui expliqua que c'était un livret de fonctionnaire de l'Organisation de la santé des États socialistes d'Europe de l'Est, que l'on ne délivrait qu'aux cadres médicaux les plus haut placés. N'en avait-il vraiment jamais vu? Devait-il téléphoner à cette heure de la nuit au directeur administratif du centre hospitalier et lui demander de venir expliquer à son subordonné la signification de ce document orné d'un lion?

Le gardien de nuit déclara que ce n'était pas nécessaire. Il en connaissait bien sûr parfaitement la signification. Il n'avait posé la question que par mesure de sécurité. Il tamponna la demande de laissez-passer de Surunen, et par la même occasion son livret militaire. Puis il lui rendit les deux et l'invita à signer le registre de l'hôpital, sur lequel il flanqua aussi un coup de tampon.

«Vous êtes donc venu chercher des dissidents, docteur. Vous connaissez l'établissement?

— Oui, mais j'aimerais malgré tout avoir un guide. Par précaution, je veux dire, expliqua Surunen en faisant tinter ses menottes sur le comptoir.

— Bien sûr, d'ailleurs personne n'a le droit de se promener ici sans surveillance. Les règles sont plutôt strictes, dans un endroit comme celui-ci.

— C'est tout à fait compréhensible», assura le philologue d'un ton officiel. Le permanencier siffla en direction du couloir, d'où surgit en courant un jeune aide soignant boutonneux, un trousseau de clefs cliquetant à sa ceinture.

«Vasja, tu vas accompagner le docteur. Il est là pour emmener des dissidents de l'unité spéciale.»

Le jeune homme s'étonna. D'après lui, on ne venait en général chercher les fous pour interrogatoire qu'après deux heures du matin. Il n'était qu'une heure moins le quart. Le règlement…

«Ta gueule, Vasja. Le docteur a un livret de fonctionnaire frappé d'un lion. Tu ne sais pas ce que ça veut dire?

— Si, si… dans ce cas, bien sûr», admis

docilement l'aide soignant, et il précéda le visiteur, ouvrant les portes les unes après les autres, jusqu'à l'unité spéciale plus fermée que fermée.

En chemin, il demanda au docteur Surunen s'il était polonais, à cause de l'accent avec lequel il parlait vachard. Le philologue admit que sa mère était polonaise, mais expliqua qu'il était lui-même slovaque, en fait. En mission à Slavogrod. «Mais tous les Européens de l'Est sont une même famille, n'est-ce pas, conclut-il.

— C'est vrai», acquiesça Vasja.

Les dissidents de l'unité spéciale dormaient tous à poings fermés quand les visiteurs entrèrent, mais dès que la lumière s'alluma dans la salle, ils se réveillèrent. Le premier sur pied fut Papa Flasza, qui enfila aussitôt sa chemise et son pantalon. Surunen l'informa cependant que ce n'était pas la peine qu'il se dérange. Il était venu chercher Radel Tsurinov, le prétendu pasteur baptiste.

Puis il ordonna à celui-ci : «Habillez-vous vite et préparez-vous à me suivre.»

L'homme se frotta les yeux, surpris. Quand il reconnut enfin Surunen, une lueur de joie passa dans son regard et il fut vite prêt. Le philologue sortit une paire de menottes de sa poche et s'attacha à Radel par le poignet gauche. Puis il ordonna à Vasja d'éteindre la lumière et souhaita bonne nuit aux dissidents condamnés à moisir pour le restant de leurs jours dans cette sinistre salle.

Mais Papa Flasza n'avait pas l'intention de se

recoucher. Il s'approcha du philologue et, en un éclair, chipa dans la poche de sa blouse de boucher l'autre paire de menottes. Avant que l'aide soignant ait le temps d'intervenir, il passa la main dans l'un des anneaux, referma l'autre sur le poignet droit de Surunen et avala la clef. Le mouvement de sa pomme d'Adam fit disparaître tout espoir d'ouvrir les menottes avant le lendemain, et encore. Les vieux filous ont souvent les intestins désespérément paresseux.

Vasja tira de la poche de poitrine de sa blouse une matraque en caoutchouc souple avec laquelle il se mit à frapper Papa dans le dos. Surunen le somma de cesser ces violences.

«Pas la peine. Je vais aussi l'emmener. Là où nous allons, il fera moins le malin.»

L'aide soignant eut un sourire entendu. Il savait où l'on conduisait les dissidents que l'on venait chercher au milieu de la nuit. Mais le vieux fou ne pouvait s'en prendre qu'à lui-même, personne ne lui avait demandé de s'attacher au docteur. Voilà qui lui servirait de leçon.

«Quel schnock, et sénile, en plus!»

Vasja éteignit la lumière et prit la tête du groupe, ouvrant à nouveau les portes les unes après les autres. Surunen le suivait, Radel Tsurinov à sa gauche, Papa Flasza à sa droite. Quand ils furent dans le hall d'entrée, l'aide soignant remit sa matraque dans sa poche. Le permanencier nota dans son registre les noms et les matricules des deux dissidents, ainsi que l'heure à laquelle ils étaient sortis de l'hôpital, le tout assorti de nouveaux coups de tampon. Puis il appela une ambulance afin d'assurer leur transport en toute discrétion. C'était ce qui se faisait d'habitude dans l'établissement. Il proposa une cigarette à Surunen, mais celui-ci refusa. Il lui aurait été difficile de fumer avec Radel Tsurinov et Papa Flasza accrochés à ses poignets.

«Il y a eu du mouvement, ici, ce soir? demanda le philologue en attendant l'ambulance.

— Pas beaucoup, non. On a amené un peu avant votre arrivée un type qui s'était ouvert les veines, et ensuite, pendant que vous cherchiez ceux-là, deux hystériques. C'est plutôt tranquille, ce soir», constata le gardien de nuit. Puis l'ambulance vint s'arrêter au pied du perron. Vasja ouvrit grand les portes de l'hôpital afin que Surunen puisse sortir avec Radel Tsurinov et Papa Flasza.

25

Le chauffeur et son auxiliaire descendirent de l'ambulance qui venait de se garer devant la porte principale de la clinique psychiatrique et demandèrent si c'était bien là les dissidents qu'ils avaient l'ordre de transporter. Surunen acquiesça. L'auxiliaire ouvrit les portes arrière du véhicule. Surunen y monta avec Radel Tsurinov et Papa Flasza. Le chauffeur demanda où l'on allait et sortit sa feuille de route.

Surunen avait eu toute la journée pour repérer des cachettes sûres.

«Prenez vers le centre, puis par l'avenue Slavija jusqu'à la rue Russija. Nous allons au numéro neuf.»

Ils roulèrent en silence et sans histoire à travers la ville. Papa Flasza tenta certes de bavarder un peu mais Surunen le fit taire d'un coup de coude dans les côtes. Peu après l'avenue principale, l'ambulance s'engagea dans la rue Russija. Au neuf, il n'y avait ni lampadaire ni immeuble, juste un chantier de démolition grand comme un pâté de maisons. Surunen se contorsionna pour signer le bon du transport. Le chauffeur s'étonna : que faisait-on devant ces ruines désertes et mal éclairées ? D'habitude, on emmenait les dissidents au siège de la police secrète, qui se trouvait à l'autre bout de la ville.

Surunen grogna :

«Nous attendons un autre véhicule qui doit venir nous prendre ici. Cette affaire sort de l'ordinaire.»

Il griffonna sa signature au bas du formulaire. Le chauffeur n'y jeta pas même un coup d'œil, comme en général, avant bien sûr qu'il ne soit trop tard.

«C'est vous que ça regarde, déclara-t-il en rangeant le papier dans sa poche de poitrine et en remontant dans son véhicule, qui disparut bientôt au loin. Le trio menotté resta seul dans la sombre rue déserte. Papa Flasza voulut aussitôt savoir où ils étaient, pourquoi, et qui était l'homme qui se tenait entre Radel et lui.

Surunen emmena les dissidents sur le chantier de démolition, où ils déambulèrent un moment, trébuchant parmi les tranchées et les tas de gravats. Quand il jugea qu'ils étaient suffisamment bien cachés, il s'assit sur une pile de briques. Radel et Papa durent aussi trouver de quoi poser leurs fesses, car attachés comme ils étaient, aucun des deux autres ne pouvait rester debout si l'un prenait un siège. Le trio devait marcher d'un même pas, s'asseoir et se lever en même temps, ne faire qu'un. Un sauveur et deux larrons. Bons pour être crucifiés ensemble.

Surunen se présenta. Il était finlandais, enseignant de langues vivantes, et pratiquait pendant ses vacances d'été la libération de prisonniers d'opinion. Il avait jusque-là réussi à faire évader quelques détenus du côté de l'Ouest. Un professeur et un médecin. Le premier était mort pendant leur fuite, l'autre était l'homme que Radel et Papa avaient vu lors de sa première visite à la clinique psychiatrique. Il avait aussi libéré trois frères indiens, Primero, Segundo et Tercero Bueno. Ces courageux paysans avaient sûrement déjà posé les bases d'une nouvelle vie et planté du maïs. Ils engrangeraient peut-être dès l'automne prochain leur première récolte depuis longtemps.

Radel Tsurinov et Papa Flasza furent soulagés d'apprendre qu'ils étaient entre de bonnes mains. Ils avaient eu peur que Surunen soit malgré tout médecin et les conduise à la police secrète pour y être interrogés. Papa se vanta pourtant d'avoir tout de suite compris qu'un homme aussi sympathique ne pouvait pas être docteur. C'était pour ça qu'il avait joué son va-tout et pris le risque de s'attacher à lui.

«J'ai entendu un cliquetis quand tu as sorti ces menottes de ta poche. Au bruit, j'ai tout de suite compris que tu en avais au moins deux paires. Une seule ne cliquette pas comme ça dans une poche, deux, si, quand on les tripote. Je me suis dit tant pis, advienne que pourra, je vais avec eux

— on verra bien s'il s'agit d'un interrogatoire ou d'autre chose. Et j'ai piqué les autres bracelets pour m'accrocher à ton poignet.»

Papa assura qu'il n'y avait rien de plus facile que de prendre un objet dans la poche d'un homme qui n'avait pas développé d'instinct de protection contre les pickpockets.

«C'est ton cas. Tu ne te méfies pas de nous, expliqua-t-il.

— C'est quoi, cet instinct? demanda Surunen.

— C'est l'un des plus anciens instincts primaires de l'humanité. Chez les femmes, il se manifeste par la peur des souris. C'est un atavisme. Depuis déjà l'âge de la pierre, les femmes du monde entier ont peur de ces petites bêtes, parce que celles-ci avaient l'habitude, dans les cavernes, de courir sur leur peau, sous les fourrures. Et il arrivait aux souris préhistoriques de dévorer les yeux des bébés, c'est pour ça que les femmes continuent à en avoir une peur panique. Chez les hommes, en revanche, cet instinct est dirigé contre les voleurs à la tire. Depuis l'âge de la pierre, ils font attention à leurs menus objets, pointes de flèche, frondes, pour que les pickpockets ne puissent pas les leur subtiliser...»

Radel l'interrompit.

«Et voilà... ça fait des années que je suis obligé d'écouter ce genre de sornettes, se plaignit-il.

— Laisse-moi finir, grogna Papa Flasza. Les Méditerranéens, surtout, ont un instinct de protection contre les pickpockets très développé. Pendant la dernière guerre, j'ai rencontré dans un camp des prisonniers italiens qui avaient été capturés quelque part dans les Balkans. Vous ne pouvez pas imaginer à quel point cet instinct était aiguisé, chez eux. J'ai dû sérieusement m'entraîner, pendant parfois des semaines, pour réussir à leur faucher quoi que ce soit. On ne peut pas s'approcher à moins d'un mètre d'un Italien sans qu'il vous accuse de vouloir le voler. »

La discussion sur l'instinct de protection contre les pickpockets ayant ainsi trouvé sa conclusion, Surunen sortit de sa poche la clef des menottes qui l'attachaient au pasteur baptiste, les ouvrit et jeta toute la ferraille dans l'obscurité des ruines. Radel était maintenant libre, mais Papa Flasza était toujours arrimé à son sauveur.

« Qu'est-ce qui t'a pris d'avaler cette clef », grommela le pasteur. Le voleur à la tire se défendit :

« Si je ne l'avais pas fait, on m'aurait tout simplement envoyé me recoucher. Je serais resté à croupir dans cette unité spéciale jusqu'à la fin de mes jours. »

Surunen mit fin aux bisbilles en déclarant qu'il fallait maintenant trouver moyen d'ouvrir les menottes afin de pouvoir quitter le chantier, se procurer des vêtements pour les évadés et fuir la ville. Il devait aussi se débarrasser de sa blouse de boucher qui brillait dans le noir comme un drapeau blanc.

« Eh bien enlève-la, suggéra Radel.

— Imbécile, comment veux-tu qu'il l'enlève tant qu'on est attachés par les poignets. À moins

319

que tu t'imagines qu'il puisse me faire passer à l'intérieur. Je ne vois pas comment il y arriverait», s'énerva Papa.

Surunen arracha la manche de sa blouse de boucher et déchira le devant en deux. Il jeta les lambeaux par terre dans la boue du chantier de démolition et les piétina.

«Toi qui es si doué, comme voleur, tu ne pourrais pas crocheter la serrure de ces menottes? demanda-t-il à Papa Flasza.

— Elles sont de fabrication russe. Impossible de les crocheter sans un rossignol adapté. On ne peut pas non plus en venir à bout avec une scie à métaux, il faudrait un étau et une lime en carbure de tungstène.»

Surunen déclara que l'on avait surtout besoin d'huile de ricin. Il prit un peu d'argent dans son portefeuille, le donna à Radel et lui demanda de courir à la plus proche pharmacie de garde.

Le pasteur retourna sa veste de prisonnier et s'en fut. Quand il eut disparu dans l'obscurité, Papa Flasza expliqua que Radel Tsurinov était à son avis un cinglé total qui ne méritait pas vraiment de quitter l'asile. Il y était resté des gens beaucoup plus sains d'esprit… mais bon. Radel, expliqua-t-il, avait été assez stupide pour prêcher les bienfaits du baptême par immersion dans un camp de redressement situé au beau milieu d'une steppe aride où il n'y avait ni lac ni rivière à des dizaines de kilomètres à la ronde. En six semaines, il n'était pas tombé une seule goutte de pluie, mais lui s'obstinait à clamer camarades, faites-vous baptiser, baptiser par immersion...

Papa demanda à Surunen s'il était lui-même baptiste, pour avoir libéré Radel. La réponse étant négative, il continua de médire des coreligionnaires du pasteur. C'étaient tous, selon lui, de parfaits idiots. Ils œuvraient jour et nuit à convertir des prisonniers, prêchaient et réclamaient des professions de foi, ne laissant pas un instant de répit à de simples filous comme lui. Quel intérêt y avait-il à christianiser des criminels ? Le ciel s'en porterait-il mieux, si on y envoyait à la pelle des voleurs et autres malfaiteurs ?

Au bout d'une bonne heure, le pasteur vilipendé revint, essoufflé, au chantier de démolition. Il appela à voix basse et, quand on lui répondit, trouva en trébuchant son chemin. Il rapportait un flacon de laxatif, avec le récit captivant de la manière dont il se l'était procuré.

Au début, tout s'était bien passé : il avait trouvé une pharmacie de garde, avait demandé à la vendeuse de l'huile de ricin et même prétendu qu'il en avait besoin pour soigner un bébé ayant des maux de ventre. Il n'aurait pas dû inventer ce prétexte, car la jeune préparatrice en pharmacie n'y avait pas cru. Comment un type d'une cinquantaine d'années vêtu d'une veste retournée pouvait-il être le père d'un enfant de moins d'un an ? Il n'avait pas eu d'autre choix que d'expliquer qu'il était en fait l'oncle du bébé, et qu'on l'avait envoyé parce qu'il n'avait rien de plus pressé à faire. C'était urgent, l'enfant avait besoin d'un remède. La préparatrice s'était alors demandé si l'huile de ricin n'était pas malgré tout un traitement trop violent pour un nourrisson. Elle avait voulu téléphoner au pharmacien, chez lui, pour lui demander quelle attitude adopter face à la demande de son client. Radel était alors revenu sur son histoire et avait avoué que le laxatif était en réalité pour lui. C'était lui qui était constipé et non un bébé. Il n'y en avait d'ailleurs même pas dans la famille, dont le plus jeune membre avait déjà trente ans.

La jeune fille était plantée là avec le flacon d'huile de ricin à la main, hésitant à le donner à un homme qui semblait, en plus de tout le reste, porter un pantalon rayé comme ceux des criminels.

À ce stade, Radel avait flanqué sur le comptoir un billet de cinq mahoussovs et saisi le remède qu'il convoitait des mains de la vendeuse. Puis il s'était rué dehors dans la rue obscure sans demander son reste et avait galopé paniqué dans toute la ville pour semer les pharmaciens peut-être lancés à ses trousses. En courant, il s'était perdu, mais avait finalement retrouvé son chemin et était maintenant là.

Il dévissa le bouchon du flacon et le tendit à Papa Flasza. «Vas-y, bois. Ça va te faire du bien», dit-il un peu méchamment. Le pickpocket commença par protester. Il assura que ses intestins fonctionnaient à merveille même sans laxatif. La clef sortirait en son temps par des voies naturelles. Il suffisait d'attendre tranquillement.

«En plus, l'huile de ricin est un solvant si puissant qu'elle peut causer des dommages irréparables aux objets métalliques. Je ne voudrais pas prendre ce risque», argua-t-il.

Surunen déclara que d'après ce qu'il savait, l'huile de ricin était sans effet sur le métal.

«En elle-même, certes, mais lorsqu'elle se combine aux puissants acides gastriques, il se produit une réaction chimique dont le résultat peut faire totalement disparaître un trousseau de clefs entier», essaya Papa.

Cette fois, Radel Tsurinov lui prit le flacon des mains, lui écarta sans ménagement les mâchoires et lui versa de force près de la moitié de son contenu dans le gosier. Pour éviter de s'étouffer, le pickpocket fut obligé d'avaler. Une fois le traitement administré, les trois hommes s'assirent sur des tas de pierres pour attendre.

«Moi qui pensais en avoir fini avec la médication forcée», se plaignit Papa Flasza. Il ajouta que l'huile de ricin n'agissait pas sur lui de la manière souhaitée. La clef se dissolvait certes dans son ventre, il le sentait, mais pour le reste cette saleté n'avait aucun effet.

À peine avait-il fini sa phrase qu'il se dressa d'un bond, baissa son pantalon sur ses talons et se mit à puer. Surunen se plaça du bon côté du vent. Les entrailles de Papa se vidaient dans un bruit de débâcle accompagné de grognements furieux. Enfin, il annonça dans l'obscurité qu'il avait trouvé la clef. Elle était enveloppée dans un coin de son mouchoir. Il l'essuya et ouvrit les menottes. Surunen, libéré, s'écarta du vieux pickpocket malodorant.

Papa Flasza se lava les mains et rinça son derrière huileux dans les flaques du chantier. Il pestait à voix basse dans l'obscurité. Par moments, quand il se taisait, on entendait gargouiller ses intestins. Jurons et ahanements durèrent une demi-heure, jusqu'à ce que le ventre du vieux dissident soit plus vide que la boîte à idées d'un kolkhoze. Les trois hommes purent partir. La liberté les attendait!

26

Le jour se lèverait bientôt. Ils devaient au plus vite trouver une bonne cachette d'où ils pourraient se mettre en quête de vêtements pour remplacer les tenues de prisonnier de Radel et de Papa. Ils avaient aussi besoin de nourriture et de passeports.

Surunen demanda si l'un ou l'autre des dissidents avait à Slavogrod de la famille ou des amis qui pourraient les héberger un moment.

Radel ne connaissait personne dans la capitale, car il était originaire d'une petite ville minière de province. Il n'y avait pas non plus sur place de congrégation baptiste à laquelle il aurait pu faire appel.

Papa Flasza, lui, était né à Slavogrod, mais ses proches étaient morts depuis longtemps. Et, à partir de la fin de la guerre, il avait passé la majeure partie de son temps dans des camps de redressement ou des prisons. Il avait malgré tout des relations dans la capitale. La pègre était présente partout et ses membres étaient tous en cheville.

«Le problème, c'est que mes camarades ne possèdent pas de logements. Ce sont plutôt des marginaux… J'aurais peut-être une solution si je pouvais téléphoner à un type et lui emprunter ou lui acheter un trousseau de rossignols. Je pourrais ensuite nous faire entrer n'importe où, même au siège du parti communiste.»

Surunen donna quelques kepouicks à Papa pour qu'il puisse téléphoner. Quand ils eurent trouvé une cabine, il y passa quelques coups de fil et en ressortit l'air satisfait. Le trousseau de rossignols était en chemin.

Une demi-heure plus tard, une Lada blanche s'arrêta en trombe devant la cabine téléphonique. Il en descendit un Vachardoslave aux sourcils broussailleux vêtu d'un blouson de cuir noir qui reconnut tout de suite Papa Flasza et courut joyeusement serrer cette vieille canaille dans ses bras. Puis on examina à la lumière d'un lampadaire ce qu'il avait apporté.

Il y avait cinq assortiments de rossignols. Certains permettaient d'accéder à des appartements, d'autres à des bâtiments publics. L'un des trousseaux était tout particulièrement fait pour ouvrir des magasins, un autre d'anciens immeubles construits avant les années 1930, un autre encore des constructions plus récentes. Le plus coûteux était destiné à crocheter les portes d'établissements commerciaux, le moins cher celles de vieux logements ouvriers. Avec l'assentiment de Surunen, Papa choisit l'un des plus chers, un trousseau vendu cent cinquante mahoussovs particulièrement adapté aux serrures des administrations, ainsi qu'un échantillon plus restreint de passe-partout réservés aux résidences privées, pour un total de deux cents mahoussovs. La somme était considérable, mais Surunen ne mégota pas. La nuit était courte et l'on avait absolument besoin d'outils.

Quand le vendeur de rossignols fut reparti, Papa fit son éloge :

«Flebka est un chic type. C'est un des plus habiles crocheteurs de serrures de la péninsule balkanique. Dans le temps, c'est moi qui ai fait son éducation dans un camp de redressement. Il tirait cinq ans, moi sept, on avait du temps... en souvenir de cette époque, il m'a vendu les rossignols à prix coûtant. Normalement, un trousseau comme ça revient à mille mahoussovs, vous vous rendez compte ?»

Papa examina ses acquisitions à la lumière du lampadaire. Il avait l'air satisfait. C'était du matériel de bonne qualité.

«Avec ça, on pourrait même entrer dans la cathédrale orthodoxe de Slavogrod. Pourquoi ne pas y aller, d'ailleurs, on y serait sûrement tranquilles, un lundi matin», suggéra-t-il.

Radel Tsurinov s'opposa au projet. Il trouvait inconvenant de s'introduire sans autorisation dans un lieu saint. Il fit remarquer qu'il était quand même pasteur, et ne pouvait donc cautionner aucune forme de sacrilège.

Pour Surunen, l'idée de Papa valait la peine qu'on s'y arrête. Il y avait sûrement dans la sacristie des toilettes où il pourrait effacer les traces de ses problèmes intestinaux.

« Nous n'allons quand même pas entrer par effraction dans la maison de Dieu pour laver le cul d'un pickpocket fasciste diarrhéique », protesta le pasteur autoproclamé.

L'aube pointait. Quelques voitures passèrent devant la cabine téléphonique. Il devenait urgent de trouver une planque. Ils ne pourraient pas se cacher très longtemps sous les porches et dans les arrière-cours. Sans compter que Papa Flasza avait encore besoin de courir sans arrêt aux W.-C.

« Et si je crochetais la serrure d'un restaurant ? Ce serait sympa de pouvoir manger un morceau », proposa Papa.

L'idée avait du bon. Inutile, néanmoins, de s'introduire dans un établissement ordinaire, l'accueil de la clientèle de midi abrégerait trop vite leur séjour, mais peut-être y avait-il en ville des boîtes de nuit qui restaient fermées dans la journée, surtout un lundi matin.

« Il y a au moins un cabaret mondialement célèbre, s'enthousiasma Papa Flasza, allons-y. Les Nuits de Slavogrod, le lieu le plus chaud et le plus cher des Balkans ! »

Heureusement, Les Nuits de Slavogrod ne se trouvait qu'à cinq cents mètres, et ils y arrivèrent avant que la ville ne s'éveille. Papa Flasza crocheta sans mal la serrure de la porte principale du célèbre cabaret. Le trio se glissa discrètement dans l'établissement. Dans le vestibule, Surunen manifesta son étonnement : pourquoi emprunter la porte principale? La porte de derrière n'aurait-elle pas été plus discrète?

«Il n'y a que les débutants pour passer par-derrière. Un vrai professionnel entre autant que possible par la grande porte. En fait, les accès de service sont toujours mieux défendus contre les effractions, parce que les gens pensent que les cambrioleurs préfèrent emprunter cette voie. La serrure de la porte principale, en revanche, est en général en mauvais état, elle est plus là pour la galerie qu'à cause des voleurs. Il arrive qu'on ne la boucle même pas, parce qu'on s'imagine que nous n'oserons de toute façon pas passer par là. Un Russe m'a raconté un jour, en prison, que l'entrée principale du Kremlin n'était jamais verrouillée. C'est une porte si sacrée, pour les Russes, qu'il ne leur viendrait pas à l'idée de la franchir sans autorisation. Il paraît qu'elle n'a même pas de serrure. Mais ce Russe m'a aussi raconté que le fantôme de Staline était venu dans les années soixante donner un tour de clef à cette porte du Kremlin, mais comme le Petit Père des peuples était gaucher, ou ne faisait pas bien la différence entre la gauche et la droite, il l'a ouverte au lieu de la fermer. Le fantôme a emporté la clef et crié sur la place Rouge que la forteresse était maintenant cadenassée et qu'aucun scélérat ne pourrait plus salir sa mémoire. Il parlait de Nikita et de Leonid.»

Tout en bavardant, le trio s'était glissé du vestibule dans la grande salle de restaurant, qui pouvait contenir peut-être cinq cents personnes.

Elle était ronde, avec au milieu une piste de danse en cuivre, d'un côté une petite scène et de l'autre l'estrade de l'orchestre. Entre les deux, un passage menait vers les cuisines et les loges des artistes. La salle était si haute que l'on avait pu construire sur son pourtour incurvé de petits balcons destinés aux hôtes de marque. Le plafond était soutenu par de grosses colonnes de style baroque décorées de spirales tressées. Le cadre était typique de ce genre d'établissements, avec ici et là du papier doré, des lanternes multicolores, des fanfreluches clinquantes.

Dans la salle flottaient de légers effluves de la soirée passée, cette senteur propre à toutes les boîtes de nuit du monde où se mélangent les odeurs de sueur, de tabac et de parfum éventé des clients, l'arôme de sauces appétissantes, l'âcre relent d'ammoniaque des toilettes et le crésol utilisé par les femmes de ménage qui œuvrent pendant la nuit dans l'établissement.

«Putain! ça valait la peine de venir là, s'exclama Papa Flasza, béat, au milieu de la piste de danse. C'est sacrément mieux qu'une église.»

Il courut un peu partout dans la salle, jeta un coup d'œil aux pièces adjacentes, fit un saut dans les cuisines, explora de fond en comble les locaux du personnel, les vestiaires et le magasin des accessoires de scène, puis revint annoncer que puisqu'il n'y avait personne dans l'établissement, il allait s'approprier le boudoir de la meneuse de revue. Il y avait trouvé un cabinet de toilette équipé d'un bidet sentant la lavande, une vraie rareté en Vachardoslavie. Il expliqua qu'il avait, plus que personne au monde, besoin d'un bon bain de siège, et d'urgence, car l'effet laxatif de l'huile de ricin ne s'était pas encore totalement dissipé.

Le pasteur baptiste Radel Tsurinov se contenta d'utiliser les douches du personnel de service.

Pendant que les dissidents s'occupaient de leur hygiène corporelle, Surunen alla leur choisir des vêtements dans le vestiaire des employés. Il y avait le choix, des smokings des serveurs à la livrée rouge de tambour-major du portier. D'après le nombre de tenues en stock, au moins cent personnes travaillaient dans le cabaret. Rien que pour les cuisiniers, il y avait sur une étagère plus d'une dizaine de toques blanches. Elles lui donnèrent l'idée d'aller visiter les cuisines. Il commençait à avoir faim, après cette longue nuit de veille, et un petit verre ne serait pas non plus de refus pour se remettre de toutes ces aventures.

La cuisine était moderne et fonctionnelle. Au plafond de la chambre froide pendaient des carcasses de bœuf entières. Dans les congélateurs, oies et canards voisinaient avec des centaines de pigeons plumés. Les armoires réfrigérées débordaient de jambons, saucisses de toutes sortes, poissons cuits et jattes pleines de mayonnaises et de sauces à l'odeur alléchante. Des piles de barquettes contenant des œufs de caille occupaient une étagère entière. Surunen s'apprêtait à se servir quand les dissidents le rejoignirent, propres comme des sous neufs. Le pasteur baptiste Radel

Tsurinov avait revêtu un smoking impeccablement coupé. Il était particulièrement élégant, rasé de près et enveloppé d'un parfum d'aftershave. On aurait pu croire qu'il s'apprêtait à se rendre à une soirée intime au palais impérial. Difficile d'imaginer que c'était le même homme qui, quelques heures plus tôt, croupissait dans l'unité spéciale d'un hôpital psychiatrique.

Papa Flasza avait opté de son côté, en accord avec sa personnalité, pour une rutilante livrée de tambour-major. Il était chaussé de bottes à la hussarde en cuir brillant et coiffé d'une superbe toque de cosaque en fourrure de loup. Il portait son impressionnante tenue avec la dignité d'un souverain-né.

Papa et Radel se chargèrent de dresser le couvert dans la salle. Ils remirent sur leurs pieds des chaises posées à l'envers sur une table et recouvrirent celle-ci d'une nappe blanche en tissu. Ils y disposèrent des victuailles pour trois. Surunen apporta de la cuisine deux bouteilles de champagne russe rouge. Il savait qu'il était excellent, pour en avoir goûté à Moscou avec Sergueï Lebkov et son acariâtre épouse Mavra.

Ils en burent un verre, puis s'attaquèrent aux délices de la table. Radel Tsurinov se rendit soudain compte que personne n'avait pensé à dire le bénédicité. Il joignit les mains, avala ce qu'il avait dans la bouche et pria avec une ferveur toute baptiste pour le bonheur et le succès de tous les convives, dans ce monde et surtout dans la vie éternelle. Après l'amen, ils levèrent à nouveau leurs verres et purent continuer à se restaurer avec, en quelque sorte, la bénédiction d'une autorité officielle.

Après s'être rassasiés en toute tranquillité, ils essuyèrent leurs lèvres huileuses dans les serviettes en tissu brodées à la main et rotèrent satisfaits. Papa porta les restes et les assiettes sales dans la cuisine. Radel prépara du café turc et Surunen posa sur la table trois verres aux flancs renflés et une bonne bouteille de cognac français.

« Ça fait vraiment du bien de boire un excellent café accompagné d'un petit digestif, déclara le vieux pickpocket. S'il fait aussi bon vivre au paradis, je pourrais même me convertir à ta religion, ajouta-t-il en se tournant vers Radel Tsurinov.

— On ne sert pas de cognac au paradis, et je ne crois pas qu'on t'y verra, de toute façon », grogna le pasteur.

Surunen révéla alors qu'il possédait deux passeports finlandais, tous deux en cours de validité et à son nom. Il avait lui-même besoin de l'un d'eux, et l'autre pouvait probablement être falsifié pour Radel. Mais où trouver un passeport pour Papa Flasza, afin qu'il puisse quitter le pays en toute sécurité ? Le but était de prendre le train à Sergovo, direction l'Autriche. Le voyage était dangereux, mais avec de faux passeports, c'était un plan qui pouvait réussir. Après avoir passé la frontière, ils gagneraient Vienne, où les deux dissidents pourraient demander l'asile politique. Celui-ci leur serait sans doute accordé sans problème. Surunen ajouta qu'il lui restait encore assez d'argent pour que les deux hommes puissent venir avec lui en avion à Helsinki, d'où ils pourraient pour finir gagner la Suède, la Norvège ou le Danemark, pays qui accueillaient plus volontiers que la Finlande les réfugiés politiques.

«Beau projet, mais je n'irai ni en Autriche ni en Finlande. Je suis un voleur, mais un voleur patriote, je n'abandonnerai jamais ma terre natale, déclara Papa Flasza d'un ton presque solennel. En revanche, je peux facilement m'arranger pour faire falsifier ce passeport, si tu me donnes des mahoussovs, Surunen. Ça me débarrassera enfin de ce pasteur autoproclamé.»

Le philologue sortit ses deux passeports de sa poche de poitrine. Papa les examina et choisit celui qui ne portait pas de tampons du Macabraguay. Puis il alla téléphoner dans le bureau de la réception. Au bout d'un moment, il revint et annonça qu'un faux passeport d'un pays d'Europe de l'Ouest ne revenait en général qu'à deux cent cinquante mahoussovs, mais que ces diables de Finlandais imprimaient maintenant leurs documents sur du papier si difficile à trafiquer qu'il en coûterait au moins quatre cents mahoussovs, en plus des photos d'identité.

Surunen lui donna quatre cent cinquante mahoussovs. Le vieux pickpocket déclara :

«Je vais tout de suite aller faire rectifier ce passeport. Viens avec moi, Radel, on te tirera le portrait par la même occasion.»

Surunen lui fit remarquer qu'il avait intérêt à échanger sa tenue chamarrée de tambour-major contre des vêtements moins voyants. La journée était déjà bien avancée, il attirerait l'attention en se pavanant au milieu de la foule de l'avenue principale de Slavogrod avec sa cape rouge, ses bottes à la hussarde et sa toque de cosaque. Ne pouvait-il pas opter pour quelque chose de plus discret, ne serait-ce qu'une jaquette et un haut-de-forme en feutre gris, par exemple?

Mais Papa Flasza refusa de renoncer à son bel uniforme et à sa superbe toque, et sortit fièrement dans toute sa splendeur par la grande porte du cabaret, suivi par le pasteur baptiste Radel Tsurinov, vêtu de son smoking. Le bon peuple s'imagina sans doute naïvement avoir affaire à un illustre général cosaque accompagné d'un richissime fêtard, et non à deux dissidents endurcis, durement éprouvés et commençant tout juste à prendre goût à la liberté.

27

Le philologue Viljo Surunen resta seul dans la boîte de nuit silencieuse. Il vérifia que toutes les portes de l'établissement étaient soigneusement fermées. Puis il se versa un verre de cognac, le dégusta lentement sans penser à rien et, une fois qu'il eut terminé, alla faire la sieste dans le boudoir de la meneuse de revue. Il espérait pouvoir dormir tranquille. Au cas où un employé du cabaret surgirait à l'improviste, il pourrait fuir par la sortie de secours qui donnait dans la rue. Sa nuit sans sommeil suivie d'un copieux repas et d'abondantes libations l'avait si bien épuisé qu'il s'endormit aussitôt sur le moelleux canapé du boudoir.

Surunen ronfla plusieurs heures et aurait bien continué s'il n'avait pas été réveillé par la sonnerie du téléphone derrière la cloison, dans le bureau de la réception. Il se leva du canapé, frais et dispos, et courut dans la pièce voisine. Il hésita : valait-il mieux s'abstenir de répondre ou décrocher ? Il était possible que Papa Flasza et Radel essaient de le joindre, mais c'était plus probablement quelqu'un qui avait à parler à la réception du cabaret.

Surunen prit le risque.

«Ici Les Nuits de Slavogrod, bonjour.»

Il s'agissait juste d'une réservation. Une voix de femme demanda quel était le spectacle à l'affiche et s'il était possible d'avoir une table le lendemain soir.

Le philologue réfléchit un instant puis annonça que le cabaret accueillait actuellement une célèbre troupe de danse folklorique russe, venue tout droit des bords du Don. Son interlocutrice lui demanda de réserver une table pour six personnes, mardi, aussi bien placée que possible. Il promit de s'en occuper.

Après avoir raccroché, il chercha dans le bureau un carton de réservation et y inscrivit le nom qu'on lui avait donné, puis le porta comme il l'avait promis dans la salle de restaurant. Il le laissa sur la table la plus proche de l'estrade de l'orchestre, d'où la vue sur le spectacle lui semblait idéale.

Une fois la question de la réservation réglée, il retourna dans le bureau et composa le numéro d'Anneli Immonen à Helsinki. Il ne risquait pas grand-chose, à son avis, à lui téléphoner, qui donc aurait écouté les coups de fil matinaux d'une boîte de nuit.

«Viljo, d'où est-ce que tu m'appelles? Quelle bonne surprise!»

Surunen raconta qu'il appelait du cabaret le

plus chaud des Balkans, Les Nuits de Slavogrod. Ils pouvaient parler en toute tranquillité.

« D'un cabaret ? Qu'est-ce que tu fais dans un cabaret en plein milieu de la journée ? Tu as bu ? »

Le philologue expliqua qu'il se trouvait dans cet établissement pour des motifs tout à fait sérieux, même s'il avait bu un peu de champagne rouge au petit déjeuner après être entré là à l'aube en crochetant la serrure avec deux dissidents qu'il avait libérés au cours de la nuit de l'hôpital psychiatrique local. L'un d'eux était un pasteur baptiste un peu dérangé et l'autre un pickpocket fasciste…

« Malheureux, dans quoi t'es-tu fourré », gémit la maîtresse de musique Anneli Immonen.

Surunen reprit son récit. Il expliqua plus en détail le contexte et le déroulement des événements. Pour finir, Anneli Immonen dut admettre qu'il avait agi dans cette folle entreprise de manière tout à fait rationnelle.

« C'est terrible, Viljo chéri. »

Ils parlaient encore au téléphone quand le philologue entendit des bruits de voix dans la salle de restaurant. Il raccrocha et s'approcha sur la pointe des pieds de la porte. Papa Flasza et Radel Tsurinov étaient de retour. Il leur demanda si tout était en ordre.

Le pickpocket expliqua joyeusement que le pasteur avait fini par obtenir son passeport. Ça n'avait pourtant pas été simple. Premièrement, les rues grouillaient de véhicules pleins de militaires qui contrôlaient les papiers des passants.

On murmurait en ville que deux criminels fous furieux s'étaient échappés de l'hôpital psychiatrique. Ils étaient dangereux et devaient être immédiatement appréhendés. Papa Flasza et Radel Tsurinov avaient malgré tout réussi à gagner le bureau des passeports de la pègre, dans les faubourgs, sans tomber entre les mains d'une patrouille.

«Tout aurait pu se faire très vite et sans difficultés, mais on s'est rendu compte qu'il fallait trouver un nom finlandais pour Radel, histoire de ne pas détonner par rapport au passeport. On n'a pas osé te téléphoner pour t'en demander un. Je me suis dit que tu ne risquais pas de décrocher, de toute façon.

— Au contraire, si», assura Surunen.

Le pasteur expliqua qu'il ne connaissait aucun nom à consonance finlandaise. Il ne savait d'ailleurs rien, en général, de la Finlande, et la littérature de ce pays lui était totalement étrangère.

Papa Flasza en savait un peu plus. Il avait lu un roman finlandais, traduit en vachard dans les années trente, qui parlait de sept paysans stupides, mais ne se rappelait pas le nom de l'auteur qui l'avait concocté. L'histoire l'avait malgré tout suffisamment passionné pour qu'il ait retenu les noms de certains des personnages principaux, tels qu'Aapo, Juhani et Tuomas. On avait donc choisi de donner à Radel les prénoms de Tuomas Juhani, mais trouver un nom de famille avait été plus compliqué.

Papa Flasza avait fouillé dans sa mémoire et

fini par se souvenir de trois personnalités finlandaises, à savoir le président Kekkonen, le
maréchal Mannerheim et le ministre Otto Ville
Kuusinen. On n'avait pas osé donner à Radel le
nom de Kekkonen, car il était connu dans tous
les Balkans ; même le faussaire en avait entendu
parler, sans pour autant avoir suivi la politique
finlandaise. Otto Ville Kuusinen était enterré
dans l'enceinte du Kremlin, c'était pour cette
raison que son nom était familier à Papa Flasza,
mais aussi qu'il était exclu de l'utiliser. Il ne
restait que Mannerheim, dont on avait décidé
qu'il ferait l'affaire car il y avait urgence, on avait
besoin au plus vite du faux passeport. Le pasteur baptiste Radel Tsurinov était donc devenu
Tuomas Juhani Mannerheim, né à Helsinki, de
nationalité finlandaise. Le faussaire avait tam-
ponné le document et y avait porté toutes les
mentions officielles nécessaires. Le résultat ins-
pirait confiance.

Il n'est bonne maison qui ne se quitte, mais,
avant de partir, Papa Flasza prépara dans la cuisine, pour emporter, de délicieux sandwiches au
foie gras décorés de caviar. Dans le bureau, Surunen trouva la sacoche d'un employé du cabaret
qu'il remplit de quelques précieuses bouteilles.
Avant de partir, Papa s'appropria aussi un tire-
bouchon à champagne en argent qui, d'après le
monogramme qui y était gravé, datait de la fin
du XVIIIe siècle et provenait de la cour impériale
de Vachardoslavie. Il justifia son larcin par le fait
qu'il était quand même un voleur professionnel

340

et qu'il aurait été dommage de ne pas profiter de l'occasion. D'après lui, les dizaines d'années qu'il avait passées dans des établissements fermés lui donnaient droit à quelques petites compensations.

Le pasteur baptise Radel Tsurinov, alias T. J. Mannerheim, s'agenouilla pour sa part au milieu de la salle du restaurant, joignit les mains et leva pieusement les yeux vers le plafond. Il implora la grâce de Dieu et sa protection pour la fuite qui se préparait. Puis Papa Flasza appela un taxi, qui vint s'arrêter devant la porte principale du cabaret et les conduisit à la gare, où Surunen récupéra sa valise à la consigne. Il donna ensuite au chauffeur l'adresse de l'unique auberge de la petite ville de Sergovo. À sa demande, il paya la course à l'avance.

« Ne le prenez pas mal, vous avez l'air de messieurs convenables, mais Sergovo est quand même à une heure de route, se justifia l'homme.

— Des messieurs convenables, oui, c'est ce que nous sommes », confirma Papa Flasza.

En chemin, le taxi dut s'arrêter à un barrage routier. Deux policiers jetèrent un coup d'œil dans le véhicule, mais en voyant le smoking de Radel et l'uniforme de tambour-major de Papa Flasza, ils se contentèrent d'examiner le passeport de Surunen. Ils se montrèrent très polis et s'excusèrent pour le dérangement, expliquant qu'ils étaient à la recherche de deux dangereux malades mentaux. Ils souhaitèrent bon voyage aux occupants du taxi.

«Quelle plaie, ces fous», soupira Papa Flasza. Les policiers acquiescèrent.

Une heure plus tard, ils arrivèrent à Sergovo. L'aubergiste accueillit Surunen à bras ouverts. Il ordonna à sa femme de préparer à déjeuner pour toute la compagnie et profita de l'occasion pour attirer l'attention du philologue sur son tablier blanc, entièrement brodé à la mode balkanique.

«Vous qui collectionnez les blouses blanches, vous pourriez acquérir là un objet exceptionnel. Qu'en dirais-tu, petite mère, si on vendait ton tablier à ce monsieur? On pourrait se mettre d'accord sur vingt mahoussovs, non?

— Tu serais prêt à négocier jusqu'aux vêtements que j'ai sur le dos, se plaignit sa femme.

— Réfléchis, mon âme... notre visiteur étranger a besoin de blouses blanches pour sa collection. Et tu en as tant, des tabliers, que la corde à linge ploie sous leur poids.

— S'il est prêt à en donner vingt-cinq mahoussovs, c'est d'accord. Mais quand même... aller vendre le tablier de sa femme...»

Surunen donna la somme demandée à l'épouse de l'aubergiste, qui se défit de mauvaise grâce de son tablier. Il le plia dans sa valise en se disant qu'il pourrait peut-être l'offrir à Anneli Immonen.

Après le déjeuner, Surunen envoya Radel Tsurinov-Mannerheim à la gare prendre un billet Sergovo-Vienne. Lui-même en avait déjà un.

Une demi-heure plus tard, le pasteur revint avec son titre de transport. Il annonça que le train de nuit pour Vienne qui partait le soir même de Slavogrod ferait halte à Sergovo vers onze heures.

Surunen donna cent mahoussovs à Papa Flasza. Était-ce assez pour l'aider à prendre un nouveau départ? Bien sûr, c'était plus qu'il n'en fallait à un pickpocket expérimenté. D'autant plus qu'il possédait aussi de coûteux trousseaux de rossignols. L'aubergiste lui avait en outre proposé de rester un certain temps à Sergovo. Il aurait tant aimé, lui avait-il confié, avoir pour une fois un véritable tambour-major à la porte de son établissement. Les ivrognes de la ville comprendraient enfin que son auberge n'était pas un bouge où l'on pouvait aller soir après soir avec des bottes boueuses siffler la cuvée du patron en racontant des conneries. Un portier galonné en cape rouge rehausserait de plusieurs crans le statut de l'endroit. L'aubergiste insista : monsieur le tambour-major pouvait-il réfléchir à sa proposition? C'était un travail facile, le vivre et le couvert étaient offerts par la maison, avec une belle chambre, de bons repas et un salaire de cinq mahoussovs par jour.

«Si vous me payez une semaine d'avance, je ne dis pas non», déclara Papa Flasza. L'aubergiste demanda à sa femme de verser au nouveau portier ses premiers huit jours de salaire. Elle monta dans sa chambre en grommelant. Elle venait à peine d'encaisser vingt-cinq mahoussovs pour son tablier que son homme les dépensait déjà. L'auberge n'avait pas besoin, d'après elle, d'une telle folie des grandeurs, les temps étaient bien assez durs comme ça. Il n'y avait pratiquement plus de touristes depuis qu'une centrale atomique avait explosé en Ukraine. Elle-même, maintenant, saignait régulièrement tous les mois alors qu'elle avait plus de soixante ans et pensait être débarrassée de ce souci depuis des lustres. Comment aurait-elle osé aller demander des pilules contraceptives à l'hôpital de Sergovo?

Elle paya son salaire à Papa, mais le mit en garde : le travail devait être fait consciencieusement. Elle ne supportait ni les ivrognes ni les fainéants. Si au bout d'une semaine il ne donnait pas satisfaction, il pourrait prendre ses cliques et ses claques.

«Les femmes de Sergovo sont parfois inutilement suspicieuses, s'excusa l'aubergiste. Mais quand vous vous connaîtrez mieux, tout ira bien.»

Papa Flasza était d'accord. Il déclara qu'il arrivait en général à s'entendre avec tout le monde, y compris la gent féminine.

Dans la soirée, largement avant onze heures, Surunen et ses camarades montèrent dans la voiture de l'aubergiste, qui les conduisit à la gare. Papa Flasza entraîna le philologue à l'écart et dit :

«Tiens Mannerheim à l'œil. Il est capable de se mettre à prier en plein contrôle des passeports. Méfie-toi de ne pas te faire prendre à cause de ce cinglé.»

Surunen promit de faire attention. Puis il recommanda à Papa Flasza de vivre honnêtement, dans la mesure du possible. Bâtir son avenir sur le crime ne menait à rien, dans ce monde.

«Ce n'est pas faux, admit le vieux pickpocket. Mais tu n'imagines pas sérieusement que je vais rester honnête?

— Pas vraiment, non, mais tu pourrais au moins y penser. Tu es un homme sensé.»

Papa concéda qu'il pouvait toujours y réfléchir. Envisager un changement de vie n'engageait à rien, ce qui était une excellente chose.

Le train de nuit à destination de Vienne entra en gare. Le philologue Viljo Surunen et le pasteur T. J. Mannerheim prirent congé de leurs accompagnateurs. Papa Flasza porta leurs bagages dans le wagon. Puis il redescendit sur le quai. Quand le train s'ébranla, il adressa un salut militaire à ses amis. La main portée à sa toque de cosaque, il avait l'allure fière et rassurante d'un père de la nation responsable de son pays. Un sourire amusé éclaira son visage ridé. Dans la lumière du quai de gare, on pouvait voir des larmes briller dans ses yeux éprouvés. Bientôt sa silhouette disparut au loin dans la nuit de Sergovo.

Dans le wagon de première classe régnait une atmosphère assoupie. Seuls quelques compartiments étaient occupés, par des passagers pour la plupart endormis dans leurs fauteuils rembourrés. Le décor rappelait celui des vieilles voitures-salons. Dans le couloir flottait une forte odeur de désinfectant. Surunen et Mannerheim s'installèrent dans un compartiment où ne se trouvait qu'un seul autre voyageur. C'était un homme entre deux âges qui dormait à l'abri de son imperméable accroché au portemanteau. La frontière était à des centaines de kilomètres, on la franchirait tard dans la nuit et l'on parviendrait à destination, à Vienne, dans la matinée. Surunen sortit de sa sacoche des sandwiches au foie gras et une bouteille de vin rouge. Il commençait à avoir un peu faim, mais Radel se déclara incapable de rien avaler. La peur lui nouait le ventre.

Vers minuit, l'homme qui dormait sous son imperméable se réveilla, regarda sa montre et se leva. Il s'inquiéta de savoir si l'on avait dépassé Riskigrod. C'était là qu'il allait. Il était juriste. Un procès devait avoir lieu dans cette ville, opposant des grutiers locaux à l'État, auquel ils réclamaient le versement de dommages-intérêts à la veuve de l'un des leurs décédé dans un accident. L'affaire n'était pas simple, car l'homme en question était complètement ivre, ce jour-là, et c'était pour cette raison que l'engin s'était renversé, le tuant évidemment sur le coup. Il s'agissait d'une grue à tour, dont les plus hautes pouvaient mesurer jusqu'à soixante-dix mètres. Le juriste était d'avis que la veuve avait droit à une pension, c'était équitable, mais l'état d'ébriété du défunt devait être pris en compte pour fixer son montant. Où irait-on si l'on versait une pension complète aux veuves de tous les trompe-la-mort? Ce serait gaspiller les deniers de l'État vachardoslave, qu'il représentait dans ce procès. Il était certain que son client, l'État, donc, l'emporterait dans cette affaire contre les collègues et la veuve du défunt ivrogne. C'était bien triste, mais était-il obligé de se soûler en haut d'une grue?

Surunen tira de sa sacoche quelques appétissants sandwiches accompagnés de vin rouge
et proposa au juriste un petit en-cas nocturne.
Celui-ci accepta volontiers. Il avoua qu'il n'avait
jamais goûté de foie gras, et n'avait plus mangé
de caviar depuis au moins cinq ans.

Radel n'avait toujours pas faim. Il était assis
en silence sur son siège, les traits crispés, le front
luisant de sueur. Il serrait de toutes ses forces
l'une contre l'autre ses mains jointes, comme s'il
avait pu, ainsi, évacuer sa peur.

«Mon ami a des crampes d'estomac et de la
fièvre», expliqua Surunen.

À une petite gare, une demi-douzaine de policiers montèrent dans le train et entreprirent d'effectuer des vérifications, réveillant les voyageurs
et exigeant de voir leurs papiers. Le contrôleur
vint prévenir les passagers de première classe
de l'opération. Il avait entendu dire que tous les
trains internationaux étaient fouillés, ces jours-
ci. Deux excités politiques s'étaient paraît-il évadés de l'hôpital psychiatrique de Slavogrod et
risquaient d'essayer de passer à l'Ouest. Mieux
valait faire attention, les fous étaient imprévi-
sibles.

«Je ne comprends pas pourquoi on ne laisse
pas ces cinglés franchir la frontière, grommela
le contrôleur. Ils seraient aussi bien à l'Ouest,
si c'est ce dont ils rêvent. On n'aurait plus à les
nourrir et à les habiller aux frais de l'État, au
moins.»

Surunen lui proposa un sandwich au foie gras

et une goutte de vin rouge. Le contrôleur s'assit le temps de déguster sa collation. C'est à ce moment que deux policiers à la mine sévère — un capitaine, déjà âgé, et un jeune gradé armé d'une mitraillette — entrèrent dans le compartiment.

«Papiers, messieurs», ordonna l'officier.

Radel se raidit encore plus, si possible. Le contrôleur et le juriste arrangèrent cependant les choses en un tour de main. Les policiers jetèrent à peine un coup d'œil aux passeports de Surunen et de Mannerheim. Le capitaine déclara à son jeune collègue qu'il pouvait poursuivre l'inspection pendant qu'il resterait assis là un moment. Surunen sortit une nouvelle bouteille de sa sacoche et pria l'officier d'accepter un sandwich et un peu de vin pour le faire descendre.

«Ça fait cinq ans que je n'ai pas mangé de foie gras, et j'ai goûté du caviar pour la dernière fois au Nouvel An. Alors je veux bien, merci, traîner ses guêtres dans ces trains donne faim, à force.»

On parla de Paavo Nurmi et de Kekkonen, puis l'on arriva à Riskigrod. Le capitaine et le juriste quittèrent le compartiment. Quand le train repartit, Radel se détendit enfin. Il s'agenouilla par terre pour remercier le Seigneur de l'avoir sauvé. Puis il demanda à Surunen un sandwich au foie gras, il avait maintenant faim, lui aussi. Mais il n'en restait plus. Il y avait malgré tout encore du vin rouge. Le pasteur but un tiers de bouteille d'un trait. Puis il s'endormit dans son fauteuil. Surunen allongea les jambes et essaya lui aussi de dormir. Mais le foie gras et le caviar lui brûlaient l'estomac et il était encore éveillé quand le train arriva à la gare frontière entre la Vachardoslavie et l'Autriche.

Il remplit en son nom et en celui de Mannerheim des demandes de visa de transit. On n'ouvrit pas sa valise. Les formalités douanières furent vite expédiées, le train ne resta arrêté qu'une heure à la frontière. Dès qu'il repartit, Surunen s'assoupit. La tension était retombée, laissant place à un océan de tranquillité. Le sauveur des opprimés dormit du sommeil du juste jusqu'à l'arrivée du train de Slavogrod à la gare de l'Est de la ville de Vienne.

«Je vais prendre l'avion et retrouver Anneli, fut sa première pensée à son réveil.

— Je pourrai venir avec toi, n'est-ce pas?» demanda le pasteur baptiste T. J. Mannerheim.

Épilogue

FINLANDE

Si tout va bien, c'est que la fin
est proche.

(Dicton universel)

28

La congrégation baptiste de Vienne prit aussitôt le pasteur Mannerheim sous son aile. Grâce à
l'aide de Surunen, on lui accorda l'asile politique
en un temps record, trois jours. On lui délivra un
passeport au nom de Radel Mannerheim, à sa
demande expresse, vœu auquel le pays de Waldheim ne pouvait qu'être sensible. L'Autriche est
connue pour son passé philanthropique. Ces
formalités accomplies, le philologue et le pasteur
s'envolèrent pour Helsinki.

À l'aéroport de Vantaa, la maîtresse de musique
Anneli Immonen attendait avec une impatience
fiévreuse le philologue Viljo Surunen. Dans le
taxi, elle lui avoua qu'elle avait eu peur qu'il ne
revienne jamais en Finlande, du moins vivant.
Elle lui raconta avoir pris des somnifères pendant
des semaines et bu pour noyer son chagrin des
caisses entières de vin rouge. Mais c'en était fini
de ces remèdes.

« J'ai passé tout ce temps ivre ou endormie, se

plaignit-elle en se pressant contre l'objet de son amour sur la banquette arrière du taxi.

— Chérie, tu as été presque trop héroïque», murmura Surunen.

Le pasteur baptiste Radel Mannerheim, sur le siège avant, demanda ce que signifiait le mot «héroïque». Le philologue pouvait-il le traduire en vachard? Cela voulait-il dire amoureux?

Surunen déclara que quand Radel aurait appris suffisamment de finnois, il comprendrait de quoi l'«héroïsme» était synonyme dans cette région du monde.

On logea Radel dans l'appartement de la maîtresse de musique, qui emménagea pour sa part chez Surunen. Ils vécurent ainsi le restant de l'été. La vie s'installa dans son nouveau cours, fait de normalité.

Le pasteur Radel Mannerheim étudiait avec assiduité le finnois et trouva sans mal sa place parmi les rares baptistes finlandais. À la fin du mois d'août, il réussit à louer quelques prairies et roselières sur les terres du célèbre manoir de Louhisaari, ancienne propriété de la famille Mannerheim, sur la côte sud-ouest de la Finlande. Il y dressa une grande tente où il invita à se rassembler pieusement à la fin de l'automne tous les baptistes de Finlande, afin d'écouter la parole de Dieu et le récit des incroyables souffrances de Radel Mannerheim dans les lointains pays de l'Est. La presse finlandaise relata dans des articles illustrés de photos comment deux cents personnes avaient reçu ensemble le baptême par immersion sur les rivages historiques de Louhi-saari. Lors de ces journées baptismales, Radel Mannerheim fut nommé archevêque de toutes les congrégations baptistes de Finlande. À Noël, il parlait déjà mieux finnois que son défunt modèle l'illustre maréchal. Le Seigneur lui donnait des sujets de conversation et les anges lui enseignaient les suffixes possessifs.

Début août, Anneli Immonen et Viljo Surunen reçurent une lettre de l'université de Santa Riaza. Elle leur apportait les chaleureuses salutations du professeur Cárdenas, qui demandait au philologue de parrainer financièrement les enfants de Consuelo López. L'hiver était proche. Les conditions de vie, dans le bidonville de Paloma, ne permettaient pas de les envoyer à l'école sans une aide extérieure. Pour le reste, tout allait comme d'habitude au Macabraguay. Les chars déferlaient de temps à autre dans les rues, mais il n'y avait pas eu de nouveau tremblement de terre.

Anneli Immonen et Viljo Surunen décidèrent immédiatement de s'engager à parrainer les enfants de Consuelo. Ils en étaient heureux, ils y avaient songé tout l'été. C'était une chance que le professeur Cárdenas en personne se propose pour servir d'intermédiaire entre eux et la veuve de Ramón López, au nom de leurs filleuls.

Rigoberto Fernandes envoya à l'automne une missive dans laquelle il annonçait s'être marié civilement avec Milja. Sergueï Lebkov leur avait offert pour l'occasion un aigle empaillé. Une de ses ailes s'était cassée pendant le transport de Moscou à Slavogrod, mais, d'après le médecin, il n'y avait aucune raison de faire une fixation sur cette partie du cadeau. Milja espérait la venue de Surunen pour le baptême de leur premier petit pionnier, au printemps.

Encouragé par ces heureuses nouvelles, Surunen exposa à la maîtresse de musique Anneli Immonen ses propres projets de mariage commun. La réponse fut positive. Comme cadeau de fiançailles, il offrit à sa future épouse un tablier blanc brodé au crochet à la mode balkanique, souvenir de voyage d'un pays lointain. En le nouant sur les hanches d'Anneli Immonen, ils constatèrent qu'il était assez ample pour s'accommoder d'une grossesse.

Papa Flasza n'envoya jamais le moindre message en Finlande. Pas de nouvelles, bonnes nouvelles, conclut Surunen. Parfois tout va bien, pourquoi s'en chagriner? Et le pickpocket était déjà un vieil homme, après tout.

DU MÊME AUTEUR

Aux Éditions Denoël

LE LIÈVRE DE VATANEN, 1989 (Folio n° 2462)

LE MEUNIER HURLANT, 1991 (Folio n° 2562)

LE FILS DU DIEU DE L'ORAGE, 1993 (Folio n° 2771)

LA FORÊT DES RENARDS PENDUS, 1994 (Folio n° 2869)

PRISONNIERS DU PARADIS, 1996 (Folio n° 3084)

LA CAVALE DU GÉOMÈTRE, 1998 (Folio n° 3393)

LA DOUCE EMPOISONNEUSE, 2001 (Folio n° 3830)

PETITS SUICIDES ENTRE AMIS, 2003 (Folio n° 4216)

UN HOMME HEUREUX, 2005 (Folio n° 4497)

LE BESTIAL SERVITEUR DU PASTEUR HUUSKO-NEN, 2007 (Folio n° 4815)

LE CANTIQUE DE L'APOCALYPSE JOYEUSE, 2008 (Folio n° 4988)

LES DIX FEMMES DE L'INDUSTRIEL RAUNO RÄMEKORPI, 2009 (Folio n° 5078)

SANG CHAUD, NERFS D'ACIER, 2010 (Folio n° 5250)

LE POTAGER DES MALFAITEURS AYANT ÉCHAPPÉ À LA PENDAISON, 2011 (Folio n° 5408)

LES MILLE ET UNE GAFFES DE L'ANGE GARDIEN ARIEL AUVINEN, 2014 (Folio n° 5931)

MOI, SURUNEN, LIBÉRATEUR DES PEUPLES OPPRIMÉS, (Folio n° 6194)

LE DENTIER DU MARÉCHAL, MADAME VOLOTI-NEN, ET AUTRES CURIOSITÉS, 2016

Aux Éditions Gallimard

PAUVRES DIABLES, 2014 (Folio XL n° 5859, qui contient *Le meunier hurlant*, *Petits suicides entre amis* et *La cavale du géomètre*)

HORS-LA-LOI, 2015 (Folio XL n° 6018, qui contient *La douce empoisonneuse*, *Le potager des malfaiteurs ayant échappé à la pendaison*, *La forêt des renards pendus*)

COLLECTION FOLIO

Composition Utibi
Impression Maury Imprimeur
45330 Malesherbes
le 29 août 2016.
Dépôt légal : août 2016.
Numéro d'imprimeur : 211585.

ISBN 978-2-07-079356-3. / Imprimé en France.